**Gernot von Heiden** ist das Pseudonym eines deutsch-amerikanischen Autors und Regisseurs. Er wohnt und arbeitet seit vielen Jahren in Los Angeles und blickt auf eine beeindruckende Anzahl von Büchern, Drehbüchern und Filmen zurück. Gleichwohl verfolgt er nach wie vor interessiert die politische Entwicklung in Deutschland, die ihn zu diesem satirischen Roman inspiriert hat.

Gernot von Heiden

# DIE MAUER

## Gefangene der Freiheit

Roman

Bibliographische Information
der Deutschen Nationalbibliothek

Die Deutsche Nationalbibliothek verzeichnet diese
Publikation in der Deutschen Nationalbibliografie;
detaillierte bibliografische Daten sind im Internet über
http://dnb.dnb.de abrufbar.

© 2017 Gernot von Heiden

Alle Rechte vorbehalten

Herstellung und Verlag:
BoD – Books on Demand, Norderstedt

ISBN: 9783741293221

**Inhaltsverzeichnis**

| | |
|---|---|
| Prolog | 11 |
| Die Welt im November 2020 | 13 |
| 2.11., 22:19 h, Marco B., 38, Personenschützer | 23 |
| 2.11., 22:26 h, Bernd S., 29, Kellner | 25 |
| 2.11., 22:43 h, Smartphone-Scan des Kellners Bernd S. | 30 |
| 2.11., 22:59 h, Ludger W., 33, Privatchauffeur | 31 |
| 2.11., 23:07 h, Bernd S., 29, Kellner | 32 |
| 2.11., 23:38 h, Sven O., 23, Informatik-Student | 33 |
| 3.11., 00:07 h, Werner J., 61, Telefontechniker | 37 |
| 3.11., 00:14 h, Bernd S., 29, Kellner | 40 |
| 3.11., 00:28 h, Hannelore M., 50, BVG-Angestellte | 42 |
| 3.11., 00:32 h, Pjotr K., 24, Bauarbeiter | 44 |
| 3.11., 00:46 h, Sven O., 23, Informatik-Student | 46 |
| 3.11., 01:17 h, Dieter B., 62, Schlagersänger | 47 |
| 3.11., 01:24 h, Gerd N., 43, Obdachloser | 49 |
| 3.11., 01:31 h, Gabi S., 35, Erzieherin | 51 |
| 3.11., 01:46 h, Sven O., 23, Informatik-Student | 52 |
| 3.11., 07:57 h, Wolf R., 41, Hubschrauberpilot | 54 |
| 3.11., 08:20 h, Helmut Z., 78, Rentner | 56 |
| 3.11., 10:08 h, Björn A., 28, Fernsehtechniker | 59 |
| 3.11., 10:26 h, Manuela C., 32, Abteilungsleiterin | 61 |
| 3.11., 10:47 h, Gebhard P., 34, Polizeibeamter | 66 |
| 3.11., 11:02 h, Clara von S., 21, Kunststudentin | 68 |
| 3.11., 11:19 h, Ludmilla P., 37, Reinigungskraft | 69 |

| | |
|---|---:|
| 3.11., 12:36 h, Brigitte D., 39, Verkäuferin | 71 |
| 3.11., 15:03 h, Bernd S., 29, Kellner | 72 |
| 3.11., 15:25 h, Trude von T., 87, Rentnerin | 74 |
| 3.11., 16:14 h, Henning L., 31, Wachmann | 76 |
| 3.11., 16:26 h, Elias F., 34, TV-Reporter | 79 |
| 3.11., 16:34 h, Chantal Z., 19, Nageldesignerin | 82 |
| 3.11., 17:48 h, Lukas G., 28, Autonomer Aktivist | 84 |
| 3.11., 18:08 h, Wilson S., 47, Berlin-Korrespondent | 88 |
| 3.11., 20:03 h, Johnny K., 36, Ex-Häftling | 91 |
| 3.11., 21:06 h, Clara von S., 21, Kunststudentin | 94 |
| 3.11., 21:32 h, Walter Ü., 54, Bauunternehmer | 96 |
| 4.11., 08:36 h, Joachim E., 51, Finanzbeamter | 99 |
| 4.11., 10:12 h, Abdullah al H., 24, Asylbewerber | 100 |
| 4.11., 12:39 h, Sven O., 23, Informatik-Student | 103 |
| 4.11., 14:21 h, Ludmilla P., 37, Reinigungskraft | 106 |
| 4.11., 16:01 h, Trude von T., 86, Rentnerin | 110 |
| 4.11., 16:23 h, Felix J., 24, BWL-Student | 112 |
| 4.11., 20:51 h, Walter Ü., 54, Bauunternehmer | 114 |
| 5.11., 07:30 h, Ferdinand R., 70, Privatier | 115 |
| 5.11., 08:52 h, Alois P., 60, Gemeindepfarrer | 117 |
| 5.11., 14:22 h, Karl-Heinz W., 39, TV-Sendeleiter | 118 |
| 5.11., 20:54 h, Dieter B., 62, Schlagersänger | 120 |
| 5.11., 21:55 h, Johnny K., 36, Ex-Häftling | 121 |
| 6.11., 10:29 h, Edgar F., 59, Hartz IV-Empfänger | 123 |
| 6.11., 12:41 h, Sebastian K., 46, Sternekoch | 124 |
| 6.11., 13:37 h, Andreas C., 31, Investmentbanker | 127 |

| | |
|---|---|
| 6.11., 17:50 h, Dr. Frank D., 56, Politikredakteur | 129 |
| 6.11., 18:01 h, Angelina de C., 22, Nackttänzerin | 133 |
| 6.11., 21:42 h, Wigbert V., 49, TV-Regisseur | 135 |
| 6.11., 22:28 h, Heinrich H., 98, Sturmbannführer | 137 |
| 6.11., 23:30 h, Walter Ü., 54, Bauunternehmer | 140 |
| 7.11., 01:13 h, Trude von T., 86, Rentnerin | 141 |
| 7.11., 10:56 h, Dr. Frank D., 56, Politikredakteur | 145 |
| 7.11., 11:25 h, Tom W., 67, Tourist | 148 |
| 7.11., 12:41 h, Heinrich H., 98, Sturmbannführer | 151 |
| 7.11., 13:09 h, Magnus A., 48, Meinungsforscher | 153 |
| 7.11., 13:31 h, Bernd S., 29, Kellner | 154 |
| 7.11., 14:28 h, Heinrich H., 98, Sturmbannführer | 157 |
| 7.11., 16:14 h, François V., 33, Botschaftssekretär | 158 |
| 7.11., 16:43 h, Heinrich H., 98, Sturmbannführer | 161 |
| 7.11., 21:59 h, Walter Ü., 54, Bauunternehmer | 162 |
| 7.11., 23:04 h, Felix J., 24, BWL-Student | 164 |
| 8.11., 09:10 h, Wendelin L., 31, NGO-Mitarbeiter | 165 |
| 8.11., 10:22 h, Alexander W., 42, Studienrat | 167 |
| 8.11., 11:31 h, Ferdinand R., 70, Privatier | 168 |
| 8.11., 13:19 h, Ludger W., 33, Privatchauffeur | 169 |
| 8.11., 14:21 h, Dr. Meinolf Z., 56, Diplomat | 171 |
| 8.11., 16:48 h, Felix J., 24, BWL-Student | 173 |
| 8.11., 17:44 h, Bernd S., 29, Kellner | 175 |
| 8.11., 18:01 h, Heinrich H., 98, Sturmbannführer | 177 |
| 8.11., 19:49 h, Ferdinand R., 70, Privatier | 180 |
| 8.11., 20:57 h, Felix J., 24, BWL-Student | 180 |

| | |
|---|---|
| 8.11., 21:23 h, Heinrich H., 98, Sturmbannführer | 181 |
| 8.11., 22:15 h, Bernd S., 29, Kellner | 184 |
| 8.11., 23:02 h, Felix J., 24, BWL-Student | 187 |
| 9.11., 00:09 h, Walter Ü., 54, Bauunternehmer | 190 |
| 9.11., 00:24 h, Heinrich H., 98, Sturmbannführer | 191 |
| 9.11., 01:33 h, Felix J., 24, BWL-Student | 192 |
| 9.11., 09:10 h, François V., 33, Botschaftssekretär | 194 |
| 9.11., 10:13 h, Felix J., 24, BWL-Student | 196 |
| 9.11., 11:06 h, Ludmilla P., 37, Reinigungskraft | 198 |
| 9.11., 12:08 h, Horst K., 72, Buchhändler | 199 |
| 9.11., 12:31 h, Ludmilla P., 37, Reinigungskraft | 203 |
| 9.11., 13:04 h, Felix J., 24, BWL-Student | 204 |
| 9.11., 13:32 h, Ludger W., 33, Privatchauffeur | 205 |
| 9.11., 13:56 h, Walter Ü., 54, Bauunternehmer | 206 |
| 9.11., 14:15 h, Bernd S., 29, Kellner | 207 |
| 9.11., 14:29 h, Ludger W., 33, Privatchauffeur | 209 |
| 9.11., 15:01 h, Walter Ü., 54, Bauunternehmer | 210 |
| 9.11., 15:44 h, Andreas C., 31, Investmentbanker | 212 |
| 9.11., 16:12 h, Marco B., 38, Personenschützer | 214 |
| 9.11., 16:33 h, Horst K., 72, Buchhändler | 216 |
| 9.11., 16:59 h, Bodo F., 47, Wirtschaftsjournalist | 217 |
| 9.11., 17:20 h, Ludmilla P., 37, Reinigungskraft | 218 |
| 9.11., 17:45 h, Felix J., 24, BWL-Student | 223 |
| 9.11., 18:08 h, Bill P., 55, CIA-Agent | 225 |
| 9.11., 18:26 h, Bernd S., 29, Kellner | 227 |
| 9.11., 19:03 h, Katrin R., 44, Regierungssprecherin | 229 |

| | |
|---|---|
| 9.11., 19:41 h, Henning L., 31, Wachmann | 231 |
| 9.11., 20:02 h, Horst K., 72, Buchhändler | 232 |
| 9.11., 20:44 h, Bernd S., 29, Kellner | 235 |
| 9.11., 22:48 h, Bill P., 55, CIA-Agent | 238 |
| 9.11., 23:59 h, Dr. Frank D., 56, Politikredakteur | 241 |
| Nachtrag: Was aus ihnen wurde | 244 |
| Schlussbemerkung | 252 |

# Prolog

Dieser Text ist ein Kassiber. Getippt auf einer alten Adler-Schreibmaschine, hektografiert von Gleichgesinnten, die ihn auf den wenigen Menschenansammlungen verteilen, die gelegentlich noch stattfinden, bevor sie gewaltsam aufgelöst werden.

Denn die unglaublichen Geschehnisse des vorletzten Herbstes sollen, so der Plan der neuen Regierung, komplett aus dem kollektiven Gedächtnis gelöscht werden. Als hätten sie nie stattgefunden.

In der Geschichte der Menschheit gab es zwar häufig solche Versuche, doch stets überdauerten vereinzelte Zeugnisse, die zumindest einen schwachen Widerschein dessen bewahrten, was die Sieger der Geschichte auszulöschen trachteten, seien es die umstürzlerischen Ideen des altägyptischen Ketzerkönigs Echnaton, die esoterischen Erkenntnisse der Tempelritter oder die geheimen Schriften der Mayas. Immer gab es Spuren, die in verschwiegenen Zirkeln von Generation zu Generation überliefert wurden und so bis heute fortwirken.

Auch jetzt ist diese Löschaktion kein leichtes Unterfangen. Doch haben die Anstrengungen der Regierung, die Ereignisse in engem Schulterschluss mit Konzernen wie Google, Facebook und Apple ungeschehen zu machen, bemerkenswerte Erfolge hervorgebracht.

Die fähigsten Hacker wurden angeheuert und mit Geld zugeschüttet, um das Internet von allen Hinweisen zu säubern. Zeitungsarchive und Bibliotheken wurden akribisch durchsucht und alle Hinweise auf Vergangenes getilgt. Sämtliche Aufzeichnungen der Radio- und Fernsehsender sind gelöscht. Gibt es irgendwo noch Dokumente, Fotos oder Filme, auf denen Bruchstücke der Ereignisse festgehalten sind, so erscheinen sie dem Betrachter als unglaubhaft, sie wirken wie bizarre, fantastische Fälschungen, denen es an jeder Beweiskraft mangelt.

Ich habe es mir zur Aufgabe gemacht, alle noch auffindbaren Relikte der Geschehnisse zu sammeln und in eine lesbare, chronologische Form zu bringen. Es ist ein Puzzle, das keinen Anspruch auf Vollständigkeit erhebt und mit Sicherheit Lücken aufweist, aber dennoch ein zutreffendes Gesamtbild zeichnet. Ich stütze mich dabei vorzugsweise auf mündliche und schriftliche Berichte von Augenzeugen. Um so authentisch wie möglich zu sein, habe ich sämtliche Quellen weitgehend im Original belassen und nur Rechtschreib- und Grammatikfehler sowie sachliche Irrtümer korrigiert, wobei ich die Namen, um meine Informanten zu schützen, ausnahmslos verändert habe. Soweit die Quellen fremdsprachig waren, wurden sie ins Deutsche übersetzt.

Auch der Name, unter dem ich diesen Text veröffentliche, ist nicht mein richtiger. Ich stehe auf der Liste der zehn meistgesuchten Personen des Landes. Notgedrungen habe ich die meisten Verbindungen zur Außenwelt gekappt, ich tue alles, um nicht auffindbar zu sein. Ich verwische meine Spuren, kommuniziere nur mit wenigen Vertrauten, wechsle ständig meine Bleibe und vermeide jede Regelmäßigkeit. Internet und Smartphones sind für mich tabu. Nur in der analogen Welt bewege ich mich noch.

Und wissen Sie was? Ich beginne diese Welt zunehmend zu schätzen. Was etwas heißen will für einen ehemaligen Nerd.

**Die Welt im November 2020**

Die Welt hatte sich neu formiert in den vergangenen vier Jahren. Niemals zuvor hatten sich innerhalb so kurzer Zeit so grundlegende und zahlreiche Änderungen vollzogen.

In den USA war der Präsidentschaftswahlkampf in seiner Endphase, und Donald Trump besaß wiederum die besten Aussichten, ihn zu gewinnen. Unmittelbar nach seiner ersten Amtseinführung im Januar 2017 hatte er seine Ankündigung wahr gemacht und mit einer seiner Baufirmen eine unüberwindbare Mauer an der Grenze zu Mexiko hochgezogen. Alle illegalen Einwanderer, deren er habhaft werden konnte, hatte er deportieren lassen, was der wirtschaftlichen Entwicklung allerdings einen deutlichen Knick bescherte, da nun die billigen Arbeitskräfte fehlten.

Von seinen vollmundigen Wahlkampfversprechen blieb kaum etwas übrig. Die Casinos der Banken wurden wieder geöffnet und die Steuern der Reichen gesenkt, der Verteidigungsetat stieg um ein Drittel. Die Polizei wurde aufgerüstet, zugleich gelangten mehr Waffen als je zuvor in private Hände. Vor allem in den Städten herrschten beinahe bürgerkriegsähnliche Zustände. Schwer bewaffnete Söldnertrupps schotteten die Viertel der Wohlhabenden hermetisch ab, wer es sich leisten konnte, benutzte nur noch gepanzerte Fahrzeuge. Mit der Wirtschaft ging es weiter bergab. Statt in Häusern wohnten viele Menschen nun in Zelten.

Nach einem Anschlag islamistischer Selbstmordattentäter in San Francisco, bei dem die Golden Gate Bridge fast vollständig zerstört wurde, bombte Präsident Trump den Jemen, das Heimatland der Attentäter, mit Nuklearwaffen in die Steinzeit zurück, was zwar weltweite Empörung hervorrief, doch ohne weitere Folgen blieb. Innerhalb eines knappen Jahres baute seine Firma die Golden Gate mit Spendengeldern und horrenden staatlichen Subventionen, die Trump sich per Dekret selbst bewilligte, originalgetreu wieder auf, womit er den Schnitt seines Lebens machte. Er war nun der mit Abstand reichste Mann der Welt. Allein landesweite Proteste verhinderten, dass er seinen Nachnamen in riesigen goldenen Lettern an die Brücke schrieb und sie in „Trump Bridge" umbenannte.

Zugleich waren im Alten Süden sowie im äußersten Nordwesten Bestrebungen im Gange, dass einzelne Staaten sich von der Union lossagten und eine Konföderation bildeten. Auch Kalifornien wollte mit der Zentralregierung nichts mehr zu tun haben, ein Volksbegehren votierte mit überwältigender Mehrheit für die Abspaltung. Es fehlte nicht viel, dass die USA auch politisch auseinanderbrachen. Ideologisch, sozial und kulturell war dies ja bereits geschehen.

Vor der kalifornischen Küste, weit außerhalb der Zwölfmeilenzone, hatte Alphabet, die Muttergesellschaft von Google, ein futuristisches Gebilde wie aus einem James-Bond-Film installiert, dessen Fläche acht Flugzeugträgern der Nimitz-Klasse entsprach. Es konnte modulartig erweitert werden, enthielt die unterschiedlichsten Landschaften und Klimazonen und war eine Welt für sich.

Sofort nach Fertigstellung rief sich die Enklave als eigenständiger Staat aus und wurde binnen 48 Stunden von der UNO anerkannt. Alphabet hatte ein Ultimatum gestellt, bei Nichterfüllen der Forderung würden, so die Drohung, die Accounts sämtlicher UNO-Mitarbeiter bei Google gelöscht. Ein vom Pentagon geleastes Atom-U-Boot sowie zwei Lenkwaffenzerstörer bewachten die künstliche Insel rund um die Uhr.

Wer dort wohnen wollte, hatte ein Eintrittsgeld von 100 Millionen Dollar zu entrichten. Das kleinste Apartment mit Meerblick kostete eine Miete von dreißig Millionen pro Jahr, eine doppelstöckige Suite das Sechsfache. Innerhalb weniger Tage bildete sich eine lange Warteliste. Google verwirklichte hier seine Utopie vom gläsernen Menschen ohne Privatsphäre, bot im Gegenzug aber auch Annehmlichkeiten bisher nicht gekannten Ausmaßes, Steuerfreiheit und Schutz vor Verfolgung durch andere Staaten. Vor allem dieser letzte Punkt war für viele Bewohner ausschlaggebend.

In Googliana, wie der neue Staat sich nannte, versammelte sich bald eine illustre, teils steckbrieflich gesuchte Klientel aus aller Herren Länder, deren Hauptproblem darin bestand, wie sie ihre luxuriös ausstaffierten Tage auf dem isolierten Eiland halbwegs unterhaltsam verbringen sollte. Alle bedeutenden Modefirmen wie Gucci, Prada und Karl Lagerfeld besaßen Flagship Stores dort, Vuitton und Swarovski waren ebenso vertreten wie ein einschlägig bekannter Escort-Service aus Los Angeles. Die besten Restaurants der Welt eröffneten Ableger auf dem Eiland, regelmäßig schauten der „Cirque du Soleil" und die „Blue Man Group" vorbei.

Doch auf Dauer reichte das nicht, die Bewohner verlangten immer neue Reize. Stars aus der Musikszene absolvierten hoch bezahlte Auftritte, der Genuss von Kokain war legal, in Casinos wurde um astronomische Beträge gespielt. Aus steuerlichen Gründen verlagerten immer mehr große internationale Unternehmen ihren Firmensitz nach Googliana, was dem Konzern einen Geldsegen sondergleichen bescherte. Einen eigenen Staat zu gründen, war das Geschäftsmodell des 21. Jahrhunderts.

Das wirtschaftliche Zentrum der Welt hatte sich nach Asien verlagert. Nach der Wiedervereinigung von Nord- und Südkorea und der Entmachtung des geisteskranken „Obersten Führers" Kim Jong-un sowie der Annäherung zwischen China und Taiwan bildete sich, gemeinsam mit Singapur, eine wirtschaftliche Supermacht heraus, gegen die auch die USA nicht mehr ankamen. Es entstand eine Kaste von Hyperreichen, gegen die fast alle Internet-Millionäre aus dem Silicon Valley wie arme Schlucker wirkten.

Das neu erstarkte Reich der Mitte streckte seine besitzergreifenden Arme aggressiv in alle Richtungen aus. Am Grenzfluss Ussuri kam es zu militärischen Scharmützeln mit Russland, worauf dieses sich angesichts der übermächtigen Bedrohung rasch und pragmatisch als Juniorpartner mit den USA zusammentat. Zwischen den Präsidenten Trump und Putin entwickelte sich eine enge Männerfreundschaft, die sie bei einem Jagdausflug in die Wälder von Wisconsin mit viel Wodka und Whiskey besiegelten (der vormals abstinente Trump hatte sich aus Staatsräson mit Alkohol angefreundet). Zur Krönung schoss jeder der beiden Präsidenten einen

Bären, der ihnen vor die Flinte getrieben wurde. Danach brauchten beide drei Tage, um wieder nüchtern zu werden, waren aber Freunde fürs Leben.

Nach der nobelpreisgekrönten, ebenso überraschenden wie genialen Erfindung einer praktikablen Methode, aus der Fusion von Wasserstoff Energie zu gewinnen, spielte Öl weltweit so gut wie keine Rolle mehr. Der Preis pro Barrel fiel ins Bodenlose, den arabischen Feudaldiktaturen ging das Geld aus. Innerhalb kurzer Zeit entwickelten sie sich zur unverhohlenen Schadenfreude des Westens zu jenen vormodernen Kameltreibergesellschaften zurück, die sie vor dem Beginn des Ölbooms gewesen waren. Mehrere im arabischen Raum beheimatete Fluggesellschaften gingen in Konkurs, Städte wie Dubai, Doha und Riad verfielen.

Radikale islamistische Prediger aus der Wüste, die hinter all dem eine großangelegte Verschwörung des Westens sowie eine Strafe Gottes sahen, übernahmen Zug um Zug die Macht auf der arabischen Halbinsel und riefen zum Heiligen Krieg auf. Donald Trump überlegte, Bodentruppen einzusetzen, konnte sich aber auch gut den Einsatz von Atomwaffen vorstellen.

Da der Iran trotz aller Verträge und Beteuerungen von einer waffenfähigen Urananreicherung nach wie vor nicht lassen wollte, wurden die im Januar 2016 beendeten wirtschaftlichen Sanktionen zwei Jahre später mit dem Segen der UNO wieder aufgenommen. Sehr bald hatte das Land mit enormen inneren Schwierigkeiten zu kämpfen, welche die Macht der fundamentalistischen Mullahs ernsthaft bedrohten. Als der Iran eine neue hochmoderne Mittelstreckenrakete testete, stand Israel kurz davor, Nuklearwaffen einzusetzen. Erst im letzten Moment wurden die bereits in der Luft befindlichen Bomber zurückgerufen.

Afrika war mehr denn je das Armenhaus der Welt. Die Bevölkerung wuchs in einem Ausmaß, das die düstersten demographischen Prognosen noch deutlich übertraf. Warlords, lokale Diktatoren und radikale religiöse Splittergruppen pressten die ohnehin bitterarme Bevölkerung bis zum Letzten aus, tödliche Epidemien jeder Art grassierten, multinationale Konzerne zogen wie zu finstersten Kolonialzeiten riesige Gewinne aus den scheinbar unerschöpflichen Bodenschätzen. Die Infrastruktur war längst zusammengebrochen, im Grunde herrschte blanke Anarchie. Wer irgend konnte, vor allem junge Männer, verließ den Kontinent in Richtung Norden. Die Sehnsuchtsländer der Migranten waren Deutschland, Österreich, Schweden und die Niederlande.

Es war eine Völkerwanderung gigantischen Ausmaßes, die auch die aufwendigsten Grenzsperren nicht wirklich aufhalten konnten. An allen europäischen Küsten waren Greifkommandos im Einsatz, um Flüchtlinge in Lagern festzusetzen, aus denen sie in ihre Heimatländer zurückgeflogen werden sollten. Die mit der Mafia und der N'drangheta verbandelte Schlepperindustrie erlebte eine Blüte, deren Einnahmen selbst die des überaus einträglichen Drogenhandels deutlich übertraf.

Die Europäische Union gab es zwar noch, den Euro ebenfalls, doch war beides nicht mehr als Etikettenschwindel. Nach dem Brexit Großbritanniens im Sommer 2016 hatten auch Dänemark, Finnland und die Niederlande Referenden abgehalten, die sämtlich für einen Austritt aus der EU plädierten, der dann auch im Eiltempo vollzogen wurde. In der verbliebenen Rumpf-EU bestand jeder einzelne Mitgliedsstaat auf weitgehender Eigenständigkeit, war neidisch und misstrauisch gegenüber seinen Nachbarn und versuchte so viel Geld wie möglich aus Brüssel abzuziehen. Es gab genug davon, Deutschland füllte den Topf immer wieder auf. Der freie Grenzverkehr war längst Vergangenheit, die Transferunion eine Realität. Es herrschte ein offenes Hauen und Stechen.

Die inzwischen zu einer muslimischen Diktatur gewandelte Türkei drängte ebenso vehement wie vergeblich darauf, dass, nach dem endgültigen Abbruch der Beitrittsverhandlungen im Herbst 2017, zumindest die zugesagte Visafreiheit eingeführt wurde. Als Lohn für die Lager, in denen die Türkei mehrere Millionen syrischer Flüchtlinge interniert hatte, waren im Lauf der vergangenen vier Jahre sagenhafte fünfzehn Milliarden Euro aus den EU-Töpfen geflossen. Ein Geheimvertrag regelte die delikaten Einzelheiten.

Der autokratische türkische Präsident saß nach dem gescheiterten Putschversuch des Militärs im Juli 2016 fester im Sattel denn je. Sämtliche demokratischen Freiheiten waren abgeschafft, die Todesstrafe wieder eingeführt. Sie wurde beinahe täglich vollstreckt, schon wegen „Verbreitung oppositionellen Gedankenguts" konnte man einen Kopf kürzer gemacht werden. Der Präsident überlegte, für Leute, die ihn persönlich beleidigt hatten, die alte Sitte des Pfählens wieder einzuführen. Er hatte sich den offiziellen Titel „Sultan" zugelegt, in Erinnerung an die glorreichen Zeiten des osmanischen Reiches. Er träumte davon, Rache für die beiden Niederlagen der Türken vor Wien zu nehmen, auch wenn diese schon mehrere Jahrhunderte zurücklagen, und sich zum Führer eines geeinten muslimischen Europas aufzuschwingen.

Da der Klimawandel den Süden Grönlands zum Erblühen gebracht hatte, war Dänemark der Staat der Stunde. Die mit absoluter Mehrheit an die Macht gekommene „Partei der Aufrechten Wikinger" sorgte dafür, dass sich nur blonde und blauäugige Siedler im neuen Paradies niederlassen durften, das sich mit seinen neu gebauten luxuriösen Resorts alsbald zu einem Anziehungspunkt für finanzstarke Touristen aus aller Welt entwickelte, da es sauber, sicher und von großer landschaftlicher Schönheit war.

Im Frühjahr 2020 wurde dort das erste Gourmet-Restaurant eröffnet, das mit seiner kreativ interpretierten Inuit-Küche einen neuen weltweiten Modetrend in der Edelgastronomie auslöste. Der Guide Michelin verlieh ihm sofort einen Stern. Es war auf Monate hinweg ausgebucht, selbst aus Hongkong, Melbourne und Moskau reisten wohlhabende Feinschmecker an, um rohes Seehundfleisch auf gestoßenem Gletschereis mit Moosbeeren, in Fischlaich marinierte Thorshühncheneier, lauwarme Eisbär-Blutsuppe mit Robbenspeckwürfeln sowie medium gebratenes Walfilet an krossen Algen zu kosten. Alle Tiere waren von eigens dafür zertifizierten Inuit auf traditionelle Weise gespeert, die Eier und Beeren von ihren Frauen im Licht der Mitternachtssonne gesammelt worden.

Deutschland pumpte gigantische Geldbeträge in fast alle anderen EU-Staaten, damit diese sich die ständig steigenden deutschen Exporte leisten konnten. Daran, dass diese Schulden jemals zurückgezahlt würden, glaubte keiner mehr. Es spielte letztlich auch keine Rolle. Produktion und Konsum schaukelten sich gegenseitig zu immer neuen Höhen auf. Gedeckt waren beide durch Schecks ohne Wert. Die Notenpressen liefen Tag und Nacht. Wichtig war nur noch, den absurden Kreislauf in Bewegung zu halten, um den am Horizont drohenden deutschen Staatsbankrott so weit wie möglich hinauszuschieben.

Der neuerliche Beinahe-Zusammenbruch des Finanzsektors, der eine Rettung systemrelevanter Banken wiederum „alternativlos" (so die Kanzlerin) machte, das Platzen einer weiteren Immobilienblase (diesmal in den deutschen Großstädten), die zunehmenden wirtschaftlichen Schwierigkeiten beinahe aller süd- und südosteuropäischen Staaten sowie die damit einhergehende drastische Entwertung des Euro hatten katastrophale Spuren im Bundeshaushalt hinterlassen.

Das Parlament hatte das reguläre Renteneintrittsalter fast einstimmig auf 70 Jahre angehoben, 73 Jahre wurden bereits diskutiert, 75 Jahre für möglich gehalten. Einzelne Stimmen forderten, die Rente generell abzuschaffen und sie durch ein Konstrukt namens Hartz V zu ersetzen, da die meisten Menschen ohnehin bis zu ihrem Tod arbeiten mussten, um einigermaßen über die Runden zu kommen.

Zwar war die Arbeitslosigkeit der geschönten offiziellen Statistik zufolge gering, doch wurden viele Arbeitnehmer in die schlecht bezahlte Scheinselbständigkeit gedrängt, die sie durch Hartz IV aufstocken mussten. Kaum jemand aus den unteren vier Fünfteln der Gesellschaft arbeitete in weniger als zwei Jobs gleichzeitig.

Aufgrund der rigiden negativen Zinspolitik der Europäischen Zentralbank hatten sich die Rücklagen der meisten Sparer in Luft aufgelöst, Altersarmut in bisher nicht gekanntem Ausmaß war die Folge. Hoch bezahlte Manager auch von Staatsbetrieben genehmigten sich höhere Boni als je zuvor, weniger als ein Prozent der Bevölkerung besaß

89 Prozent des gesamten Volksvermögens, mit steigender Tendenz.

Flüchtlinge aus Nahost und Afrika, die seit dem Herbst 2015 auf immer neuen Routen zu Hunderttausenden ins Land strömten, ließen, sobald ihre Asylanträge positiv beschieden waren, fast alle ihre kinderreichen Familien nachkommen. Die Sozialsysteme waren dem Zusammenbruch nahe, gleiches galt für die Krankenkassen. Nur die medizinische Grund- oder besser Notversorgung war noch gewährleistet. Schmerzmittel galten als überflüssiger Luxus und wurden nicht mehr von den Kassen bezahlt, auch der Einsatz von Vollnarkosen ging zurück. Viele Menschen verschuldeten sich, um zumindest ihren Kindern eine schmerzfreie medizinische Behandlung zu ermöglichen.

Der Sportunterricht in den Schulen fiel schon seit Jahren weitgehend aus, da viele Turnhallen dauerhaft für die Unterbringung immer neuer Flüchtlinge requiriert waren. Als Folge davon hatte sich der BMI, der Body-Mass-Index der Kinder und Jugendlichen, um durchschnittlich 27 Prozent erhöht. Auch das Verkaufsverbot von Überraschungs-Eiern, Cola in Großflaschen und Happy-Meal-Angeboten in Fastfood-Restaurants konnte dieser fatalen Entwicklung nicht entgegenwirken. Die dicksten Kinder brauchten Rollatoren, um sich fortzubewegen, sie gehörten längst zum gewohnten Straßenbild. Wenn jemand einen Witz machen wollte, sagte er nur „Wir schaffen das...", und alle lachten.

Die Berichterstattung der öffentlich-rechtlichen, quasi regierungsamtlichen Medien blendete all dies weitgehend aus. Allein massentaugliche Unterhaltung war gefragt. Die „Lindenstraße" wurde nun täglich ausgestrahlt, ihre Sendelänge auf eine Stunde verdoppelt. Private Fernsehsender reagierten mit dem beschleunigten Ausstoß von Seifenopern, Musikshows und Sendungen wie „Wer wird Millionär?", „Germany's next Topmodel" oder „Dschungelcamp", den unangefochtenen Quotenbringern. Dieter Bohlen, Günther Jauch und Heidi Klum waren Kult und wurden als Popstars gefeiert. Dass alle drei längst durch Doppelgänger ersetzt worden waren, fiel niemandem auf.

Jeden zweiten Abend wurde ein neuer „Tatort" ausgestrahlt, gefolgt von nächtelangen Wiederholungen alter Folgen. Die „Tatort"-freien Tage füllten die Sender mit Fußball. Selbst über Kreisklassenspiele wurde ausführlich berichtet. Fanden keine Live-Spiele statt, wurden alte Bundesligabegegnungen sowie die schönsten Länderspiele aus den vergangenen sieben Jahrzehnten gesendet, digital aufbereitet und aufwendig nachkoloriert. Für andere Programme außer preisgünstigen, endlos in die Länge gezogenen Talkshows war kein Geld mehr da, die opulenten Pensionsrückstellungen der Sender sowie die aufgeblasene Verwaltung fraßen alles auf. Die Zuschauer waren es trotzdem zufrieden, sie fanden es immer wieder spannend, das wöchentlich ausgestrahlte WM-Finale von 1954 in Farbe zu sehen.

Schon vor einem Jahr waren die Subventionen für Museen, Filme und Opernhäuser ersatzlos gestrichen worden, was von der Öffentlichkeit kaum zur Kenntnis genommen wurde. Arbeitslose Solisten von aufgelösten Symphonieorchestern schlugen sich als Straßenmusiker durch. Der Kahlschlag wurde zum Programm, Kultur für Minderheiten galt nicht mehr als förderungswürdig. Wer sie einforderte, geriet rasch in den Verdacht, ein Feind des bodenständigen Geschmacks der überwältigenden Bevölkerungsmehrheit zu sein und sich eines elitären Denkens zu befleißigen. Die Künstler und jene, die sich dafür hielten, waren aus Berlin verschwunden, sie hatten sich andere hippe Städte wie Tampere, Sevilla und Riga gesucht.

In deutschen Großstädten hatten sich ethnische No-Go-Areas gebildet, die vom Staat toleriert wurden. Dort war die Scharia gelebtes Recht, die Polizei zeigte dort generell keine Präsenz mehr. Gutbürgerliche Gegenden auch in Klein- und Mittelstädten hingegen waren zum Großteil „national-befreite Zonen". Hier patrouillierten mit Baseballschlägern, Pfefferspray und Schreckschusspistolen bewaffnete Bürgerwehren, die jeden Nichteinheimischen, den sie aufgriffen und der nicht ihrer Vorstellung eines anständigen Bio-Deutschen entsprach, gewaltsam aus dem Viertel hinausbeförderten. Auf jene, die sich wehrten, hetzten sie scharf gemachte Schäferhunde.

Die wirklich Reichen hatten sich in schwer bewachten und von hohen Mauern umgebenen Enklaven verbarrikadiert, zu denen Außenstehende keinen Zugang besaßen. Überall aufgestellte Schilder informierten darüber, dass bei unbefugtem Betreten ohne Warnung scharf geschossen werde, was gelegentlich auch vorkam, aber nie geahndet wurde. Zur Abschreckung wurden die Leichen der Getöteten gemäß antiker Tradition mindestens drei Tage lang liegengelassen, bevor sie entsorgt wurden.

Der Anteil der Nichtwähler hatte einen neuen Höchststand erreicht, deutlich über 50 Prozent, was die Frage aufwarf, ob die Bundesregierung überhaupt noch eine demokratische Legitimation besaß. Die Leute wussten einfach nicht, wen sie noch wählen sollten. Die meisten hatten für Politiker jeglicher Couleur nur noch Verachtung übrig, sie betrachteten sie als eine korrupte Clique, die allein in die eigene Tasche wirtschaftete und sich um die Interessen der Bevölkerung einen Teufel scherte.

In immer kürzeren Abständen kamen neue Skandale ans Licht, die nicht einmal mehr Unterhaltungswert besaßen. Jeder von ihnen nährte die allgemeine Unzufriedenheit. Hinter vorgehaltener Hand wurde die Kanzlerin nur noch despektierlich als Grökaz, als Größte Kanzlerin aller Zeiten bezeichnet.

Seit Herbst 2017 saß auch eine Partei vom rechten Rand im Bundestag. Sie stellte mehr als ein Viertel aller Abgeordneten. Keine der etablierten Parteien wollte etwas mit ihr zu tun haben. Um die unliebsame Konkurrenz auszubremsen, hatten sie sich auf eine übergreifende Zusammenarbeit verständigt, in der Regierung einer „Koalition der Nationalen Einheit" befanden sich nicht weniger als sechs Parteien. Dies hatte zur Folge, dass praktisch überhaupt keine Gesetze mehr verabschiedet wurden, da die politischen Gegensätze innerhalb der überdehnten Koalition zu groß und die Interessen zu unterschiedlich waren. Es herrschte lähmender Stillstand.

So hangelte das Land sich durch, von einem Tag zum anderen. Es bedurfte nicht viel, dass der Funke zündete und die Bombe explodierte. Schon die um einen Tag verspätete

Überweisung der Sozialleistungen hätte gereicht, eine Revolution auszulösen. Verzweifelt suchte die Regierung nach frischem Geld.

Dies war die Lage, bevor die Ereignisse am Abend des folgenden Tages ihren Lauf nahmen.

### 2.11., 22:19 h, Marco B., 38, Personenschützer

Der Herbst kam spät in diesem Jahr, wir hatten, nach einem wunderbaren Altweibersommer, einen wahrhaft goldenen Oktober gehabt. Es war der erste kalte Tag. Ich erinnere mich genau, weil ich viel zu dünn angezogen war mit meinem dunkelblauen Anzug, dem gestreiften weißen Hemd und der rotgeblümten Krawatte. Ich trug noch nicht einmal ein Unterhemd, am Morgen hatte noch die Sonne geschienen. Ein schneidender Wind trieb braune, welke Blätter vom Tiergarten her über den weiträumig abgesperrten Vorplatz des Bundeskanzleramts.

Ich wartete auf die Regierungsgäste, die eigentlich schon vor zwei Stunden hätten eintreffen sollen. Es war langweilig, denn ich durfte mich nicht mit den Games auf meinem Smartphone beschäftigen, so wie ich es sonst zum Zeitvertreib tue, sondern musste ständig die riesige Freifläche im Auge behalten.

Das taten zwar auch gleichzeitig acht meiner Kollegen, die irgendwo auf dem Gelände verteilt waren, sowie zehn hochauflösende Kameras, die sämtliche Bilder in Echtzeit in die unterirdische Sicherheitszentrale übertrugen, doch seit dem fehlgeschlagenen Attentatsversuch eines durchgeknallten Islamisten vor zwei Jahren, der sich mit einer Panzerfaust Zugang zum Kanzleramt hatte verschaffen wollen, waren die ohnehin strengen Vorschriften noch einmal verschärft worden.

Ich wartete in der Lobby, dort war es immerhin geheizt, auch wenn mittlerweile selbst daran gespart wird. Gegen 21 Uhr, vielleicht auch eine Viertelstunde später, sah ich endlich die Lichter, auf die ich gewartet hatte. Nachdem sie die Schranke passiert hatten, fuhren zwei schwarze S-Klasse-Limousinen, eine von ihnen war eine extralange Pullman-Version mit geschwärzten Scheiben, am Haupteingang vor.

Ich durchsuchte die Regierungsgäste nach Waffen, ließ mir ihre Ausweise zeigen und begleitete sie dann nach oben. Es waren vier undurchdringlich blickende Chinesen unbestimmbaren Alters in schwarzen Maßanzügen, metallene Aktenkoffer in den Händen, sowie eine sehr große, sehr blonde Frau mittleren Alters in einem eleganten, anthrazitfarbenen Businesskostüm. Sie trug High Heels und war damit um mehr als einen Kopf größer als ihre Begleiter. Ihre ungemein attraktive Erscheinung rief sofort eine deutliche Ausbeulung in meiner Hose hervor, was sie natürlich bemerkte und mit einem kaum wahrnehmbaren spöttischen Grinsen quittierte. Laut ihrem schwedischen Pass hieß sie Annika Larsson. Sie sah aus wie Zarah Leander in blond und besaß eine ebenso tiefe, sonore Stimme.

Im Aufzug vermieden wir es, uns gegenseitig anzusehen, ich bin schließlich nur ein unbedeutender Personenschützer. Außerdem sind die Chinesen, habe ich gehört, in dieser Hinsicht sehr eigen. Sie könnten, ebenso wie Katzen, einen zu direkten Blick als Angriff auffassen. Und bei der Schwedin hatte ich ohnehin keine Chance.

Im sechsten Stock der „Waschmaschine", wie das Bundeskanzleramt seines markanten Äußeren wegen im Volksmund heißt, befinden sich der Große und der Kleine Kabinettsaal. An diesem Abend war nur das Küchenkabinett versammelt, also der engste Beraterkreis der Bundeskanzlerin und die wichtigsten Minister. Alle hatten schon ordentlich getankt, der Kellner kam kaum nach (er ist ein Freund von mir und erzählte mir am nächsten Tag beim Bier die süffigen Details). Über die Lautsprecheranlage liefen alte deutsche Schlager wie „Es fährt ein Zug nach Nirgendwo", „Die Biene Maja" und „Ein Bett im Kornfeld".

Die Bundeskanzlerin saß vor einem der Panoramafenster und kaute Fingernägel, der Vizekanzler leerte ein Glas Cognac nach dem anderen und war damit beschäftigt, auf seinem iPad die Playlist zu überarbeiten. Dass alle Anwesenden deutsche Schlager liebten, erleichterte ihm die Auswahl. Der Innen- und der Finanzminister spielten Scrabble. Sie tranken Wodka und rauchten wie die Schlote. Die Rauchmelder und die Sprinkleranlage hatten sie vorher ausgeschaltet. Fast die ganze Gesellschaft orderte ständig neuen Alkohol.

Alle sprangen auf, als die Staatsgäste den Raum betraten. Von einer auf die andere Sekunde erstarb die Musik.

Einer der Chinesen, offenbar der Wortführer der kleinen Gesandtschaft, fragte etwas auf Mandarin. Es klang nicht gerade freundlich, aber vielleicht bin ich auch nur zu wenig vertraut mit der Aussprache des Chinesischen, genauer gesagt überhaupt nicht. Annika Larsson trat einen halben Schritt vor, lächelte maliziös und übersetzte.

„Herr Hui Dai Phen fragt: Wer hat hier das Sagen?"


**2.11., 22:26 h, Bernd S., 29, Kellner**


Seit Stunden war ich voll damit beschäftigt, meine Arbeitgeber abzufüllen. Als Kellner in einem Hochsicherheitstrakt wie dem Bundeskanzleramt, wo geheime Staatsgeschäfte verhandelt werden, bin ich darauf trainiert, stets freundlich zu lächeln und stumm das auszuführen, von mir verlangt wird. Also dafür zu sorgen, dass der Alkohol nie ausgeht.

Daran war nichts Außergewöhnliches, in den Regierungsstellen der allermeisten Länder wird kräftig gebechert. Dennoch hatte ich eine vage Ahnung, dass an jenem Abend alles anders war. Die Getränke waren härter, unter fünfundzwanzig, dreißig Umdrehungen lief nichts. Dass der Justizminister einen Joint rauchte, verhieß ebenfalls nichts Gutes. Aber das ging mich nichts an, ich bin nur ein unbedeutender Dienstleister. Auf jeden Fall war die Minikamera, die ich unauffällig in meiner Fliege versteckt hatte und die ich jederzeit mit einem seitlichen Rucken meines Kopfes auslösen konnte, aufnahmebereit. Sie würde alle Fotos automatisch zu meinem verschlüsselten Cloud-Account schicken.

Als die Chinesen mit dieser umwerfend aussehenden Amazone an der Spitze den Raum betraten, waren alle sofort hellwach. Irgendwer stellte die Musik ab. Die Kanzlerin biss den letzten vorstehenden Rand ihres linken Daumennagels ab und verschluckte ihn, bevor sie in ihrem malvenfarbenen Blazer und den viel zu engen lindgrünen Hosen mit ihrem charakteristischen Trippelschritt auf die Besucher zueilte, vor denen sie sich tief verbeugte.

„Wir unwürdigen Langnasen sind hoch geehrt, dass Sie uns die unverdiente Gnade Ihres Besuchs erweisen, und heißen Sie in unserer armseligen Hütte als hochgeschätzte Gäste willkommen", sagte sie formvollendet.

Sie hatte die Begrüßung offenbar sorgsam eingeübt. Es fehlte nur noch, dass sie einen Kotau machte, aber dann wäre sie vielleicht nicht mehr hochgekommen.

Annika Larsson übersetzte, Hui Dai Phen antwortete knapp.

„Ja, wir freuen uns ebenfalls. Es wäre schön, wenn wir gleich zum Geschäft kommen könnten."

Die Kanzlerin und die umstehenden Mitglieder des Küchenkabinetts schauten verdutzt. Sie hatten sich anscheinend auf einen längeren Abend mit vielen höflichen Phrasen, gewundenen Formulierungen und geschraubten Komplimenten eingestellt, bevor man endlich zur Sache kam. Das sei die chinesische Art, dachten sie. Der Justizminister zuckte die Achseln und wies auf den großen Konferenztisch, auf dem ein etwa zwanzigseitiger Vertrag in doppelter Ausfertigung lag.

„Von mir aus können wir gleich unterschreiben. Es ist alles vorbereitet."

Die Chinesen gingen zum Tisch und setzten sich. Zwei von ihnen scannten alle Seiten des Vertrags, die ihre Smartphones automatisch mit der ihnen bereits vorliegenden Version abglichen. Das Ganze dauerte nur wenige Minuten. Dann nickten sie Hui Dai Phen unauffällig zu, dass alles in Ordnung sei.

Hui Dai Phen holte einen goldenen, an der oberen Spitze

mit einem Diamanten besetzten Montblanc-Füllfederhalter heraus, offenbar eine sündhaft teure Sonderanfertigung, schraubte ihn feierlich auf und paraphierte jede Seite des Vertrags, bevor er schließlich auf der letzten Seite schwungvoll unterschrieb. Dann das Ganze noch einmal. Er schob die beiden Schriftstücke zur Kanzlerin hin, die auf der gegenüberliegenden Seite des Tisches Platz genommen hatte. Hinter ihr standen die Mitglieder des Küchenkabinetts im Halbrund und schauten so ausdruckslos, als wollten sie es den Chinesen gleichtun. Der Vizekanzler führte sich unauffällig noch einen Cognac zu Gemüte. Er hielt das halbvolle Glas hinter seinem Rücken versteckt.

„Jetzt Sie", sagte Hui Dai Phen durch den Mund von Annika Larsson.

Es war das erste Mal, dass er den Anflug eines Lächelns zeigte. Er räkelte sich genussvoll in dem Sessel, den sonst die Kanzlerin benutzte, und kippelte nach hinten. Es fehlte nur noch, dass er die Füße auf den Tisch legte.

„Sehr bequem, der Stuhl", sagte er. „Wo kann man den kaufen?"

Die Kanzlerin ging nicht darauf ein. Sie nahm die Verträge und wendete sie mit spitzen Fingern zögerlich hin und her, als seien sie benutztes Klopapier.

„Ist noch irgendetwas unklar?", fragte Hui Dai Phen leicht ungeduldig.

Die Kanzlerin schaute hilflos fragend in die Gesichter ihres Küchenkabinetts, doch die zeigten keine Regung. Zweifellos wollte keiner, wenn die Sache schiefging, hinterher zur Verantwortung gezogen werden. Einzig die Büroleiterin der Kanzlerin, seit Jahrzehnten ihre engste Vertraute und mächtiger als die meisten Minister, machte eine Kopfbewegung, die man womöglich als Nicken interpretieren konnte. Wie sich bei der späteren Aufarbeitung der Geschehnisse herausstellen sollte, juckte aber lediglich ihre Nasenspitze, die sie sich nicht zu kratzen traute.

Hui Dai Phen trommelte rhythmisch mit den Fingerspitzen auf dem Tisch und zog indigniert die Augenbrauen hoch. Der Kanzlerin war nun klar, dass sie aus der Nummer nicht mehr rauskam. Sie zog die Mundwinkel missmutig noch weiter nach unten, als sie ohnehin schon waren, und packte ihren Pelikan-Schulfüller. Mit wilder Entschlossenheit paraphierte und unterschrieb sie die beiden Verträge. Ihre Unterschrift war, im Gegensatz zu sonst, kaum lesbar. Dann schob sie die Papiere angeekelt weit von sich.

„Na bitte, geht doch", sagte Hui Dai Phen.

Annika Larsson gab die triefende Ironie, die in seiner Stimme lag, kongenial wieder.

„Möchten Sie etwas trinken?", fragte der Vizekanzler eilfertig. „Ein Tsingtao-Bier vielleicht?"

„Wir ziehen einen gereiften Claret vor", sagte der Chinese.

Die Regierungsmitglieder schauten einander ratlos an. Ein Claret, das war ihnen kein Begriff.

„Ein alter Bordeaux, Premier Cru am besten", erläuterte Hui Dai Phen von oben herab, als habe er es mit Idioten zu tun. „Chateau Latour, Mouton Rothschild, so was in der Art. "

Es machte ihm offensichtlich Spaß, seine Gastgeber vorzuführen.

„Aber lassen Sie nur", fuhr er fort und machte eine abfällige Handbewegung. „Es muss nicht sein..."

Er vermittelte den Eindruck, als sei nach seinem Dafürhalten alles, was weniger als tausend Euro die Flasche kostete, nichts weiter als Spülwasser.

„Die Überweisung...", sagte der Justizminister.

„Ach ja richtig, es pressiert Ihnen ja", sagte Hui Dai Phen mit einem verächtlichen Unterton.

Er schnippte mit den Fingern, worauf einer seiner Begleiter wild auf seinem Smartphone zu tippen begann.

„Ihre Kontonummer...?", fragte Hui Dai Phen.

Alle schauten auf den Finanzminister. Der holte einen zerknüllten Zettel hervor, entfaltete ihn, setzte seine Lesebrille auf und las langsam und deutlich eine 22stellige Nummer vor, die der Chinese in sein Smartphone eintippte.

„Deutsche Bundesbank, Frankfurt", sagte der Finanzminister. „Verwendungszweck: bekannt."

„Natürlich", sagte Hui Dai Phen gedehnt.

Das Smartphone gab ein dezentes Ping von sich, das den

erfolgreichen Abschluss der Transaktion signalisierte. Der Chinese hielt dem Finanzminister das Display unter die Nase. Die anderen Anwesenden bemühten sich, ebenfalls einen Blick zu erhaschen.

„Hundert Milliarden Euro, meine Fresse", entfuhr es dem Justizminister. „Kaum zu glauben."

„Dann können wir ja zum unterhaltsamen Teil des Abends übergehen", sagte Hui Dai Phen. Annika Larsson lieferte wie immer die simultane Übersetzung. „Ihre Provision, meine Damen und Herren."

Einer der Chinesen überreichte jedem der Anwesenden mit einer tiefen Verbeugung einen Glückskeks, der sofort geöffnet wurde. Im Inneren befanden sich eine lange, jeweils unterschiedliche Zahlenreihe sowie der Deckname, der jedem Empfänger zugeordnet war.

„Dies sind Ihre Kontonummern", sagte Hui Dai Phen. „Wenn Sie sich dann bitte anstellen würden..."

Rasch bildeten die Mitglieder des Küchenkabinetts eine Schlange, die widerstrebende Bundeskanzlerin schoben sie an die Spitze.

„Mir ist das alles äußerst unangenehm", zierte sie sich. „Also ich weiß nicht..."

„Das geht vorbei, Frau Bundeskanzlerin", erwiderte der Innenminister. „Ich spreche aus Erfahrung. Haben Sie Ihre Nummer parat?"

Die Kanzlerin nickte tapfer und hielt den Zettel aus ihrem Glückskeks fest. Alle waren nun damit beschäftigt, ihre Kontonummern anzugeben und die Online-Überweisungen auf den Cayman Islands in Empfang zu nehmen. Keiner achtete auf die Verträge, die auf dem Konferenztisch lagen.

Es war meine Chance. Ich tat so, als wollte ich die halbleeren Gläser abräumen, und klirrte dabei mehr, als nötig war. Ich schaute kurz auf die erste Seite des Vertrags, ruckte seitlich mit dem Kopf und löste so die Kamera in meiner Fliege aus. Dann blätterte ich die Seite um und ruckte nochmal mit dem Kopf.

Wer mich beobachtete, hätte denken können, ich litte an einer motorischen Störung. Ich blickte mich unauffällig um, alle waren nach wie vor mit ihren Geldangelegenheiten beschäftigt. Rasch schlug ich die letzte Seite mit den Unterschriften auf und fotografierte auch sie. Dann brachte ich alles wieder in die richtige Reihenfolge und stellte die Gläser auf mein Tablett. Die drei Seiten zu fotografieren hatte gerade einmal zehn Sekunden gedauert.

Niemand hatte mich bemerkt. Ich konnte zu jenem Zeitpunkt nicht ahnen, dass mich die kurze, waghalsige Aktion zu einem reichen Mann machen würde.

**2.11., 22:43 h, Smartphone-Scan des Kellners Bernd S.**

Hiermit kommen die Regierung der Bundesrepublik Deutschland (im Folgenden Deutschland genannt) und die Firma Chinese Power Investment (im Folgenden CPI genannt), überein, dass Deutschland den Berliner Ortsteil Dahlem im Verwaltungsbezirk Steglitz-Zehlendorf, Ortsteilnummer 0605, bezeichnet durch die Grenzen der Eingemeindung vom 01. November 1920, CPI mit Wirkung vom 03.11.2020, 00:00 Uhr, für die Dauer von 99 (neunundneunzig) Jahren unwiderruflich zur Pacht überlässt. CPI wird ausdrücklich die Option eingeräumt, diesen Pachtvertrag drei Jahre vor Ablauf um weitere 99 (neunundneunzig) Jahre zu gleichen Bedingungen zu verlängern...

CPI besitzt das Recht, innerhalb der oben bezeichneten Grenzen des Pachtgebiets uneingeschränkte Hoheitsrechte auszuüben. Hierzu gehört auch die Beschränkung des Zugangs fremder Personen zum Pachtgebiet sowie die Regelung der Reisefreiheit für die dort ordnungsgemäß gemeldeten Einwohner. Die völkerrechtliche Vertretung des Pachtgebiets obliegt dem Auswärtigen Amt der Bundesrepublik Deutschland.

...zahlt CPI eine einmalige Pachtgebühr in Höhe von 100 (einhundert) Milliarden Euro an Deutschland, fällig unmittelbar nach Unterzeichnung dieses Vertrages."

## 2.11., 22:59 h, Ludger W., 33, Privatchauffeur

Ich bin wie die drei weisen Affen in einer Person: nicht sprechen, nicht hören, nicht sehen (außer auf die Fahrbahn natürlich). Die Diskretion in Person. Das ist, neben meinen Fahrkünsten, die wichtigste Qualifikation für meinen Beruf. Wer mich als Fahrer bucht, muss sich darauf verlassen können, dass nichts von seinen Aktivitäten nach außen dringt.
So sollte es jedenfalls sein.
Im Fond der Pullman S-Klasse-Limousine mit den abgedunkelten Scheiben, an deren Steuer ich sitze, spielt sich schließlich, sobald die Trennscheibe hochgefahren ist, alles ab, was sich Menschen so ausdenken, wenn sie Spaß haben wollen.
Es wird gekokst, gesoffen und gevögelt. Ohne Ende, kann ich Ihnen sagen. Intrigen werden gesponnen, Erpressungen eingefädelt und sogar Morde in Auftrag gegeben. Ich schwöre, dass dies zumindest einmal geschah. Es war ein CIA-Mann aus Langley, Virginia, der sich mit einem sizilianischen Mafia-Boss unterhielt. Zielperson war irgendein italienischer Politiker, der wenige Wochen später bei einem Autounfall ums Leben kam.
Woher ich das weiß? Unter einer der Hunderten von Leuchtdioden, die über den Dachhimmel verteilt sind, verbirgt sich eine winzige Kamera, die in gestochen scharfen Bildern zu mir nach vorne überträgt, was sich hinten abspielt, und natürlich alles aufzeichnet. Ein unsichtbares kleines Mikrofon sorgt für den Ton. Ich muss über alles informiert sein, schließlich bin ich verantwortlich für den Wagen, auch wenn er mir nicht gehört.
Und ich muss sehen, wo ich bleibe. Fahrer werden nicht sehr gut bezahlt, und wenn sie über Informationen verfügen, die sie eigentlich nicht haben sollten, zahlt sich das für sie aus. Ich will hier nicht weiter ins Detail gehen, aber in regelmäßigen Abständen treffe ich mich auf konspirative Weise mit mir unbekannten Männern, die keine Schlapphüte aufhaben, aber gewöhnlich so genannt werden. Ich sage ihnen, was ich

Neues erfahren habe, sie stecken mir ein paar Scheine zu. Ein fairer Deal, mit dem ich mir ein kleines Zubrot verdiene.

Nachdem ich meine Fahrgäste am Haupteingang des Kanzleramts abgeliefert hatte, parkte ich den Wagen etwas abseits, legte „Rammstein" auf und entspannte mich. Die wattstarke Anlage ließ den schweren Wagen fast erzittern. Ich wippte mit. Dank der zentimeterdicken Panzerglasscheiben war von außen nichts zu hören.

Die CD war kaum zur Hälfte gelaufen, als die Chinesen wieder aus dem Aufzug kamen. Viel zu früh, ich hatte nicht damit gerechnet. Ich sah sie aus dem Augenwinkel und hielt mit dem Benz gerade noch rechtzeitig, als sie aus der Tür traten. Mein Kollege, der den anderen Wagen fuhr, war vor mir da. Anders als auf der Hinfahrt stiegen bei mir nur der Anführer der Truppe, ein gewisser Hui Dai Phen, wie ich später erfuhr, sowie die blonde Schwedin ein. Die anderen drei Chinesen zwängten sich in die S-Klasse meines Kollegen.

Ich setzte den Wagen sanft in Bewegung. Der Zwölfzylindermotor war so gut wie unhörbar. Sofort fuhren meine beiden Passagiere im Fond die abgedunkelte Trennscheibe hoch, ich aktivierte Mikrofon und Kamera.

Es dauerte nur Sekunden, bis die Schwedin sich freimachte, vor dem Chinesen auf die Knie ging und ihm den Hosenlatz öffnete. Dann verabreichte sie ihm einen Blowjob nach allen Regeln der Kunst, während er mit ihren aufgepumpten Brüsten spielte. Ich musste mich zwingen, auf die Straße zu sehen, ein Unfall hätte meiner Reputation enorm geschadet. Aber ich muss gestehen, dass ich in diesem Moment selbst gern die Position des Chinesen eingenommen hätte.

**2.11., 23:07 h, Bernd S., 29, Kellner**

Nachdem die Chinesen und ihre schwedische Walküre gegangen waren, machte sich allgemeine Erleichterung im Kanzleramt breit.

„Bingo", sagte der Finanzminister laut und rieb sich die Hände.

Der Bundeshaushalt war durch die 100-Milliarden-Euro-Zahlung auf einen Schlag saniert. Für die nächsten Tage oder Wochen jedenfalls.

Ich servierte Schnittchen, Salzstangen und Sekt, im Hintergrund liefen wieder deutsche Schlager aus Ost und West. Es ist zwar ganz und gar nicht meine Musikrichtung (ich bevorzuge Black Music), aber ich erkannte „Marmor, Stein und Eisen bricht", „Griechischer Wein" und „Über sieben Brücken musst du geh'n". Die absoluten Klassiker, die jeder im Ohr hat. Einige der Anwesenden sangen lauthals mit, als wären sie beim Karaoke, die Kanzlerin bekam einen Schluckauf, als sie sich am Rotkäppchen-Sekt verschluckte, und machte einige unbeholfene Tanzschritte. Der Vizekanzler blieb bei Cognac.

„Siebzehn Jahr, blondes Haar", summte er leise vor sich hin, den Blick verträumt in die Ferne gerichtet.

Ich ruckte ab und zu mit dem Kopf, um ein Foto zu machen. Es war eine fröhliche, ausgelassene Runde, aber die Mitglieder des Küchenkabinetts hatten ja auch Grund zum Feiern.

Glaubten sie.

Ich war mir nicht sicher, ob da nicht etwas nachkommen würde, ich wusste ja, was unterschrieben worden war.

Aber wer bin ich schon? Ein kleiner Kellner.

## 2.11., 23:38 h, Sven O., 23, Informatik-Student

Das italienische Restaurant, das mein Freund Felix ausgesucht hatte, um in seinen 24. Geburtstag reinzufeiern, war das einzige in Dahlem, in dem man anständig zu Abend essen konnte, ohne gleich einen Kredit aufnehmen zu müssen. In Dahlem lebt ja eine Klientel, die es sich leisten kann, fünfzig Euro für ein Steak mit Trüffeln auszugeben, und das Doppelte oder Dreifache für einen alten Barolo zum Runterspülen.

Es ist ein vornehmes Villenviertel, in dem viel altes Geld zu

Hause ist. Reiche Witwen, Rechtsanwälte und Rotarier. Politiker, vor allem ehemalige, haben sich, nicht ohne Grund, in vergitterten Häusern hinter hohen Hecken verschanzt. Sogar ein ehemaliger Außenminister wohnt dort. In seiner Jugend Steine werfender, linksradikaler Straßenkämpfer, macht er auf seine alten Tage nun gutbezahlte Werbung für einen Autokonzern. Nun ja, auch eine Karriere.

Knorrige Bäume säumen die alleengleichen stillen Straßen, viele von ihnen mit Kopfsteinpflaster aus den Vorkriegsjahren. Kleine Drittweltstaaten, die sich keine repräsentative Botschaft im Regierungsviertel leisten können, haben ihre Vertretung dort angesiedelt, und sei es in einer bescheidenen Etagenwohnung. Dahlem ist schließlich eine erstklassige Berliner Adresse.

Es gibt ein paar dunkle, holzgetäfelte Pilskneipen dort, ein halbes Dutzend überteuerte Delikatessen- und Weinläden sowie zwei, drei Cafés, deren Besucher aussehen, als säßen sie seit den fünfziger Jahren des vorigen Jahrhunderts unbeweglich da. Kaffee wird in Kännchen serviert, ein Stück Schwarzwälder Kirschtorte macht für zwei Tage satt. Die wenigen Boutiquen führen fast ausschließlich Kleidergrößen jenseits der Vierzig. In den Garagen stehen Fahrzeuge der Marken Mercedes, Porsche, BMW und Bentley. Wer Rolls Royce fährt, gilt als protzig und neureich. Man zeigt nicht gerne, was man hat, und übt sich in vornehmer Zurückhaltung.

Wir armen Studenten begnügten uns mit ordinärer Pizza und Pasta sowie dem gar nicht mal schlechten roten Hauswein aus der Zweiliter-Bastflasche, einem Lambrusco. Manche nannten das Restaurant hinter vorgehaltener Hand „La Salmonella", doch das ist eine böswillige Verleumdung. Mir hat es immer gut geschmeckt.

Ein gutes Dutzend Leute waren da, überwiegend Kommilitonen aus dem BWL- und IT-Bereich. Einige aus der Runde hatten bereits ihren ersten Job ergattert, wieder andere machten „irgendwas mit Medien", was immer das auch heißen mochte. Antonio, der Wirt, spielte uns zuliebe einmal keine neapolitanische Mandolinenmusik, sondern Lounge Music, wenn auch in gedämpfter Lautstärke. Da ich um seine

Vorlieben wusste, hatte ich vorsichtshalber einige CDs mitgebracht und sie ihm in die Hand gedrückt, zusammen mit einem Zwanziger.

Felix und Clara, seine schöne Freundin, waren mächtig gut drauf. Die beiden waren seit einem halben Jahr zusammen und immer noch sehr ineinander verliebt. Sie hatten sich beim Segeln auf dem Wannsee kennengelernt, bei einem Schnupperkurs des Potsdamer Yachtclubs. Clara war aus Übermut ins Wasser gefallen, Felix hatte sie wieder rausgeholt und wiederbelebt, von seiner einfühlsamen Mund-zu-Mund-Beatmung konnte sie hinterher nicht mehr genug kriegen.

Schon nach drei Wochen waren sie zusammengezogen. Claras Eltern besaßen eine Eigentumswohnung in Dahlem, die sie ohnehin ihrer Tochter vermachen wollten. Sie hatten nichts dagegen, dass Felix gleich mit einzog. Er war eine gute Partie. Gutaussehend, kultiviert, mit besten beruflichen Aussichten nach seinem Universitätsexamen. BWL, Business Management und Informatik, eine perfekte Kombination. Außerdem war er gut vernetzt, hatte Praktika bei Daimler, Siemens und Airbus absolviert und somit Aussicht auf einen gutbezahlten, krisensicheren Job.

Gewiss war er kein Intellektueller. An tiefgründige Gespräche mit ihm kann ich mich nicht erinnern, und wirklich belesen war er auch nicht, aber das ist schließlich keine Voraussetzung für Erfolg im Leben. Der Zweifel war seine Sache nicht. Er liebte Logik und die klare Linie, die schwarz-weiße Unterscheidung, die eindeutige, auf Fakten basierende Beurteilung. Damit war er bislang gut durchgekommen.

Er trug rahmengenähte schwarze Pferdelederschuhe, für deren Anschaffung sein Großvater aufgekommen war, enge Jeans und blütenweiße Hemden, die informelle Uniform der BWL-Studenten. Regelmäßig ging er ins Fitnessstudio, um seine Muskeln zu trainieren, der Effekt war deutlich sichtbar. Er war schlank und großgewachsen, besaß ein makelloses weißes Gebiss sowie strubbeliges blondes Haar und verfügte über einen natürlichen, zupackenden Charme, dessen er sich durchaus bewusst war. Er setzte ihn auch ganz gezielt ein.

Clara passte in jeder Hinsicht zu ihm. Sie hatte das, was

ihm fehlte, nämlich eine großbürgerliche, ja sogar adelige Herkunft, in der Geld keine wesentliche Rolle spielte. Sie war eine äußerst aparte, schwarzhaarige und leicht exotische Erscheinung von graziler Gestalt. Ihre grünen Mandelaugen und ihr dunkler Teint waren das Erbe ihrer indonesischen Urgroßmutter, die deren abenteuerlustiger Ehemann, das schwarze Schaf der Familie, vor einem knappen Jahrhundert aus Surabaya mit nach Deutschland gebracht hatte.

Clara studierte Kunst und Kulturgeschichte, ohne dass klar war, welchen Beruf sie später einmal ausüben wollte. „Irgendwas mit Kunst" hätte sie vermutlich geantwortet. Wenn es nicht soweit kam – auch in Ordnung. Sie war ein Luxusgeschöpf, das immer auf der Sonnenseite des Lebens zu Hause sein würde. Wenn ich nicht auf Kerle stünde, hätte ich mich zweifellos ebenfalls in sie verliebt.

Als es auf Mitternacht zuging, waren wir alle nicht mehr nüchtern. Wir hatten dank des reichhaltigen Essens zwar eine gute Grundlage, doch der Wein zeigte Wirkung. Vielleicht war er doch nicht so gut wie wir dachten, denn eine Kommilitonin hatte sich bereits übergeben. Sie hatte es gerade noch bis vor die Tür geschafft und dort die Büsche mit ihrem Mageninhalt gedüngt. Aber noch war alles im grünen Bereich.

„Wir können ja nach zwölf noch woanders hingehen", rief Felix. „Es ist gleich soweit."

Es war sieben Minuten vor Mitternacht. Felix orderte eine Magnumflasche Prosecco, die auch nicht die Welt kostete und für alle einen knappen Nulleinser hergab. Mehr sollte es auch gar nicht sein. Es ging um die Geste. Jeder hielt sein Glas hoch, Felix schenkte ein, er war schon leicht unsicher. Ein bisschen des Proseccos ging daneben, blöderweise genau in meinen Schoß. Es fühlte sich an, als hätte ich in die Hose gepinkelt. Aber ich konnte Felix nicht böse sein.

Als der Sekundenzeiger auf die Zwölf vorrückte, zählten alle den Countdown im Chor mit. Laut. Die wenigen anderen Gäste schauten indigniert, doch das störte keinen von uns. Man hat nur einmal im Jahr Geburtstag.

Um Punkt Mitternacht stießen wir mit Felix an, umarmten ihn und gaben ihm Bussis auf beide Wangen. Clara küsste ihn tief und innig auf den Mund, es wollte kein Ende nehmen. Alle gratulierten Felix und wünschten ihm Gesundheit und viel Geld. Dann sangen wir inbrünstig „Happy Birthday To You", am Schluss applaudierten wir uns selbst. Antonio entzündete sechs Wunderkerzen auf einem Panettone und grinste wie ein Honigkuchenpferd.

„Tanti auguri di buon compleanno, mio amico!", sagte er mit Tränen in den Augen.

Auch seine Nase tropfte leicht.

„Herzlichen Glückwunsch zum Geburtstag, mein Freund", heißt das auf deutsch.

Antonio war ein ziemlich sentimentaler Hund, was aber erst herauskam, wenn man ihn näher kannte.

Felix umarmte ihn gerührt. Sein neues Lebensjahr hätte nicht besser beginnen können. Er war ein Glückskind. Mit Clara hatte er eindeutig die richtige Frau an seiner Seite. Es gab nichts, das ihn aufhalten konnte, die Welt stand ihm offen. Wenn einer Karriere machen würde, dann er.

„Und jetzt? Wo geh'n wir jetzt hin?", rief er in die Runde.

Angesagte Clubs wie in Mitte oder Kreuzberg gibt es in Dahlem nicht, dazu ist das Viertel zu abgelegen und verschlafen. Und wir waren noch längst nicht müde. Also beschlossen wir, nach Mitte oder Kreuzberg zu fahren und die dortigen Clubs aufzumischen.

### 3.11., 00:07 h, Werner J., 61, Telefontechniker

Der Anruf kam kurz nach Mitternacht. Ich gehöre zu einer geheimen Spezialeinheit der Regierung, die rund um die Uhr in Bereitschaft ist. Wenn wichtige staatliche Institutionen wie Ministerien oder Kanzleramt, Polizei, Feuerwehr, Flughäfen, Atomkraftwerke oder auch große Krankenhäuser wie die Berliner Charité Probleme mit den Anschlüssen von Telefon und Internet haben, werden wir alarmiert. Wir bringen das binnen kürzester Zeit in Ordnung, dafür sind wir ausgebildet. Es kommt im Übrigen öfter vor als man glaubt, ohne uns gäbe es das reine Chaos. Nur die Bundeswehr hat ihr eigenes System und ihre eigenen Leute, auch die Geheimdienste sind autark.

Doch dieser Auftrag war anders als gewöhnlich. Ich fragte zweimal nach und bat dann um schriftliche Bestätigung. Das mache ich sonst nie, normalerweise reicht ein Telefonanruf. Doch diesmal musste ich mich absichern. Nachdem die versiegelte Bestätigung, nur wenige Minuten später, von einem Kurier überbracht worden war, brachen wir auf, mein junger Kollege und ich.

Berlin ist von einem unterirdischen Netz aus knapp mannshohen, gemauerten Gängen durchzogen, das zum größten Teil noch aus der Nazizeit stammt. Auch im Kalten Krieg spielte es eine bedeutende, bis heute nicht restlos aufgeklärte Rolle, es wurde auf östlicher wie westlicher Seite sogar erweitert. Nur wenige Menschen wissen überhaupt von seiner Existenz.

Die Anlage unterliegt der höchsten Geheimhaltungsstufe, da sie auch als Fluchtroute für Regierungsmitglieder, hohe Beamte und andere wichtige Funktionsträger dient. Sie besitzt eine Gesamtlänge von 271 Kilometern, offiziell jedenfalls (obwohl das keiner genau weiß, womöglich ist sie noch viel länger), und ist in Abschnitte unterteilt, die von schweren Stahltüren oder eisernen Rollgittern gesichert sind. Der Zugang ist ausschließlich mit speziellen Codekarten möglich, die nur für bestimmte Bereiche gelten. Ihre Ausgabe ist namensgebunden und an regelmäßige Sicherheitsüberprüfungen geknüpft. Wer die Codekarte verliert, hat ein echtes Problem. Ich jedenfalls hüte die Karte wie meinen Augapfel.

Über die Gänge gelangt man unbemerkt an die Leitungen von Telefon und Internet. Sie sind das Gehirn der Stadt. Unsere Kollegen von der Post reißen die Straße auf oder öffnen Gullideckel, wir kommen von unten. Im Fall eines Notstands – zum Beispiel Krieg, Aufstände, Terroranschläge oder Naturkatastrophen – können wir ganze Bezirke innerhalb kürzester Zeit vom Netz trennen. Sie sind dann total isoliert. Aber das kam noch niemals vor.

Bis jetzt.

Normalerweise sind wir dafür da, Schäden zu beheben. Doch in diesem Fall, und deshalb war ich so irritiert, ich konnte den Sinn nicht verstehen, da ein Notstand ja nicht vorlag – in diesem Fall also befahl man uns, einen Schaden hervorzurufen.

Wir sollten ganz Dahlem von der Außenwelt abschneiden. Komplett. Und absolutes Stillschweigen darüber bewahren.

Nun, ich bin kein Entscheidungsträger, und irgendwas werden die da oben sich wohl dabei gedacht haben, doch hatte ich ein mulmiges Gefühl dabei. Wenn ich damals gewusst hätte, zu wessen Handlanger ich mich machte, hätte ich mich geweigert. Garantiert. Trotz meines Amtseides. Ich bin Beamter, müssen Sie wissen, und stehe treu zu diesem Staat. Genau wie zu dem anderen deutschen Staat davor. Ich mache da keine Unterschiede, Staat ist Staat. Aber deutsch sollte er schon sein.

Ich hatte meinen Kollegen befehlsgemäß nicht über das informiert, was wir vorhatten. Hätte ich genauer nachgedacht, wäre mir vielleicht der Gedanke gekommen, dass auch ich ja Zeuge war und dementsprechend gefährdet. Im Kino jedenfalls werden solche Zeugen nie am Leben gelassen. Und meinen Kollegen kannte ich erst seit zwei Wochen, er war neu im Team und ein schweigsamer, undurchsichtiger Typ, der sich nicht gern mit uns abgab. Er hatte noch kein einziges Mal ein Bier mit uns getrunken. Wusste ich denn, welche Befehle er womöglich hatte? In wessen Interessen er in Wahrheit handelte? Er war jung und kräftig, im Zweifelsfall wäre er mir körperlich weit überlegen gewesen.

Wir stapften also, unsere Stabtaschenlampen und eine Kopie der achtzig Jahre alten Karte in der Hand, den Gang entlang zum nächsten Knotenpunkt und passierten die Stahltür. Krachend fiel sie hinter uns ins Schloss, so dass wir kräftig zusammenzuckten. Aus der Finsternis vor uns kam ein mehrfaches Echo zurück. Ich bildete mir ein, die intensiv leuchtenden Augen irgendwelcher Tiere zu sehen und scharrende Geräusche zu hören, doch ich wusste, mehr als Ratten gibt's da unten nicht.

Aber Bangemachen gilt nicht, wer sich in die Hose macht bei unserem Job, ist eindeutig verkehrt. Außerdem mussten wir uns konzentrieren, denn auf dem staubigen Boden, der meist nur aus gestampftem Lehm bestand, konnte man jederzeit über Gerümpel, Skelette oder andere zweifelhafte Hinterlassenschaften der jüngeren und jüngsten deutschen Geschichte stolpern. Zu deren Verlauf auch ich, darf ich in aller Bescheidenheit anmerken, einiges beigetragen habe. Ich bin nicht umsonst so vertraut mit den Gängen unter der Hauptstadt. Aber das ist eine andere Geschichte. Ich unterliege nach wie vor der Schweigepflicht und möchte mich nicht selbst belasten.

Es war kalt und feucht. Nachdem wir eine knappe halbe Stunde schweigend durch die Dunkelheit marschiert waren, erreichten wir den ersten Verteilerkasten. Wir vergewisserten uns, dass es auch der richtige war, schließlich wollten wir ja nicht das Kanzleramt abklemmen. Dann holten wir unser Werkzeug raus und gingen an die Arbeit.

Wenige Minuten später waren die ersten fünf Blocks in Dahlem, zwischen Argentinischer Allee und Grunewald, von der Außenwelt abgeschnitten.

Und das war erst der Anfang.

### 3.11., 00:14 h, Bernd S., 29, Kellner

Die Bundeskanzlerin saß wieder am Fenster und starrte sinnend auf das nächtliche Panorama Berlins. Die Schlagermusik war leise gestellt (es lief gerade „Tanze mit mir in den Morgen" von Gerhard Wendland), die Mitglieder des Küchenkabinetts hingen schweigend in den Ledersesseln und waren mit sich selbst beschäftigt. Wahrscheinlich war die Lethargie auch eine Folge des übermäßigen Genusses von Alkohol und Marihuana, als Kellner bin ich da Experte. Außerdem ist es ganz normal, dass nach einer bedeutsamen Entscheidung die Stimmung erst mal runtergeht, der Körper braucht diese Auszeit.

„Was haben wir getan...", seufzte die Kanzlerin.

Sie war voller Zweifel. Es war offenkundig, dass sie litt.

Der Innenminister war hinter sie getreten.

„Das, was notwendig war", sagte er. „Für Deutschland."

„Und für uns", ergänzte der Finanzminister.

„Ja, denn wir sind Deutschland, haha", fügte der Innenminister hinzu.

Die beiden lachten lauthals über den Witz, nur die Kanzlerin blickte weiterhin mürrisch. Sie formte ihre Finger zur Raute. Das tat sie immer, wenn sie nicht mehr weiterwusste. Schon seit Jahren war es ihr Markenzeichen. Ich kam mit dem vollen Tablett zu der kleinen Runde.

„Noch ein Rotkäppchen?", fragte ich.

Alle griffen zu, stießen klirrend an und leerten die Gläser in einem Zug. Nur die Kanzlerin nippte leicht. Sie vertrug kaum Alkohol. Seit sie einmal in einer live ausgestrahlten Talkshow wegen zweier Schlucke Wodka einen peinlichen Aussetzer gehabt hatte, war sie extrem vorsichtig.

„Wohnen Sie nicht in Dahlem?", fragte sie den Innenminister.

„Der Möbelwagen ist unterwegs", antwortete er, „und die Familie schon in Mitte, im Hotel. Wir haben eine Suite auf Staatskosten gemietet. Fünf Sterne."

Fast unmerklich hatte sich die Gruppe am Panoramafenster vergrößert.

„Ihr ehemaliger Außenminister wohnt doch auch in Dahlem?", fragte die Büroleiterin, an die Gesundheitsministerin gerichtet.

„Den lassen wir auch besser dort", erwiderte sie hämisch. „Mit dem hab' ich ohnehin noch ein Hühnchen zu rupfen. Man sieht sich immer zwomal im Lebben, nich' woar?"

Sie sprach mit einem starken sächsischen Akzent, der durch den abgrundtiefen Hass in ihrer schrillen Stimme noch verstärkt wurde.

„Na dann Prost", rief der Justizminister und blies in eine bunte Tröte, die er in einer Ecke gefunden hatte.

Sie war vom letzten Karneval übrig geblieben.

Die Partys im Kanzleramt, ob nun Karneval oder nicht, sind unter Insidern so berühmt wie berüchtigt. Seinen Geburtstag dort feiern zu dürfen, wie es einmal einem einflussreichen Banker gelang, ist wie ein Ritterschlag in deutschen Wirtschaftskreisen. Nur dafür zu zahlen, reicht nicht aus. Man muss auch wohlgelitten sein.

„Immer feste druff", fuhr der Justizminister fröhlich fort und setzte eine rote Pappnase auf. „Helau!"

Er stammte aus Rheinhessen, aus einem kleinen Dorf im Hinterland von Mainz. Das erklärte vieles. Er wankte zur Musikanlage und drehte sie auf volle Lautstärke. Es lief gerade „Der Junge mit der Mundharmonika" von Bernd Clüver. Bis auf die Kanzlerin sangen wieder alle inbrünstig mit. Sie war mehr im ostdeutschen Genre zu Hause.

„Morgen ist alles vorüber, morgen ist alles vorbei" von Esther Ofarim wäre der Situation allerdings deutlich angemessener gewesen. Aber so weit dachten die fröhlichen Zecher im Kanzleramt zu diesem Zeitpunkt noch nicht.

## 3.11., 00:28 h, Hannelore M., 50, BVG-Angestellte

Die BVG, die Berliner Verkehrsbetriebe, sind ein großes, komplexes Unternehmen. Wir bedienen zehn U-Bahnlinien, von denen acht auch nachts fahren, dazu 22 Straßenbahn- und 151 Buslinien. Ohne uns wären die meisten Menschen in Berlin nicht mobil. Wir sind, sozusagen, alternativlos dafür, dass die Großstadt funktioniert.

Selbstverständlich haben wir auch Vorsorge für den Notfall getroffen, über Funk sind wir permanent mit all unseren Fahrzeugen verbunden. Wenn sich zum Beispiel jemand vor den Zug wirft oder irgendwelche Idioten betrunken in die U-Bahn-Tunnel laufen, hat das nicht nur Folgen für die direkt betroffene Bahn, sondern auch für alle nachfolgenden Züge, die zum Teil im Fünf-Minuten-Takt verkehren. Dann müssen wir schnell reagieren, damit kein Chaos ausbricht.

Wichtig ist auch, dass wir die Fahrgäste auf den Bahnsteigen sofort über Lautsprecher informieren, ohne dass wir genau sagen, was los ist. Wir wollen die Leute schließlich nicht beunruhigen. Meist reden wir von Polizeieinsatz oder irgendwelchen technischen Störungen, das glaubt uns jeder angesichts des Zustandes, in dem die Züge sind. Doch immer bitten wir höflich um Entschuldigung, das sind wir unseren Kunden schuldig.

Unsere Katastrophenpläne machen wir nicht öffentlich, aber es gibt sie natürlich. Stellen Sie sich nur mal einen Großbrand in der Nähe eines unserer Bahnhöfe vor, da braucht es eine ausgefeilte Logistik, den Verkehr weiträumig umzuleiten. Oder einen Terroranschlag, der Fantasie sind keine Grenzen gesetzt. Im Prinzip können wir einen ganzen Bezirk innerhalb von Minuten vom Netz des öffentlichen Nahverkehrs trennen.

Keiner von uns hätte gedacht, dass diese Situation einmal eintreten würde. Ich hatte in jener Nacht Dienst in der Zentralen Leitstelle, als der telefonische Befehl von oben kam. Was mich besonders irritierte, war, dass es scheinbar keinen Anlass gab. Kein Unfall, kein Brand, kein plötzlich gefundener Blindgänger aus dem Zweiten Weltkrieg. Auch wenn wir die Gründe für unsere Handlungen nicht nach außen kommunizieren, so sind wir doch jederzeit darüber informiert, was Sache ist.

In diesem Fall war es nicht so. Wir bekamen lediglich die dienstliche Anweisung, ohne jegliche Begründung. Als ich nachfragte, wurde der Befehl wiederholt mit der Drohung, ich würde abgelöst, sollte ich den Befehl nicht sofort ausführen. Das war unmissverständlich. Ich bin seit 27 Jahren bei der BVG, aber so was hatte ich noch nie erlebt. Doch was blieb mir übrig? Ich bin weisungsgebunden. Also machte ich eine Notiz im Dienstbuch und hielt den Vorgang im Computer fest, unter „außergewöhnliche Ereignisse". Dann legte ich den Schalter um, bildlich gesprochen, denn so ein komplexer Vorgang funktioniert nicht auf Knopfdruck.

Es dauerte dennoch nur wenige Minuten, bis der öffentliche Nahverkehr von und nach Dahlem dauerhaft gestoppt war. Kein Bus und keine U-Bahn fuhren mehr. Ich meldete Vollzug und fragte nochmal nach, was eigentlich los sei, aber ich erhielt keine Antwort.

**3.11., 00:32 h, Pjotr K., 24, Bauarbeiter**

Ich bin einer jener Menschen, die man gewöhnlich nicht wahrnimmt. Die im Sommer schwitzend, fluchend und mit nacktem Oberkörper Gebäude hochziehen ohne zu murren, so lange sie nur halbwegs gut – oder überhaupt – bezahlt werden. Nach der Arbeit sitzen wir in unserer spartanisch ausgestatteten Unterkunft mit den doppelstöckigen Betten und der Gemeinschaftsdusche, trinken Bier und spielen Karten. Dafür gibt's einen kleinen Aufenthaltsraum, der aber nicht gemütlich ist. Wir sitzen auf unbequemen Plastikstühlen an wackligen Tischen, weil wir nichts anderes haben.

Die meisten von uns rauchen Kette. Manchmal schauen wir auch Fernsehen. Aber wenn man die Sprache nicht versteht, ist das schwierig. Denn ich bin Pole. Darf aber in Deutschland arbeiten, wegen der EU. Polnisches Fernsehen kriegen wir mit der Satellitenschüssel auf dem Dach nur verrauscht rein, das macht keinen Spaß.

Ich schiebe Überstunden, so viel es eben geht. Das meiste Geld, das ich verdiene, schicke ich nach Hause, an meine Familie in einem kleinen Dorf bei Kattowice, in Schlesien. Sie braucht es nötiger als ich. Und mein Sohn, er ist erst drei, der soll es einmal besser haben. Vielleicht schafft er es ja mal zu studieren.

Im Winter, wenn es frostig ist, herrscht Ruhe auf dem Bau. Da warten wir auf den Frühling. Viele von uns arbeiten in dieser Zeit nebenher als Anstreicher oder Fliesenleger. Die meisten Deutschen sind ja fest angestellt, mit Krankenversicherung, Urlaub und Weihnachtsgeld. So was kennen wir gar nicht. Im Grunde sind wir Tagelöhner. Dennoch sind wir froh, dass wir den Job haben. Besser so ein Job als keiner. Ich habe gehört, in den großen Schlachthöfen in Deutschland, die fast alle versteckt auf dem Land liegen, geht's noch schlimmer zu. Ich will mich also nicht beschweren.

Arbeitsmäßig hatten wir Ende Oktober eine Flaute. Ein Auftraggeber hatte Konkurs angemeldet, so dass wir ein großes Bauvorhaben abbrechen mussten. Im Grunde war das eine Katastrophe für uns, denn wir hatten mit dem Geld gerechnet. Als wir dann zwei Tage später gefragt wurden, ob wir einen anderen Job machen wollten, dachte ich, ich träume. Dreifacher Lohn für fünf Tage Arbeit am Stück, bar auf die Hand, Verpflegung extra und Bier, so viel wir wollten. Außerdem ein Bonus, wenn wir alles planmäßig schafften.

Aber alles streng geheim, kein Sterbenswörtchen durften wir sagen. Zu niemandem. Ich sage Ihnen, bei so einem Angebot fragt keiner groß nach, und keiner geht damit hausieren. Da fällt man nur noch auf die Knie und dankt der Heiligen Jungfrau, dass sie mal wieder an einen gedacht hat.

Es war ein Job auf Abruf. Das heißt, wir hatten keine Ahnung, wann und wo wir anzutreten hatten. Auch nicht, wer unser Auftraggeber war. Irgendeiner juxte, es sei bestimmt Donald Trump, der amerikanische Präsident. Der baute ja Gebäude und Mauern, vor allem Mauern, überall in der Welt. Alle lachten. Doch manchmal ist ein Witz ganz nahe an der Wirklichkeit.

Jeder von uns hatte einen ordentlichen Vorschuss bekommen, so dass wir entsprechend scharf darauf waren, endlich anzufangen. Wir warteten fünf Tage. Als dann, mitten in einer kalten Novembernacht, vier Kleinbusse (sie trugen weder Namen noch Logos oder sonstige Aufschriften) vor der Unterkunft vorfuhren, waren wir bereit.

Wir fuhren nicht lange. Ich hatte keine Ahnung, wohin. Ich arbeite in Berlin, aber ich kenne mich nicht aus. Schließlich habe ich gar nicht das Geld, irgendwas groß in der Stadt zu unternehmen. Der Ort, zu dem sie uns brachten, war taghell erleuchtet. Sie hatten mehrere Lichtmaste aufgestellt, wie sie auch die Polizei bei Razzien verwendet. Oder Filmteams bei Dreharbeiten, wie mir ein Kollege sagte, der mal als Komparse beim Fernsehen gearbeitet hatte.

Es war eine Straßenkreuzung. Sie war weiträumig abgesperrt, aber nicht von Polizei, sondern von bewaffneten Typen, die schwarze Helme mit Sichtschutz und Uniformen trugen, die ich noch nie gesehen hatte. Es schien alles gut organisiert zu sein. Lastwagen karrten Unmengen von Backsteinen heran, die von Helfern in gelben Warnwesten zu großen Haufen geschichtet wurden. Spezielle Transportfahrzeuge lieferten tonnenweise Werkfrischmörtel. Lärmende Betonmischmaschinen gab's im Dutzend, Vorarbeiter schrien herum und gaben Anweisungen.

Hier sollten wir die Mauer bauen.

**3.11., 00:46 h, Sven O., 23, Informatik-Student**

Es wurde dann doch fast eins, bis wir endlich loskamen. Antonio hatte noch Grappa für alle ausgegeben. „Geht aufs Haus", sagte er großzügig, aber das tat er immer, wenn die Rechnung entsprechend hoch war. Außerdem war der Grappa vom Billigsten, die Flasche für fünf Euro bei Aldi. Wir taten so, als ob wir das nicht wüssten und zeigten uns dankbar. Dann diskutierten wir endlos, wer mit wem fahren sollte. Es war ein Problem, weil wir alle nicht mehr nüchtern waren.

Am wenigsten getrunken hatte Clara, also setzte sie sich hinters Steuer von Felix' altem Golf. Da auf der Rückbank ein ausladender Stuhl verstaut war, den die beiden auf dem Sperrmüll gefunden hatten, passte nur noch ich hinein. Von den anderen wollten nicht mehr alle mit, obwohl um ein Uhr morgens die Nacht in Berlin doch erst beginnt. Der Rest nahm ein Großraumtaxi. In einem Club in Kreuzberg wollten wir uns treffen.

Doch da kamen wir nie an. Keiner von uns.

Als erstes fiel uns auf, dass die Straßenführung vielfach geändert war. Einbahnstraßen verliefen plötzlich in entgegengesetzter Richtung, Rechts- oder Linksabbiegen war an gewohnten Stellen nicht mehr möglich, Schilder mit der Aufschrift „Durchfahrt verboten" standen an Orten, wo sie nichts zu suchen hatten. Umleitungen waren eingerichtet und Straßenschilder abmontiert, in die falsche Richtung gedreht oder gleich ganz überklebt.

Zunächst schoben wir es auf den mehr oder minder leichten Schwips, den wir alle hatten, und Felix machte Witze darüber. Im Ordnungsamt habe es nicht Freibier, sondern Frei-LSD gegeben, meinte er. Dann merkten wir, dass es auch anderen Autofahrern so ging. Keiner wusste offenbar, wie er fahren sollte. Manche bremsten abrupt, stießen zurück und knallten auf die Front des Hintermannes. Andere wendeten verboten und versperrten so den Weg, alle hupten wie verrückt und brüllten sich gegenseitig an.

Wir wollten nur noch raus aus diesem Chaos. Doch das war nicht so einfach. Die Hoffnung, nach Kreuzberg zu kommen, hatten wir längst aufgegeben. Vor allem, als wir merkten, dass wir im Kreis fuhren.

Wir konnten Dahlem nicht verlassen.

### 3.11., 01:17 h, Dieter B., 62, Schlagersänger

Ich verbrachte den Abend wie fast jeden anderen auch (es sei denn, ich habe einen Auftritt oder eine Fernsehaufzeichnung). Zum Abendessen hatte ich uns „Pizza mit allem" liefern lassen, es war die klassische Alternative zu „Ente kross" vom Asiaten. Danach warf ich eine Viagra ein, während der Wartezeit, bis die Pille wirkte, schauten wir einen „Tatort" aus der Konserve. Danach trieben wir es ausgiebig, zum Ausklang zog ich mir über Live Streaming alte Zeichentrickfilme mit Micky Maus, Donald Duck und Tom & Jerry rein, während Nudel in einem der anderen Zimmer mit einer Freundin telefonierte. Sie hatte keinen Grund, sich zu beklagen, immerhin war sie dreimal heftig gekommen. Ich nur einmal, aber das war schon okay. Ich bin schließlich keine Zwanzig mehr.

Ich trug meinen kunstseidenen blauen Morgenmantel mit den aufgestickten bunten Comicfiguren und nichts darunter, fläzte mich auf dem knallgelben Ledersofa und kraulte mein strohblondes Brusthaar. Dazu trank ich einen dreißig Jahre alten Malt Whisky mit Soda und Eis. Tom & Jerry waren besonders lustig, ich amüsierte mich köstlich und lachte laut. Ich identifizierte mich stets mit Tom, dem Kater, auch wenn er meist das Nachsehen hat. Es war wie immer ein gelungener Abend.

Bis der Stream auf einmal rauschte und ruckelte und schließlich ganz erstarb. Der leicht nach innen gebogene 220-Zoll-Monitor, der die volle Breitseite meines Vierzig-Quadratmeter-Wohnzimmers einnahm, war auf einmal mausetot und rabenschwarz. Auch die überall im Zimmer platzierten dreizehn Dolby-Surround-Lautsprecher gaben keinen Mucks mehr von sich. Es war ein Uhr dreizehn, das weiß ich noch genau. Es ist eine Macke von mir, dass ich mir immer, wenn etwas Außergewöhnliches passiert, sofort die genaue Uhrzeit merke. Man weiß nie, ob man sie nicht später einmal braucht. Wenn die Polizei fragt oder so.

Sofort stand Nudel auf der Matte. Sie schwenkte empört das Telefon.

„Geht nich' mehr, Diddi", rief sie mit ihrer Piepsstimme.

Ich konnte ihr einfach nicht abgewöhnen, mich Diddi zu nennen. Ich hasse diesen Namen. Schon meine Eltern nannten mich so.

„Na und?", blaffte ich zurück. „Kannst du nicht langsam mal austelefonieren? Ich bezahl' das schließlich."

„Du hast ne Flatrate", antwortete sie schnippisch und verschwand wieder im Zimmer.

Sie knallte die Tür hinter sich zu. Es war mir egal.

Sie tat ja wirklich nicht viel anderes im Leben als dumm daher zu plappern, mit irgendwelchen Freundinnen zu telefonieren und zu shoppen, auf meine Kosten selbstverständlich. Ich hatte ihr eine von meinen goldenen Kreditkarten gegeben, sie aber vorsichtshalber mit einem Limit versehen. Wenn Nudel nicht so eine Granate im Bett gewesen wäre, hätte ich sie schon längst in den Wind geschossen.

Ich hatte sie Nudel genannt, obwohl sie gertenschlank war. Sie war gerade mal fünfundzwanzig, Kosmetikerin von Beruf und besaß ein hübsches, schnuckeliges Gesicht mit Schmollmund, braune Kulleraugen und eine lange brünette Mähne. Bei älteren Männern weckte sie Beschützerinstinkte, vor allem, wenn sie einen beim Blowjob von unten herauf mit geweiteten Augäpfeln ansah und mit den langen Wimpern klimperte. Vor allem aber war alles echt an ihr, auch die Super-Brüste. Kein Quacksalber hatte je an ihr herumgeschnippelt. Ich mag's gern authentisch, müssen Sie wissen. Dass sie nie in Quantentheorie promovieren würde, war mir von vornherein klar gewesen.

Nun gut, mein Fach ist die Quantentheorie auch nicht gerade, ich bin Schlagersänger. Aber ich schreibe alle meine Lieder selbst, nur bei den Texten und der Orchestrierung lasse ich mir manchmal helfen. Ich kann mich also mit Fug und Recht als Künstler bezeichnen. Und als mehrfachen Millionär, das vor allem. Wenn die Leute meine Sachen nicht gut fänden, hätte ich mir die Villa im teuren Dahlem (sieben Zimmer, vier Bäder, 310 Quadratmeter, großer Garten und Garage für drei Autos) garantiert nicht leisten können.

Dass das friedliche, verschnarchte Dahlem einmal der denkbar ungünstigste Platz zum Wohnen sein würde, hatte ich ja nicht ahnen können.

## 3.11., 01:24 h, Gerd N., 43, Obdachloser

Auch für die fortgeschrittene Jahreszeit war es eine ungewöhnlich kalte Nacht. Außerdem wehte ein schneidender Wind. Ich lag, mit Zeitungspapier bedeckt, auf meiner Lieblingsbank, als ich plötzlich ungewöhnliche Aktivität verspürte. Wir Obdachlosen haben einen feinen Sinn für Gefahr, wir merken instinktiv sofort, wenn etwas nicht stimmt. Auch wenn wir schlafen. Es ist reiner Selbstschutz, nur so können wir auf Dauer überleben.

Ich stellte mich weiter schlafend und versuchte herauszufinden, was los war, indem ich kaum merklich den Kopf hob und unauffällig die halbgeöffneten Augen verdrehte. Zwei große Werkstattwagen des Technischen Hilfswerks hatten nicht weit von mir geparkt. Sie erhellten die Umgebung mit ihren Scheinwerfern und grell blinkenden gelben Lichtern. Vermummte Männer mit weiß-roten Warnwesten räumten Absperrungen und allerlei Gerätschaften auf die Straße. Aus mehreren Fenstern der umstehenden Mietshäuser protestierten lautstark verärgerte Anwohner, die der Krach aus dem Tiefschlaf geholt hatte, doch die Arbeiter scherten sich nicht darum.

Sie bauten einen Kontrollpunkt mit allen Schikanen auf: Ein geräumiges Kontrollhäuschen, massive Absperrungen, kompakte Betonschweller, reflektierende Warnbaken und Leitkegel, blinkende Warnleuchten, eine rot-weiße Schranke aus Stahl, außerdem ein Stromgenerator. Sogar an ein Dixiklo war gedacht. Starke Lampen erleuchteten die Szenerie taghell. Ein, zwei Autos wurden noch durchgelassen, dann zogen zwei der Männer eine Nagelsperre quer über die Straße, die jeden Reifen plattmachen würde. Kein Auto konnte mehr passieren.

Mir war die ganze Sache nicht geheuer. Ich kannte das alles nur zu gut aus Schwarzafrika, aus Ruanda, wo ich in einem früheren Leben als Entwicklungshelfer gearbeitet hatte. Aber dort war Bürgerkrieg gewesen, ausländische Botschaften und Militärposten wurden auf diese Weise gesichert. Hier fehlten nur noch die Bewaffneten, um das Bild komplett zu machen.

Ein paar Sekunden später hielt ein Mannschaftswagen ohne Nummernschild, wie er beim Militär verwendet wird. Etwa zehn Gestalten in schwarzer Schutzkleidung sprangen heraus. Sie trugen Handgranaten und Walther P99-Pistolen am Gürtel, in den Händen hielten sie HK MP5-Maschinenpistolen. Ich kannte die Waffen noch aus meiner Bundeswehrzeit, ein Blick genügte. Rasch sicherten die Männer die Umgebung des neu errichteten Kontrollpunkts, wobei sie mich beinahe entdeckt hätten, wenn ich mich nicht ganz klein gemacht hätte.

Vorsichtig nahm ich das Bündel, in dem sich meine gesamte Habe befand, und zog mich unbemerkt in die Dunkelheit zurück.

**3.11., 01:31 h, Gabi S., 35, Erzieherin**

Mein Sohn Benny ist vierzehn und braucht seinen Schlaf. Als ich daher mitten in der Nacht Geräusche aus seinem Zimmer hörte, war ich weniger besorgt als stinkwütend. Ich wusste, dass er manchmal heimlich nachts trotz meines Verbots am Computer saß, der bläuliche Lichtspalt unter der Tür war nicht zu übersehen. Er ist ein Verrückter, schon mit zehn hatte er sich selbst das Programmieren beigebracht und verstand inzwischen mehr von der Materie als die meisten Profis. So bewundernswert das auf der einen Seite war, so musste ich ihm doch Grenzen setzen. Die Schule, das hatte ich ihm – ich weiß nicht wie oft – klar gemacht, besitzt absoluten Vorrang. Das einzuhalten versprach er mir auch hoch und heilig. Und an seinen Noten hatte ich nichts auszusetzen. Also ließ ich ihn.

Aber halb zwei Uhr nachts, das war zu viel. Ich wusste, dass er am nächsten Morgen eine Englischarbeit schreiben musste. Wütend stürmte ich ohne anzuklopfen ins Zimmer. Die Standpauke, die ich ihm halten wollte, hatte ich bereits im Kopf.

Doch Benny, das sah ich sofort, war noch viel wütender als ich. Er stampfte mit dem linken Fuß auf den Boden wie Rumpelstilzchen und war nahe dran, den Computer aus dem Fenster zu werfen. Er ist ein bisschen jähzornig. Wahrscheinlich hat er das von seinem Vater (von dem ich Gottseidank geschieden bin).

„Scheiß-Internet", brüllte er. „Ich war so nahe dran!"
„Wo dran?"
„Ebay, das amerikanische. Diese Software! Ich brauch' sie!"
„Ich finde, du brauchst vor allem Schlaf."

„Fünf Sekunden vor Schluss, da stürzt es ab, dieses Scheiß-Internet!"

„Tja, so was passiert nun mal..."

Ich wollte nicht schadenfroh sein, dachte aber doch, dass der Himmel hier ein Einsehen gehabt hatte. Benny gab sein ganzes Taschengeld für Computerkram aus, verdiente sich allerdings auch ein paar Euro dazu, indem er Freunden von Freunden half, wenn sie technische Probleme hatten.

„Ich kann's nicht mehr hochfahren", sagte Benny.

Das allerdings war ungewöhnlich. Ich ging rüber ins Wohnzimmer und versuchte es auf meinem Computer, aber da ging es auch nicht. Benny war mir gefolgt.

„Ich fürchte, da kann ich im Moment nichts machen", sagte ich. „Außerdem ist die Auktion ja sowieso vorbei."

Ich versprach, am nächsten Morgen beim Provider anzurufen, falls die Verbindung dann immer noch gestört sei, Benny versprach ins Bett zu gehen. Sofort. Und sich auf seine Englischarbeit zu konzentrieren.

Ich war beruhigt. Dabei hätte ich allen Grund zur Sorge gehabt.

**3.11., 01:46 h, Sven O., 23, Informatik-Student**

Eine volle Stunde waren wir herumgefahren, ohne auch nur einen Meter voranzukommen. Wie alle anderen Autos bewegten wir uns letztendlich im Kreis, der Weg aus Dahlem hinaus blieb uns versperrt. Manchmal kamen wir an Seitenstraßen vorbei, die den Blick auf Baustellen freigaben, an denen eine Mauer hochgezogen wurde. Zunehmend beschlich uns ein mulmiges Gefühl. Keiner von uns war alt genug, als dass er eine Erinnerung an die DDR haben konnte, ihr Untergang war lange vor unserer Zeit, aber natürlich hatten wir einiges darüber gelesen oder in der Schule gehört.

Schließlich bogen wir kurz entschlossen in eine dieser Seitenstraßen ab. Es war eine Einbahnstraße, wir fuhren entgegen der vorgeschriebenen Fahrtrichtung. Die seitlich parkenden Autos ließen vermuten, dass die Straße erst vor kurzem in eine Einbahnstraße umgewidmet worden war.

Wir hatten Glück. Dachten wir jedenfalls. Wir fuhren direkt auf die Mauer zu, die bereits eine Höhe von rund drei Metern erreicht hatte. Arbeiter versahen ihre Krone mit NATO-Draht. Als wir die nächste Kreuzung erreichten, erblickten wir rechts von uns eine Art Checkpoint. Er war taghell erleuchtet und sperrte eine Straße, die aus Dahlem hinausführte, und zwar in Richtung Steglitz. Das war zwar überhaupt nicht unser Ziel, aber es war uns inzwischen egal. Zwei Autos standen in der schmalen Gasse, die Fahrer wurden kontrolliert. Wir reihten uns ein.

„Hoffentlich muss ich nicht blasen", sagte Clara besorgt.

„Hmm, obwohl...", kommentierte Felix und lachte in sich hinein.

Er war immer noch beschwipst.

Ich fand dies nicht den geeigneten Zeitpunkt für derlei Witze. Clara ignorierte die Bemerkung und starrte, über das Lenkrad gebeugt, angestrengt nach vorne. Sie hatte ihre Fernbrille im Restaurant vergessen, ohne sie konnte sie schlecht sehen. Sie fuhr quasi nach Gehör.

Die beiden Wagen vor uns wurden nicht etwa durchgewinkt, sondern mussten zurückstoßen. Das war schon mal kein gutes Zeichen. Dann waren wir dran. Der Polizist, der unsere Ausweise forderte, sah, das war merkwürdig, allerdings gar nicht wie ein richtiger Polizist aus, sondern trug eine Art Phantasieuniform, die zwar offiziös wirkte, aber keine Ähnlichkeit hatte mit der regulären Dienstkleidung. Wir reichten ihm unsere Ausweise.

„Was ist denn los, Officer?", fragte Felix, wiederum mit breitem Grinsen. „Waren wir zu schnell?"

Er hatte wirklich seinen lustigen Tag.

Der Polizist, oder wer immer der Mann war, antwortete nicht, sondern nahm mit unbewegtem Gesicht unsere Ausweise genau unter die Lupe.

„Sie wohnen alle drei in Dahlem?", fragte er.

Wir nickten.

„Dann tut's mir leid", sagte er und gab uns die Ausweise zurück. „Sie können nicht durch. Stoßen Sie bitte zurück."
„Aber das ist doch wohl...", entfuhr es Felix.
Jetzt wurde er langsam wütend. Ich kannte ihn.
„Habe ich mich nicht klar ausgedrückt? Stoßen Sie zurück!"
Die Stimme des Uniformierten war jetzt um einige Grade schärfer.
„Das ist'n freies Land", rief Felix.
„Jetzt nicht mehr", erwiderte der Polizist ungerührt.
Hinter ihm erschienen zwei Bewaffnete in schwarzen Kampfanzügen. Sie trugen Helme und Maschinenpistolen. Auf ihrer Brust prangte ein Logo, auf dem die Buchstaben CPI zu erkennen waren. Wir hatten solche Typen noch nie gesehen. Irgendwie kamen wir uns vor wie im falschen Film.
Wir gaben auf und stießen zurück.
Als wir drehten, kam ein Möbelwagen angefahren, bremste scharf und kam wenige Zentimeter vor dem Schlagbaum zum Stehen. Eine Punktlandung. Wir waren schauten unauffällig hin. Der Fahrer reichte dem Uniformierten wortlos ein offiziell aussehendes Papier, auf dem wir den Bundesadler und mehrere Stempel erkennen konnten.
Die Nagelsperre wurde kurz zurückgezogen und der Möbelwagen durchgewinkt. Dann war der Checkpoint wieder dicht.
Uns blieb nichts anderes übrig, als nach Hause zu fahren.

### 3.11., 07:57 h, Wolf R., 41, Hubschrauberpilot

Ich fliege für den ADAC, seit nunmehr 15 Jahren schon. Rettungseinsätze, Überführungen, Privatflüge für die Vereinsoberen. Das ist zwar offiziell nicht zulässig, aber würde ich mich weigern, wäre ich meinen Job los. Es ist wie überall. Die einen sind eben gleicher als die anderen.
An jenem Samstagmorgen sollte ich einen unserer Rettungshubschrauber von Berlin nach Greifswald an der

Ostsee überführen, wo am Wochenende eine Mitarbeiterschulung stattfinden sollte. Es war ein leichter Job, ich hatte zwei entspannte Tage vor mir, denn ich sollte die Karre auch wieder zurückfliegen. Endlich mal keine Unfälle, kein Blut und keine Schwerverletzten. Auch keine Toten. Das halte ich langsam nicht mehr aus.

Ich startete früh, die mit der Flugsicherung abgesprochene Route führte mich quer über Berlin, abseits des Regierungsviertels natürlich. Über ihm herrscht absolutes Flugverbot. Nur die Hubschrauber der Regierung und des Bundespräsidenten sind davon ausgenommen. Das letzte Flugzeug, das mit offizieller Genehmigung über dem Regierungsviertel kreiste, war die Lufthansa-Boeing 747, mit der die siegreiche deutsche Fußballnationalmannschaft im Juli 2014 von der Weltmeisterschaft in Brasilien zurückkehrte.

Ich flog gemütlich über Zehlendorf hinweg. Das erste, was mir auffiel, waren die Verkehrsstaus rund um Dahlem. Völlig unüblich für einen Samstagmorgen.

Und dann sah ich sie. Die Mauer.

Sie zog sich rund um Dahlem. Ich kenne den Bezirk, weil meine Großmutter dort wohnt, seit 35 Jahren schon. Während der deutschen Teilung war Dahlem alter Westen, die Berliner Mauer war weit weg. Sie wurde auch geflissentlich ignoriert von der eingeplackten Dahlemer Hautevolée, zu der meine Großmutter zweifellos gehört. Nichts geht ihr über ihre samstägliche Sahnekirschschnitte im "Café Tulpeneck", eine wahre Kalorienbombe, die ihr ärztlich streng verboten ist. Doch das kümmert sie nicht. Ich bin ihr wirklich dankbar, immerhin hat sie mir meinen Pilotenschein bezahlt.

Ich war neugierig und flog tiefer, viel tiefer, als ich durfte. Das wollte ich mir denn doch genauer anschauen. Schnell stellte ich fest, dass die Mauer, an der zum Teil noch gebaut wurde, exakt den Grenzen von Dahlem folgte. An ein oder zwei Checkpoints stauten sich die Autos. Es durfte aber kein Fahrzeug durch, weder in der einen noch in der anderen Richtung, denn sie kehrten alle wieder um.

Die Mauer war höher als jede andere, die ich bis dahin gesehen hatte, mindestens vier Meter hoch, soweit ich das von oben erkennen konnte. Sie war mit NATO-Draht gesichert. Also quasi unüberwindbar. Für Flüchtlinge sowieso. Aber um die ging es offensichtlich nicht. Wer wollte schon nach Dahlem? Oder, ein verwegener Gedanke, war die Mauer etwa dazu da, die Einwohner von Dahlem am Verlassen des Bezirks zu hindern?

Die Mauer zog sich quer über Straßen, mitten durch Parks und dicht an Häusern entlang. In regelmäßigen Abständen waren mit Maschinengewehren bestückte Wachttürme errichtet, auch sie zum Teil noch unfertig. Davor war Niemandsland, in dem Planierraupen herumfuhren und schwarz uniformierte Männer mit Schäferhunden an der Leine patrouillierten, Gewehre auf dem Rücken.

Das kam mir irgendwie bekannt vor, schließlich bin ich in der ehemaligen DDR aufgewachsen. Zur Zeit der Wende war ich fünfzehn. Ich kniff mich in den Oberschenkel, um mich zu vergewissern, dass mich kein verrücktes Zeitreisegefährt in die Vergangenheit katapultiert hatte. Ich hatte so was mal im Kino gesehen. „Zurück in die Zukunft" hieß der Film.

Aber ich spürte das Kneifen, es war also doch kein Traum. In diesem Moment meldete sich die Flugsicherung, ziemlich unfreundlich. Sie hatten gemerkt, dass ich von meiner angemeldeten Route abgewichen war, und fragten, was das solle. Ich hatte keine wirklich gute Ausrede parat, also beeilte ich mich, wieder auf Kurs zu kommen. Das würde noch ein Nachspiel haben, drohten sie mir.

Doch das interessierte mich herzlich wenig in dem Moment. Den ganzen Flug über grübelte ich darüber nach, was ich da wohl gesehen hatte. Eine sinnvolle Erklärung dafür fand ich nicht.

**3.11., 08:20 h, Helmut Z., 78, Rentner**

Das Telefon klingelte wie verrückt in aller Herrgottsfrühe. Ich war so was nicht mehr gewohnt, seit ich in Rente bin. Ich führe ein ruhiges Leben, Aufregung hatte ich früher genug.

Über zwei Jahrzehnte diente ich als Grenzsoldat im Rang eines Unteroffiziers am Antifaschistischen Schutzwall, der im Westen nur „Die Mauer" hieß. Nach der unglückseligen Wende, der mein Land zum Opfer fiel, wurde die Nationale Volksarmee aufgelöst. Ich wurde entlassen und musste als Werkschutzmann bei einem Atomkraftwerk anheuern.

Als sie rausbekamen, dass ich mal auf einen Republikflüchtling geschossen hatte, wurde mir auch da gekündigt, obwohl der Kerl nur leichte Verletzungen davongetragen hatte. Ich hatte sogar einen Orden dafür bekommen, die „Medaille für vorbildlichen Grenzdienst". Die Zeit bis zum Renteneintritt überbrückte ich mit Sozialhilfe, denn einstellen wollte mich niemand mehr. Vermutlich stand ich auf irgendeiner geheimen schwarzen Liste. Ich empfand es als ziemlich demütigend, denn ich habe meinem Land treu gedient. Aber so ist sie nun mal, die Siegerjustiz.

Immerhin steht jetzt eine ehemalige FDJ-Genossin an der Regierungsspitze, seit 15 Jahren schon. Genugtuung bringt mir das nicht, wir alten Kämpfer hatten keine Vorteile dadurch. Manche sagen ja, sie sei ein Maulwurf, doch das halte ich für ein Gerücht. Sie wäre nicht die Erste, die das Lager wechselt und sich vom Klassenfeind kaufen lässt. Wenn nicht für Geld, so doch für Macht.

Am anderen Ende der Telefonleitung war mein alter Parteigenosse Bertolt. Seine Eltern hatten ihn nach Bertolt Brecht, dem Dichter, genannt, doch zu ihrem Leidwesen ließ er jede poetische Ader vermissen. Auch er war bei der NVA, im selben Rang wie ich. Außerdem diente er, im Zweitberuf sozusagen, der Staatssicherheit als IM, als Informeller Mitarbeiter, der die Stimmung in der Truppe akribisch protokollierte und an seine Vorgesetzten weitergab. Wir trinken regelmäßig, ungefähr zweimal die Woche, drei oder vier Bier in unserer Eckkneipe und reden über die alten Zeiten, wenigstens das können wir uns noch leisten.

Bertolt war ganz aufgeregt am Telefon. Er ist, im Gegensatz zu mir, immer früh auf den Beinen und macht einen langen Spaziergang, wenn die Stadt noch schläft. Das hat ihm sein Arzt empfohlen.

„Du musst unbedingt kommen", sagte er. „Du wirst nicht glauben, was ich sehe."

„Und was siehst du?", fragte ich mit leichtem Gähnen.

Damit wollte er partout nicht herausrücken. Er bestand darauf, dass ich mich sofort auf den Weg machte. Die Geheimnistuerei war uns zwar seit Jahrzehnten in Fleisch und Blut übergegangen, doch unter uns reden wir ganz offen, es gibt keine Tabus. Bertolts Verhalten war höchst ungewöhnlich.

Immerhin hatte er es geschafft, mich so neugierig zu machen, dass ich mich gleich anzog. Es ist eine alte Gewohnheit von mir, aus meiner Soldatenzeit, dass meine Kleidung fein säuberlich auf einem Stuhl neben meinem Bett drapiert ist. Wenn es sein muss, bin ich innerhalb von drei Minuten abmarschbereit. So auch jetzt. Ich machte eine Katzenwäsche, nach zweieinhalb Minuten war ich angezogen. Ich schlüpfte in meine bequemen Slipper aus beigefarbenem Kunstleder, die mit dem Klettverschluss, nahm meinen Stock (ja, den brauche ich mittlerweile) und machte mich auf den Weg.

Als ich zwanzig Minuten später am vereinbarten Treffpunkt ankam, dachte ich, ich träume. Mir stiegen fast die Tränen in die Augen. Zuerst vermutete ich, sie errichteten Kulissen für einen Hollywoodfilm, doch dann merkte ich, dass alles echt war, richtig echt. Wir hatten einen leicht erhöhten Standort, der uns die Szenerie als großangelegtes Panorama darbot. Es war wie damals. Die Mauer, die Wachttürme, der Todesstreifen.

„Was meinst du, ob die noch Leute brauchen?", fragte Bertolt mit breitem Grinsen.

Es war nur halb im Scherz gemeint. Auch ich hätte nicht übel Lust gehabt, nochmal die Uniform anzuziehen. Es war die beste Zeit meines Lebens. Aber mit 78? Schade, wirklich schade.

Natürlich war das, was wir sahen, alles andere als perfekt. Zum Beispiel war der Abstand zwischen den Wachttürmen viel zu groß. Auch der Todesstreifen hätte breiter sein können. Auf der Mauerkrone fehlten die Glasscherben. Außerdem konnten sie da, wo die Mauer einen scharfen Knick machte, nicht das gesamte Vorfeld mit ihren MGs bestreichen. Wir sahen es beide mit einem Blick. Wir sind Fachleute.

„Amateure", schnaubte Bertolt verächtlich. „Wir waren besser damals. Viel besser!"

Doch wer hätte Perfektion ernsthaft hier erwarten können? Wie man später lesen konnte, waren die Vorbereitungen zwar seit Wochen im Geheimen betrieben worden, doch für den eigentlichen Bau der Mauer hatten sie kaum Zeit gehabt. Immerhin besaßen sie viel bessere Maschinen und Materialien als wir zu unserer Zeit. Trotzdem war es eine reife Leistung.

Wir waren Profis, manche von uns hatten noch unter dem Faschismus gelernt. Und diese Kollegen kannten sich aus mit Lagerhaltung, das steht schon mal fest. Wir machten uns ihre Erfahrungen natürlich zunutze, es nicht zu tun wäre dumm gewesen. Mit rechter oder linker Ideologie hatte das alles nichts zu tun. Nur mit Professionalität.

Ich hatte meine alte Praktika-Kamera mit dem Zeiss-Jena-Objektiv dabei und machte ein paar Fotos. Man weiß ja nie. Immer noch befürchtete ich, dass sich das Ganze als ein schöner Traum entpuppte. Doch dann hätte ich wenigstens eine schöne Erinnerung.

## 3.11., 10:08 h, Björn A., 28, Fernsehtechniker

Im Bundeskanzleramt, das wissen die meisten Leute nicht, gibt es ein voll ausgestattetes Fernsehstudio, aus dem zu jeder Zeit Live-Sendungen gefahren werden können. Wenn irgendwelche Weihnachts- oder Neujahrsansprachen, Reden oder Interviews aufgezeichnet oder live gesendet werden, sitzen die Kanzlerin, die Minister oder Fraktionsvorsitzenden nicht im Hauptstadtstudio eines Fernsehsenders, sondern im Kanzleramt im dritten Stock, eine Greenbox hinter sich. Das ist ein künstlicher Hintergrund, auf den das jeweils gewünschte Bild elektronisch aufgespielt wird – der Reichstag von außen etwa oder das Parlament von innen, eine Bücherwand oder auch die deutsche Flagge. Es ist ein harmloser Fake angesichts der unverfrorenen Lügen, die sonst in der Politik so üblich sind.

Die staatstragende Bedeutung der Ansprache, welche die Kanzlerin an jenem Morgen hielt (dass die Ansprache an einem Morgen gesendet wurde, war bisher noch nie vorgekommen), diese einzigartige Bedeutung also machte die Deutschlandfahne zwingend erforderlich. Sie flatterte leicht im Wind, so schien es, in Wahrheit war es natürlich eine Konserve. Ich bin für die Technik verantwortlich, neben mir gibt es einen Kameramann, einen Beleuchter und eine Maskenbildnerin.

Im Grunde haben wir einen leichten Job. Wir sind fest angestellt, kassieren unser üppiges öffentlich-rechtliches Gehalt und haben selten was zu tun. Allerdings sind wir rund um die Uhr in Rufbereitschaft, das ist Vertragsbestandteil. Von unseren Kollegen in den Sendern werden wir angesichts unserer privilegierten Position sehr beneidet. Ich habe den Posten auch nur bekommen, weil ein entfernter Verwandter als Leitender Redakteur im Sender arbeitet. Jetzt sagen Sie bloß nicht Vetternwirtschaft! Anders kommt man doch heutzutage auf keinen grünen Zweig.

Wir waren seit halb neun Uhr früh in Habachtstellung. Uns war angekündigt worden, dass die Kanzlerin eine wichtige Ansprache halten würde, live. Sie sollte auf allen Sendern, den öffentlich-rechtlichen wie den privaten, ausgestrahlt und den ganzen Tag über in regelmäßigen Abständen wiederholt werden. Kein Problem für uns, aber es war in höchstem Maße ungewöhnlich. Genauer gesagt, war so etwas noch nie vorgekommen. Und ich bin seit immerhin vier Jahren dabei.

Um halb zehn kam die Kanzlerin, fit wie ein Turnschuh. Sie mag ja keinen Alkohol, nur ab und zu ein Gläschen Rotkäppchen-Sekt, Geschmacksrichtung süß. Einmal hatte der russische Außenminister sie vor der Sendung zu zwei Gläschen Wodka genötigt, worauf sie ihren Auftritt glatt versemmelte. Bei anderen Regierungsmitgliedern hingegen spielt Alkohol keine Rolle. Ich habe schon Minister sternhagelvoll, auf Koks oder auf Speed vor der Kamera erlebt, ohne dass es die Zuschauer gemerkt hätten. Allerdings fiel mir der ernste Gesichtsausdruck der Kanzlerin auf, sonst ist sie ja ziemlich leutselig. Sie grüßte auch nicht. Offenbar war etwas ganz Einschneidendes passiert. Etwas von nationaler Wichtigkeit.

Kätie, unsere Maskenfrau, schminkte die Kanzlerin. Tom, unser Beleuchter, schaltete die Lampen ein, Gerd checkte ein letztes Mal die Kamera. Wir hatten alles vorbereitet, so dass die Aufnahme unverzüglich beginnen konnte. Die Kollegen in den Sendern waren informiert und bereit, uns live in ihr Programm einzuspeisen.

„Achtung Aufnahme, bitte Ruhe", sprach ich ins Mikrofon.

Draußen ging das Rotlicht an. Keiner mehr rührte sich. Alle Sender waren jetzt zugeschaltet. Ganz Deutschland schaute zu.

„Und bitte", sagte ich.

Die Kanzlerin holte tief Luft.

„Liebe Mitbürgerinnen und Mitbürger", begann sie mit gepresster Stimme.

Man merkte ihr die Anspannung deutlich an.

Was dann folgte, verschlug mir den Atem. Nur meiner Routine, die mich alle Knöpfe sozusagen automatisch drücken ließ, war es zu verdanken, dass die Sendung ohne technische Störungen ablief.

## 3.11., 10:26 h, Manuela C., 32, Abteilungsleiterin

Die Chefetage hatte uns angewiesen, ab Punkt neun Uhr fünfzig alle Fernseher in meiner Abteilung und im Schaufenster auf Empfang eines der beiden öffentlich-rechtlichen Sender zu stellen. Und die Lautsprecher einzuschalten, dies sei von entscheidender Bedeutung.

Wir sind ein großer Elektronik-Supermarkt am Kudamm, im Herzen von Berlin. Da ich für alle Fernseher im Haus verantwortlich bin, ging ich rauf ins Erdgeschoss, um zu kontrollieren, ob auch die dortigen Kollegen sich an die ungewöhnliche Anweisung gehalten hatten.

Es war alles paletti. Sie hatten sogar an den Außenseiten der Schaufenster Lautsprecher montiert. Im Moment lief das ganz normale Programm, es wurde allerdings eine Laufschrift am unteren Rand des Bildschirms eingeblendet. Sie besagte, dass in wenigen Minuten eine außerplanmäßige, wichtige Ansprache der Bundeskanzlerin folgen werde. Und zwar auf allen Fernsehsendern. Dies machte mich neugierig. Obwohl ich mich ja nicht wirklich für Politik interessiere. Ich habe genug damit zu tun, als alleinerziehende Mutter mit meinem vierjährigen Sohn über die Runden zu kommen.

Auf dem Bürgersteig hatte sich bereits eine Menschentraube gebildet, die mit jeder Sekunde größer wurde. Ich stellte mich am Rand dazu, kaufen würde jetzt sowieso keiner was. Wie viele andere der Umstehenden schaltete ich mein Smartphone ein, um die Rede aufzunehmen. Deshalb kann ich sie im Folgenden auch so genau wiedergeben. Mein älterer Bruder, der als Grundschullehrer wortgewandter ist als ich, hat mir dabei geholfen, das Wichtigste aufzuschreiben.

Ich stand also am Rand der Menschenmenge. Da ich für eine Frau ziemlich groß bin, über eins achtzig, hatte ich einen guten Überblick. Wir warteten gespannt. Was konnte es wohl so Wichtiges geben? Eine Kriegserklärung? Ein Attentat? Ein Staatsbankrott?

Nichts von alledem. Die Kanzlerin verkündete, ganz im Gegenteil, dass ein Teil der finanziellen Probleme, mit denen der Staat sich seit Jahren herumschlage, gelöst sei. Wie jeder wisse, habe die Privatisierung aller deutschen Flughäfen und Autobahnen, ja sogar der Verkauf des größten Teils der Goldreserven im Lauf der vergangenen Jahre angesichts der gewaltigen Herausforderungen, vom Euro bis zur Flüchtlingskrise, nicht genug an Erlösen erbracht, um den Bundeshaushalt zu konsolidieren. Nun aber, dank der jüngsten unorthodoxen Maßnahmen, deren finaler Abschluss in der vergangenen Nacht gelungen sei, seien die Sozialsysteme wieder liquide, die pünktliche Auszahlung von Hartz IV und Renten kein Thema mehr. Man denke sogar über Steuersenkungen nach.

Die Kanzlerin lächelte ein wenig gezwungen. Die Menschen vor dem Schaufenster, die zunächst nur ungläubige

Verwunderung gezeigt hatten, begannen nun zu klatschen und zu johlen. Einige schauten völlig entgeistert.

„Ruhe! Sie ist ja noch nicht fertig", rief ein großer Dicker in Lodenjanker und lederner Kniebundhose. Ein Tourist aus Bayern offensichtlich.

„Ja, das dicke Ende kommt noch", kicherte ein krummer, zahnloser Alter. „Wir kennen doch Mutti."

Allerdings, fuhr die Kanzlerin in ihrem typisch ostelbischen Singsang fort, erfordere diese unerwartete Wendung zum Guten ein bescheidenes, ein sehr bescheidenes Opfer. Nein, nicht von allen Mitbürgerinnen und Mitbürgern natürlich, nur von einem kleinen, geradezu winzig kleinen Teil der Bevölkerung, der, gemessen am Volk als Ganzes, eigentlich gar nicht ins Gewicht falle, ja kaum wahrzunehmen sei, so klein sei er.

Es handele sich um die knapp sechzehntausend Bewohner des Berliner Ortsteils Dahlem, einem Teil des Bezirks Steglitz-Zehlendorf. Man sei, um die erwähnten Wohltaten auch seriös finanzieren zu können, zu einer einschneidenden, doch leider alternativlosen Maßnahme gezwungen gewesen, nämlich dergestalt, diesen erwähnten Ortsteil Dahlem auf neunundneunzig Jahre, eventuell auch länger, also nochmals neunundneunzig Jahre, an eine chinesische Gesellschaft namens Chinese Power Investment, kurz CPI genannt, zu verpachten und ihr auch Hoheitsrechte für diesen Ortsteil zu gewähren, was natürlich gewisse Veränderungen des alltäglichen Lebens für die dortigen Bewohner, aber auch nur für diese, nach sich zöge.

Damit verbunden sei bedauerlicherweise auch eine Einschränkung der Reisefreiheit, doch lediglich für neunundneunzig Jahre und ausschließlich für die Einwohner von Dahlem, die von nun an, genauer gesagt: seit Mitternacht des heutigen Tages, der Souveränität von Chinese Power Investment, mithin CPI, unterständen, was CPI auch mit verschiedenen, möglicherweise schockierenden Maßnahmen, die gleichwohl rechtens seien, gerade deutlich mache. Alle anderen deutschen Mitbürgerinnen und Mitbürger seien in keiner Weise betroffen, dafür stehe sie persönlich ein.

Wieder Klatschen und Johlen, aber auch Pfiffe und Buhrufe. Die Stimmung begann zu eskalieren. Nicht alle Zuhörer waren offenbar damit einverstanden, was die Kanzlerin da von sich gab.

„Volksverräterin", rief jemand von hinten. „Dahlem bleibt deutsch!"

Sofort gab es Widerspruch. Einige junge Männer mit chinesischem Aussehen droschen brutal auf den Zwischenrufer ein, was wiederum weitere Umstehende auf den Plan rief, die dem Angegriffenen zu Hilfe kamen. Im Nu war eine ausgewachsene Schlägerei im Gange, was die meisten Zuschauer allerdings gar nicht mitbekamen. Sie verfolgten gebannt, was die Kanzlerin zu sagen hatte.

Man möge, sagte diese weiter, die Entscheidung auch unter dem Gesichtspunkt betrachten, dass die Einwohner von Dahlem fast ausnahmslos wohlhabend, ja sogar sehr wohlhabend seien, und sich im Lauf der vergangenen Jahrzehnte durchweg in einer äußerst komfortablen Position befunden hätten, und zwar zumeist auf Kosten jenes ganz überwiegenden Teils der Bevölkerung, der nie an irgendwelchen Privilegien teilhatte, sondern unter Schweiß und Mühen die materielle Grundlage dafür geschaffen habe, dass einige wenige in der Lage waren, diese Privilegien überhaupt in Anspruch nehmen zu können.

Schon immer in der Geschichte schlage das Pendel eben manchmal zurück. Jetzt seien die vormals privilegierten Bürgerinnen und Bürger von Dahlem an der Reihe, der Allgemeinheit ein geringes Opfer zu bringen, wofür ihnen Deutschland ewig dankbar sein würde. Sie bitte um Unterstützung und Verständnis für diese alternativlose Maßnahme und danke allen Zuschauerinnen und Zuschauern für die Aufmerksamkeit. Mehr Informationen gebe es auf der Homepage des Kanzleramts, eine offizielle Regierungserklärung werde vorbereitet und zeitnah verlautbart.

Noch während die Kanzlerin redete, griffen etliche Zuhörer zu ihren Handys. Doch nur die wenigsten von ihnen bekamen eine Verbindung, wie man an ihren Reaktionen ablesen konnte. Einer stand direkt neben mir. Er fluchte auf ziemlich ordinäre Weise. Es war offensichtlich, dass sämtliche Telefonverbindungen von und nach Dahlem unterbrochen waren. Nicht nur die unterirdischen Glasfaserleitungen, sondern auch sämtliche Mobilfunkzellen waren deaktiviert.

Kaum hatte die Kanzlerin geendet, flog der erste Stein gegen die Schaufensterscheibe. Das Glas zersplitterte. Einer der Lautsprecher bekam ebenfalls einen Stein ab, worauf er jäh verstummte. Panik brach aus unter den Umstehenden, doch weil die Menge so groß und dicht gedrängt war, konnten sich die meisten Menschen kaum bewegen.

Es war ein chaotisches Gedränge und Geschiebe, vermischt mit empörten, zustimmenden, wütenden und hoch erfreuten, in jedem Fall höchst erregten Rufen, die ein schnell anschwellendes Tohuwabohu ganz unterschiedlicher Meinungen bildeten. Das Spektrum reichte von der Forderung, die verantwortlichen Politiker in der großen Tradition der Französischen Revolution an den historischen Laternen aufzuhängen, welche die Straße des 17. Juni säumen, bis zu jener, sie dank ihrer bleibenden Verdienste auf Lebenszeit im Amt zu belassen.

Wären nicht zufällig mehrere Polizisten in der Menge gewesen, die mit aller Gewalt versuchten, die Situation zu beruhigen, hätte alles aus dem Ruder laufen können. Aber auch so war es schlimm genug. Zum Glück waren kaum Kinder in der Menge, zu dieser Tageszeit, am Dienstagvormittag, waren sie fast alle in der Kita oder Schule. Ich rettete mich geistesgegenwärtig ins Innere unseres Supermarktes, Sekunden nur, bevor die Security den Eingang verschloss. Mit mir nach drinnen hatte es ein mittelaltes Paar geschafft, das einen sehr verstörten Eindruck machte.

„Und was sollte das jetzt?", fragte die Frau irritiert. „Ich kapier' gar nichts mehr. Meine Eltern wohnen in Dahlem. Und die sind überhaupt nicht reich."

„Ist doch völlig egal", erwiderte ihr Begleiter. „Die haben sie verkauft. Die Regierung hat alle Menschen, die in Dahlem wohnen, an die Chinesen verkauft."

### 3.11., 10:47 h, Gebhard P., 34, Polizeibeamter

Natürlich war es keineswegs zufällig, dass meine Kollegen und ich uns an jenem Morgen in der Menge vor dem Elektronik-Supermarkt am Kudamm aufhielten. Schon in der Nacht hatten wir unsere Einsatzbefehle erhalten, so wie mehrere hundert weitere Kollegen ebenfalls, viele von ihnen in Zivil. Wir wurden nach strategischen Gesichtspunkten in der Stadt verteilt und durften nicht darüber reden. Es war also etwas im Busch.

Dennoch war ich so überrascht wie alle anderen auch, als ich die Ansprache der Bundeskanzlerin hörte. Und es war mir sofort klar, dass das Ärger bereiten würde. Die Kanzlerin hatte es zwar sehr verklausuliert und vorsichtig ausgedrückt, wie es nun mal ihre Art ist, doch es war unverkennbar, dass die angekündigten Wohltaten für die Mehrheit der Bevölkerung von einer kleinen Minderheit bezahlt werden mussten, die das nicht so ohne weiteres hinnehmen würde.

Es waren mehr Menschen als gedacht, die sich vor dem Elektronik-Supermarkt versammelt hatten. Und die Wut war groß. Wenn Dahlem an einen deutschen, zumindest jedoch einen europäischen Konzern verpachtet worden wäre, hätte es gewiss nicht einen solchen Aufschrei gegeben. Damit hätte man leben können. Aber Chinesen? Das ging gar nicht. Ich bin übrigens ebenfalls dieser Meinung. Doch was auch immer geschieht, ich bin Beamter und muss meinen Dienst erfüllen.

Die drei, vier jungen Chinesen in der Menge waren mir schon vorher aufgefallen. Touristengruppen sehen anders aus. Polizisten haben einen Blick dafür. Wir wissen, wann wir es mit Schlägern zu tun haben. Und das waren welche. Ihr einheitliches militärisches Erscheinungsbild mit der eng anliegenden Lederkleidung, die ebenfalls ledernen Handschuhe, die Totschläger und Gummiknüppel sowie die massiven Springerstiefel gaben ein eindeutiges Bild ab.

Als sie loslegten und sich auf einen Zwischenrufer stürzten, hatten sie aber wohl nicht damit gerechnet, dass auch die Gegenseite gut organisiert war. Es waren drei Hooligans mit Fahrradketten, bärtige Riesenkerle, die sofort zum Angriff übergingen. Schwer zu sagen, wer brutaler vorging, die Chinesen oder ihre Gegner. Auf jeden Fall war es unsere Aufgabe, die beiden Gruppen zu trennen. Zu leicht konnten auch Unbeteiligte in Mitleidenschaft gezogen werden, die Menschenmenge war einfach zu dicht.

Es ist nicht gerade die Art von Arbeit, um die wir uns reißen. Doch „Wat mutt, dat mutt", wie man in meiner norddeutschen Heimat sagt. Also machten wir unseren Job. Wir waren in der Überzahl und mit Elektroschlagstöcken, Gaspistolen und Pfefferspray ausgerüstet, was sofort Wirkung zeigte. Bald hatten wir alle Kontrahenten mit Handschellen gefesselt und auf die Knie gezwungen. Per Funk meldeten wir Vollzug und gaben die Personendaten unserer Kunden durch.

Wir waren bass erstaunt, als wir die Anweisung bekamen, die Chinesen sofort freizulassen. Sie seien von einer „befreundeten Organisation". Es sind genau solche nicht nachvollziehbaren Entscheidungen der Führungsspitze, die uns an unserem Job verzweifeln lassen. Wir halten die Knochen hin – doch wofür, wenn man uns immer wieder in den Rücken fällt?

Nachdem wir den Chinesen die Handschellen abgenommen hatten, grinsten sie uns nur unverschämt an, gaben irgendeine Frechheit auf Chinesisch von sich, klopften sich den Schmutz von den Jacken und zogen ab. Ihr Anführer verpasste einem der Hooligans im Vorbeigehen noch einen Tritt in den Bauch. Wir konnten nichts dagegen tun. Die Hooligans lieferten wir auf dem Revier ab, wo die Kollegen ihre Personalien aufnahmen und sie gehen ließen.

Ohne die genauen Hintergründe zu kennen, ahnte ich, dass das Ganze nur ein harmloser Auftakt war.

Ich sollte recht behalten.

**3.11., 11:02 h, Clara von S., 21, Kunststudentin**

Wir schliefen wie die Toten nach der turbulenten Nacht. Unseren Freund Sven hatten wir bei seiner Großtante Trude abgeliefert, die auch in Dahlem wohnte, Felix und ich fielen sofort ins Bett, kaum dass die Tür hinter uns ins Schloss gefallen war.

Am nächsten Morgen wachte ich zuerst auf, es lag wahrscheinlich daran, dass ich bei weitem nicht soviel Alkohol getrunken hatte wie Felix. Außerdem hatte ich in der Nacht versäumt, die Gardinen vorzuziehen oder mir meine Schlafbrille aufzusetzen. Wenn es hell wird, kann ich einfach nicht mehr schlafen. Ich machte mir also einen Kaffee und versuchte zu rekonstruieren, was vergangene Nacht passiert war. Dann hörte ich eine scheppernde, stark verzerrte Stimme von draußen.

Ein Lautsprecherwagen fuhr die Straße entlang. Alle paar Meter blieb er stehen, damit auch jeder die ständig wiederholte Botschaft mitbekam. Sie lautete, dass am morgigen Mittwoch um zwölf Uhr mittags eine Bürgerversammlung stattfände, auf der einschneidende Veränderungen des Alltags, die jeden beträfen, von der neuen Obrigkeit mitgeteilt würden.

Von der neuen Obrigkeit??? Welcher Obrigkeit?

Ich dachte, ich hörte nicht recht. Ich war eigentlich nicht der Meinung, dass überhaupt eine Obrigkeit über uns herrschte. Mit dem Begriff verband ich Mittelalter, Leibeigenschaft, Ständestaat, autoritäre Herrschaftsstrukturen und vordemokratische Gesellschaftsformen. Drehten sie vielleicht einen Film da draußen? Doch so intensiv ich auch spähte, ich konnte nichts entdecken. Weder Kamera noch Crew oder Komparsen. Im Gegenteil, die Straße war wie ausgestorben, ich sah nur wenige Passanten. Das hatte noch nichts zu sagen, Dahlem ist ja ein ausgesprochen ruhiges Viertel. Aber es war trotzdem beunruhigend.

Pünktliches Erscheinen sei dringend geboten, um Nachteile zu vermeiden, und ein Teil der neuen Bürgerpflicht, tönte es aus dem Lautsprecher.

Bürgerpflicht! Die Sache wurde immer mysteriöser. Ich denke, ich kann immer noch selbst entscheiden, wann ich wo hingehe. In der Nazizeit und in der DDR mag das anders gewesen sein, ebenso wie heute noch in irgendwelchen Drittweltdiktaturen – aber hier bei uns, in Berlin, im November 2020? Obwohl ich Sache nicht wirklich ernst nahm, kam ich zu dem Schluss, dass es besser sei, Felix davon zu erzählen.

Er schlief noch. Ich brachte ihm einen Kaffee ans Bett und versuchte ihn sanft aufzuwecken. Vielleicht zu sanft. Denn bis ich meine Neuigkeit loswerden konnte, dauerte es dann noch eine gute Stunde. Felix ist ziemlich ausdauernd und nimmt immer gern eine zweite Portion.

### 3.11., 11:19 h, Ludmilla P., 37, Reinigungskraft

Auch im Kanzleramt muss regelmäßig sauber gemacht werden. Dafür bin ich zuständig, als eine von einem Dutzend Reinigungskräften. Ich finde ja, dass dort mal ein richtiges Großreinemachen fällig wäre, in jeder Beziehung. Aber das ist nur meine ganz private Meinung.

Ich stamme von Russlanddeutschen ab und habe mehrere strenge Sicherheitsüberprüfungen hinter mir. Deshalb darf ich, wenn es nottut, in allen Räumen des Kanzleramts meiner Tätigkeit nachgehen, auch wenn sich wichtige Personen dort aufhalten. Dreck duldet keinen Aufschub. Ich habe eine Verschwiegenheitserklärung unterschrieben, deren Verletzung mich ins Gefängnis bringen kann. Daher habe ich lange mit mir gerungen, das nun Folgende preiszugeben. Aber manchmal gibt es eben eine höhere Loyalität, die zu Gott zum Beispiel. Oder die dem deutschen Volk gegenüber.

Irgendwer hatte sich auf den Boden erbrochen, es stank entsetzlich. Auch nach Alkohol und Marihuana. Die Fenster im Kanzleramt kann man ja aus Sicherheitsgründen nicht öffnen, und die beiden Kabinettssäle sind ohnehin von der Außenwelt abgeschottet, damit die Gespräche dort nicht abgehört werden können. Die Klimaanlage lief auf Hochtouren, jemand hatte sie mit einem synthetischen Raumduft angereichert, der die Luft unangenehm schwängerte.

Niemand beachtete mich, das bin ich gewohnt. Ich bin ja nur die Putzfrau. Ich glaube, keiner von den Politikern im Kanzleramt weiß, dass ich studiert habe, Soziologie und Slawistik. Es interessiert die hohen Herrschaften auch nicht. Man kann sich die Jobs heutzutage nicht mehr aussuchen, und auf Hartz IV habe ich keine Lust. Also putze ich.

Auf einer Batterie von Monitoren waren Szenen aus mehreren Bezirken Berlins live zu sehen, ohne Ton. Im Zuge der Terroristenbekämpfung war die Stadt während der vergangenen Jahre nach Londoner Vorbild flächendeckend mit Kameras überzogen worden, die eine lückenlose Überwachung des öffentlichen Raums ermöglichen. Nun sah man dichte Trauben von Menschen, die erregt diskutierten, manche prügelten sich auch. Einige hielten Schilder mit dem Foto der Kanzlerin hoch, andere warfen Tomaten auf sie oder rissen sie gleich ganz herunter. Einmal flog ein Stein direkt in eine Kamera, worauf das Bild, das sie übertrug, sofort schwarz wurde.

Die Kanzlerin saß auf einem ledernen Drehsessel vor den Monitoren und schaukelte nervös hin und her.

„Ob die Menschen das wohl schlucken werden?", fragte sie, eigentlich mehr zu sich selbst, steckte einen Finger in den Mund und begann hingebungsvoll daran zu lutschen.

Der Innenminister war hinter sie getreten.

„Wir können nicht mehr zurück, Frau Bundeskanzlerin", sagte er. „Vertrag ist Vertrag. Die Chinesen werden uns da auch nicht mehr rauslassen."

„Wenn gar nichts mehr geht, müssen wir eben die Notstandsgesetze anwenden", sekundierte der Justizminister. „Und das Militär einsetzen. Rechtlich geht das, ich habe es von unseren Hausjuristen prüfen lassen. Rein vorsorglich natürlich. Harte Zeiten erfordern mutige Entscheidungen."

„Im übrigen gäben uns die Notstandsgesetze die legale Möglichkeit, die nächste Bundestagswahl auf unbestimmte Zeit zu verschieben", warf der Innenminister ein. „Ich meine, wenn es hart auf hart geht."

Er hatte sich offenbar gut vorbereitet und ein wenig im Gesetzestext geblättert. Der Vizekanzler nickte zustimmend.

„Lassen Sie uns den Schein wahren, so lange es irgend geht", sagte er.

Auch der Finanzminister mischte sich nun ein. Allen war klar, die Kanzlerin schwankte wie ein Blatt im Wind.

„Bleiben Sie standhaft", ermutigte sie der Finanzminister, „und Sie werden als große Kanzlerin in die Geschichte eingehen. Die Sache ist ohnehin alternativlos, um Ihre Worte zu gebrauchen."

„Aber das war doch nur so dahergesagt", antwortete die Kanzlerin kleinlaut. „Jetzt hängt es mir nach bis zum Ende."

### 3.11., 12:36 h, Brigitte D., 39, Verkäuferin

Normalerweise haben wir am Vormittag noch keinen großen Kundenandrang. Die Damen müssen sich erst fein machen, bevor sie shoppen gehen, und sei es nur ein Fläschchen Champagner und ein Döschen Gänseleber oder Kaviar. Ein veganes Salätchen oder ein Stückchen fettarmer Bio-Rohmilchkäse. Ein wenig Hummer, ein paar handgerollte Schokotrüffel. Das sind so unsere Spezialitäten, um nur die beliebtesten zu nennen. Und natürlich Alkoholika in einer Auswahl, die ihresgleichen sucht. Es ist die mit Abstand beliebteste Droge. Wir liefern auch ins Haus, keiner muss hier Tüten schleppen. In Dahlem geht auch niemand in Hausschuhen auf die Straße. Jeder kleine Einkauf ist ein Ereignis. Sie haben ja sonst nicht viel zu tun, die reichen grünen Witwen, die fast umkommen vor Langeweile.

An diesem Tag war alles anders. Bereits um kurz nach zehn am Vormittag, als wir gerade aufgemacht hatten, drängelten sich die Kundinnen in dem kleinen Laden. Die Nachricht, dass Dahlem abgeriegelt war, hatte sich offenbar schon am frühen Morgen verbreitet. Nun kauften alle ein, als gäbe es kein Morgen.

Da alle Leitungen tot waren, konnten wir keine Kreditkarten, sondern nur Bargeld annehmen. Doch das war kein Problem. Die Kundinnen wedelten mit 100-, 200- und den längst aus dem Verkehr gezogenen, aber immer noch gültigen 500-Euro-Scheinen, die sie offenbar unter der Matratze hervorgeholt hatten. Als wir kein Wechselgeld mehr herausgeben konnten, stockten sie die Käufe einfach auf, bis die Summe passte. Geld spielte keine Rolle. Wir machten so viel Umsatz wie noch nie in diesem Jahr.

Draußen, direkt vor dem Laden, fuhr mehrmals ein Lautsprecherwagen vorbei und informierte über die anstehende Bürgerversammlung. Zwei Männer klebten Infozettel an jeden Baum und jeden Laternenmast. Uniformierte Briefträger warfen Broschüren einer Firma namens CPI in die Briefkästen. Unser Chef verkündete, dass der Laden morgen, wenn die Bürgerversammlung stattfinden sollte, geschlossen bliebe. Wir waren schließlich alle neugierig darauf, was mit uns geschehen sollte.

**3.11., 15:03 h, Bernd S., 29, Kellner**

Mein Dienst begann um 14 Uhr. Genau um diese Zeit erschien auch die Extraausgabe des Boulevardblatts, an das ich meine Fotos für gutes Geld verkauft hatte. Die Redaktion und ich hatten striktes Stillschweigen über meine Person verabredet, mein Honorar sollte mir per Western Union angewiesen und bar ausgezahlt werden.

Im Kanzleramt hatten sie bereits ein Exemplar. Auf dem Titel prangte die Schlagzeile „Exklusiv: Der Geheimvertrag!", darunter war mein Smartphone-Scan mit der ersten Seite des Vertrags zu sehen. Die nächsten Seiten waren mit weiteren Fotos gepflastert, die ich heimlich aufgenommen hatte: Die Kanzlerin mit Ministern im Gespräch, die Chinesen, die blonde Walküre. Einfach alles.

Auch der Alkohol, der so reichlich geflossen war, fand sich

in Gestalt von geleerten Gläsern und Flaschen dokumentiert. Schön war auch das Foto mit dem Joint, den der Justizminister rauchte. Es war ausgesprochen passend, dass der Genuss von Marihuana vor einem Jahr legalisiert worden war, andernfalls wäre der Mann wohl nicht zu halten gewesen. Aber dies war jetzt das geringste Problem.

Die Kanzlerin und ihr Küchenkabinett standen wie vom Donner gerührt um die Zeitung, die auf dem großen Tisch in der Mitte ausgebreitet lag. Sogar die Schlagermusik, die doch sonst immer lief, war aus.

„Wir haben einen Verräter unter uns", sagte der Innenminister bedeutungsvoll und schaute in die Runde, wobei er es vermied, jemandem direkt in die Augen zu blicken.

Alle sahen sich gegenseitig an, das Misstrauen war förmlich mit Händen zu greifen.

„Oder eine Verräterin", sagte der Finanzminister, ohne den Blick auf die Kanzlerin zu richten.

Stattdessen nahm er ihre Büroleiterin ins Visier. Die starrte giftig zurück.

„Was meinen Sie damit?", fragte sie mit scharfer Stimme.

Der Finanzminister antwortete nicht. Langsam, wie in Zeitlupe, ließ er seinen Blick hinüber zur Gesundheitsministerin wandern und fixierte sie. Sofort bekam sie rote Flecken im Gesicht. Sie schnappte nach Luft und versuchte zu sprechen, bekam aber keinen Ton heraus.

„Ich denke, wir sollten alle mal ein bisschen runter kommen", versuchte die Kanzlerin zu moderieren.

Sie konnte Konflikte in ihrer Umgebung nicht aushalten, sie bereiteten ihr fast körperliches Unbehagen.

„Ein Glück", warf der Vizekanzler ein, „dass unsere Aktion legal ist."

„Ist sie es denn?", fragte die Kanzlerin.

Sie steckte voller Zweifel.

„Auf welcher Seite stehen Sie?", wollte der Innenminister wissen. „Es ist doch auch Ihr ganz persönliches Interesse. Sie stehen gut da jetzt! In jeder Beziehung!"

„Vor allem finanziell, Frau Kanzlerin", sekundierte der Finanzminister. „Sie werden nie wieder arbeiten müssen, können sich 'ne Villa auf Mallorca kaufen. Oder in die Karibik auswandern. Nach Chile, wenn Sie wollen, so wie Honecker und Margot damals. Lässt sich gut leben dort, wie man hört."

„Denken Sie an Ihren Glückskeks", warf die Büroleiterin ein. „Dagegen ist Ihr Vorgänger mit seinen teuren Brionis ein armer Schlucker, trotz seiner dubiosen Beraterverträge mit den Russen."

„Bitte keine unqualifizierten Angriffe auf unsere Partei, wenn ich bitten darf", ließ der Vizekanzler streng verlauten. „Das sind unsere Leichen im Keller, nicht Ihre."

Aus dem Hintergrund war der stets fröhliche Justizminister mit seinem breiten rheinhessischen Dialekt zu hören.

„Wohl im Loddo gewonne'... haha."

Er machte immer denselben Witz, den er einem alten Fernsehwerbespot für die Lotterie 6 aus 49 entnommen hatte.

Doch keiner lachte.

### 3.11., 15:25 h, Trude von T., 87, Rentnerin

Das "Café Tulpeneck" ist der Treffpunkt der besseren Dahlemer Gesellschaft. Ich saß dort wie an jedem Nachmittag, verzehrte einen Windbeutel (die mächtige Sahnekirschschnitte leiste ich mir nur samstags) und trank dazu ein Kännchen Tee. Ebenfalls in dem dunklen holzgetäfelten Gastraum mit den angegrauten dicken Gardinen und den viel zu weichen Blümchensofas saß jenes Dutzend Gäste, für die das Café seit Jahren oder Jahrzehnten eine Art Wohnzimmer ist. Mit fünfzig gilt man hier als junger Hüpfer, mit sechzig kommt man langsam ins gesittete Alter, erst mit siebzig gehört man richtig dazu.

Auch hier hatte die Neuigkeit bereits die Runde gemacht. Normalerweise nicken wir uns nur kurz zu, wenn überhaupt. Man kennt sich vom Sehen, doch wir pflegen die vornehme Distinktion. Im Grunde halten sich alle für was Besseres.

Jeder bringt die Zeit auf seine Weise rum: Die einen blättern gelangweilt in buntbebilderten Zeitschriften, andere starren dumpf vor sich hin und nippen nur ab und zu an ihrem Getränk. Große Unterhaltungen finden nicht statt, es ist schließlich alles gesagt. Wenn einer „Bitte zahlen!" ruft, ist dies ein Ereignis, das kurzzeitig die Aufmerksamkeit aller Anwesenden hervorruft, bevor sie wieder in ihren Dämmerschlaf verfallen.

Doch an diesem Tag war alles anders. Wir rückten zusammen und sprachen miteinander. Das war zuvor noch nie geschehen. Seit dem frühen Morgen hatten sich Tatarenmeldungen wie Lauffeuer verbreitet. Aus der vagen Vermutung, dass in Dahlem die Todesstrafe eingeführt werde, entstand die Gewissheit, dass Dissidenten bald öffentlich hingerichtet würden. Alle Bürger würden enteignet, hieß es außerdem, und müssten künftig im Salzbergwerk arbeiten.

„Wo gibt's denn hier ein Salzbergwerk?", fragte Elfriede, die halbdemente Witwe eines ehedem bekannten Notars, ungläubig.

Heinrich war ein knapp hundertjähriger Herr mit scharfen Gesichtszügen, Mensurschmissen und strähnigem Haar, das mit Brillantine nach hinten gebürstet war. Das linke Glas seiner Brille war verdunkelt, was seinem Grauen Star geschuldet war, ihm aber ein geradezu diabolisches Aussehen verlieh. Ich nannte ihn heimlich nur den Sturmbannführer, was der Wahrheit, ohne dass ich davon wusste, durchaus entsprach.

„Es gibt hier ziemlich viele Stollen von damals", antwortete Heinrich mit Verschwörermiene. „Nicht einmal der Führer wusste davon, so geheim waren die."

Regierungswechsel, das habe ich in meinem langen Leben gelernt, sind stets von Übel. Ich war gerade geboren, als aus der Weimarer Republik das Dritte Reich wurde, nach 1945 wurden wir zu Demokraten umerzogen, und die Bundesrepublik wurde gegründet. Ein Teil meiner Familie blieb in der DDR. Jetzt sollten wir unter die Fuchtel der Chinesen kommen. Ich bin zu alt für so was. Meine letzten Lebensjahre will ich in einem Gesellschaftssystem verbringen, das ich kenne und mit dem ich gut zurechtkomme.

Wie immer ich es auch drehte und wendete: Wenn sich unsere Befürchtungen tatsächlich bewahrheiteten, blieb mir nichts anderes als die Flucht.

### 3.11., 16:14 h, Henning L., 31, Wachmann

Von der oberen Plattform des Wachturms aus konnte ich, zumindest mit dem Fernglas, gut erkennen, was sich an der Mauer tat. Ich war gleich zur ersten Wache eingeteilt, was vermutlich der langjährigen Erfahrung zu verdanken war, die ich vorzuweisen hatte. Unmittelbar nach Errichtung der Mauer durfte auf keinen Fall etwas schieflaufen.

Endlich hatte ich eine sinnvolle Aufgabe. Ich konnte etwas tun. Das war vorher lange nicht der Fall. Nach dem Grundlehrgang bei der Bundeswehr, da war ich Anfang zwanzig, absolvierte ich ein Nahkampftraining und eine Ausbildung als Scharfschütze, wurde wegen psychischer Probleme jedoch vom Kampfeinsatz in Afghanistan dauerhaft zurückgestellt. Daraufhin ließ ich mich zum Wachbataillon versetzen.

Es klang erst mal gut, sie brauchten Nachwuchs, und es ist eine Vorzeigeeinheit der Bundeswehr. Doch dieses Bataillon dient allein der militärischen Repräsentation. Es sind rein zeremonielle Auftritte, bei denen es nur um den guten Eindruck geht. Bei Staatsbesuchen stellt das Wachbataillon die Ehrenformation, außerdem kommt es beim Großen Zapfenstreich und bei Rekrutengelöbnissen zum Einsatz. Wachestehen, wie es der Name nahelegt, geschweige denn Kämpfen gehört nicht zu seinen Aufgaben. Die Karabiner 98K, mit denen es ausgerüstet ist und die zum Teil noch aus der Zeit vor 1945 stammen, sind nicht schussfähig. Für mich ist das eine Kasperletruppe. Ich langweilte mich zu Tode.

Als die private Sicherheitsfirma, für die ich jetzt arbeite, vor zwei Jahren Leute suchte, bewarb ich mich und wurde sofort genommen. Sie boten mir geregelte Arbeitszeiten und ein gutes

Gehalt, viel mehr, als ich bei der Bundeswehr bekommen hatte.
Vor allem aber kam ich ziemlich in der Welt herum. Meist begleitete ich Frachter ums Horn von Afrika, wo wir somalische Piraten abwehren mussten, oder wir sicherten die Niederlassungen großer Konzerne in der Dritten Welt. Das Sicherheitsgewerbe ist eine florierende Industrie, es gibt einige wenige Firmen, die den internationalen Markt beherrschen. Sogar Staaten, auch Deutschland, greifen auf sie zurück. Beim desolaten Zustand der Bundeswehr ist das auch kein Wunder.

Eine Malaria, die mich in Zentralafrika erwischte und an der ich fast krepiert wäre, machte mich auf Dauer untauglich für Einsätze in tropischen Ländern. Wieder einmal stand ich vor dem Nichts, vielleicht sogar vor der Entlassung. Ich sah mich schon als Hartz IV-Empfänger.

Doch vor einer Woche kündigten unsere Chefs vertraulich an, dass eine „große Aufgabe von nationaler Wichtigkeit" auf uns zukäme, ohne uns Näheres zu verraten. Erst kurz vor unserem Einsatz wurden wir aufgeklärt. Wir sollten an einer neuen innerdeutschen Grenze eingesetzt werden, hieß es, es sei eine auch politisch heikle Mission.

Das klang spannend. Wir bekamen moderne Präzisionsgewehre mit scharfer Munition und Zielfernrohren in die Hand gedrückt, schriftlich wurde uns die Erlaubnis, nein, die Anweisung erteilt, von den Wachtürmen aus auf jeden zu schießen, der die Mauer überwinden wollte. Dies sei rechtens, wurde uns versichert. Dahlem sei jetzt ein souveräner Staat. Wir seien dazu da, seine Grenzen zu schützen, wenn nötig mit Gewalt. Diese Einstellung hätte ich mir von der Bundesregierung vor Jahren, als es mit der Flüchtlingskrise anfing, ebenfalls gewünscht.

So landete ich auf dem Wachturm mitten in Berlin. Es war kalt für die Jahreszeit, der erste wirklich kalte Tag, doch ich war vorbereitet, mit langen Unterhosen, Winterstiefeln, Handschuhen und einer Lederjacke, die dick mit Lammfell gefüttert war. Als ausgebildeter Scharfschütze wusste ich, dass es verdammt ungemütlich werden kann, wenn man stundenlang bewegungslos warten muss, bis sich endlich ein

Ziel zeigt. Es ist eine enorme psychische Anstrengung, die nicht jeder durchhält.

Ich strich sanft über den kühlen, glatten Stahl meines Gewehrs, eines Heckler & Koch MSG90, das, so wünschte ich mir, bald zum Einsatz kommen sollte. Ich hatte es auf dem Schießstand sorgfältig eingeschossen, nun war ich eins mit meiner Waffe und bereit für die kommenden Herausforderungen.

Die polnischen Kollegen von der Bauarbeiterfraktion hatten die Mauer in Rekordzeit hochgezogen. Sie sind ja bekanntermaßen tüchtige Handwerker. An vielen Stellen wurde zwar noch gearbeitet, doch im Großen und Ganzen stand das Bauwerk. Es war mindestens drei, meist aber vier Meter hoch und mit NATO-Draht gesichert. Der mir zugeteilte Bereich war besonders kritisch für die Grenzsicherung, da es hier einen Todesstreifen gab.

Er bestand aus einer weiten Brache, die sich vor der eigentlichen Mauer erstreckte. Der Bereich war nicht vermint (zumindest hatte man mir nichts davon gesagt), und wenn ein Flüchtling gut zu Fuß war, konnte er sehr wohl die Mauer erreichen und mit Glück auch überwinden, bevor ihn die Wachen mit den Schäferhunden zu fassen bekamen. Gerade fällten sie die letzten Bäume, damit ich über ein freies Schussfeld verfügte. Ich war, das wusste ich, einer der wenigen professionellen Scharfschützen, über die sie verfügten. Auf einmal war ich wieder wichtig.

In einiger Entfernung, vielleicht hundert Meter weiter weg, endete der Todesstreifen, die Mauer verlief nun unmittelbar an einigen mehrstöckigen Mietshäusern entlang. Durchs Fernglas sah ich, wie sich Menschen mit Hilfe von Bettlaken aus einem der Fenster abseilten, um auf die andere Seite der Mauer zu gelangen. Dort waren hölzerne Plattformen errichtet, auf denen sich die Leute drängten. Einige winkten zu uns herüber, ein junger Mann hielt ein Schild hoch, auf dem „Helena ich liebe dich" zu lesen stand.

Offenbar rief die Baumaßnahme ein gewaltiges Echo in der Bevölkerung hervor, jeder wollte sehen, was es mit der neuen Mauer auf sich hatte. Auch die ersten Souvenirhändler hatten sich bereits eingefunden, ebenso wie Würstchen- und Getränkeverkäufer und die üblichen Verdächtigen von „Motz" und „Straßenfeger", den beiden Berliner Obdachlosenzeitungen, die Passanten um Kleingeld oder etwas zu Essen angingen.

Natürlich waren auch Fernsehsender in Kompaniestärke aufgefahren, aus Deutschland und aus aller Welt. Die Schüsseln auf den Dächern ihrer Übertragungswagen zeigten, dass sie live sendeten. Und es war ja tatsächlich eine Sensation, über die sie zu berichten hatten. Ein Staat verkauft (ob verkaufen oder verpachten spielt hier keine Rolle) einen Teil seines Hoheitsgebiets einschließlich aller dort lebenden Menschen an ein privates Unternehmen und begibt sich damit seiner Souveränität. Das war noch nie da.

Wie auch immer, ich machte es mir gemütlich, trank einen Schluck heißen Tee und wartete ab. Mehr konnte ich im Moment nicht tun.

### 3.11., 16:26 h, Elias F., 34, TV-Reporter

Die Redaktionsleitung des Privatsenders, für den ich als Reporter arbeitete, hatte mich mit einem Kameramann rausgeschickt, um Impressionen zu sammeln und einen allgemeinen Eindruck von der Stimmung an der Mauer zu vermitteln. Tiefgründige Analyse war nicht gefragt, so was ist auch gar nicht mein Job. Ich bin nur derjenige, der das Bild- und Tonmaterial liefert, aus denen andere dann etwas mehr oder weniger Sinnvolles zusammenbasteln.

Schon lange bevor die Mauer in Sichtweite kam, hatten wir Schwierigkeiten durchzukommen. Die Leute drängten sich wie auf der Fanmeile vor dem Brandenburger Tor an Silvester oder bei Fußball-Großereignissen. Schnell wurde mir klar: Das wird so nichts.

Zum Glück war rechts von uns eine Baustelle. Wir schlüpften durch ein Loch des Maschendrahts und liefen zu dem Kran, der gerade nicht in Betrieb war. Aber er war bewacht. Ein Fünfziger, schnell in die Hand gedrückt, bewegte den Security-Mann dazu, mal kurz in die andere Richtung zu schauen. Wir kletterten hoch, von oben hat man stets den besten Überblick. Ich dachte in dem Moment gar nicht daran, dass ich nicht schwindelfrei bin, ich hatte nur das gute Material im Kopf, das ich unbedingt abliefern wollte.

Ich brauchte endlich einen Coup, der mich in der Redaktionshierarchie nach oben beförderte. Ich war es leid, als freier Mitarbeiter der Hanswurst zu sein für inkompetente Redakteure, die sich am Schreibtisch einen schlauen Lenz machten und Leute wie mich nach Gutdünken herumschubsten.

Es dauerte seine Zeit, bis wir die Führerkabine des Krans erreichten, in einer Höhe von vielleicht siebzig, achtzig Metern. Immer wieder mussten wir Pausen machen, denn die schmale Leiter hochzusteigen war ziemlich anstrengend. Stefan, mein Kameramann, war fitter als ich, aber auch jünger. Seine digitale Kamera war leicht, mit einem schweren Trumm wie der Betacam SP, mit der wir vor einigen Jahren noch hantierten, wäre eine solche Aktion gar nicht möglich gewesen.

Der Ausblick von oben war fantastisch, wie für uns gemacht. Die Mauer war vielleicht fünfzig Meter entfernt. Direkt unter uns war alles schwarz von Menschen. In einiger Entfernung sahen wir einen Wachturm, auf dem ein Typ mit einem Gewehr in der Hand zu uns herüberstarrte. Wir richteten die Kamera auf ihn und versuchten ihn mit dem Zoom heranzuholen, doch er drehte sein Gesicht weg. Nun, dann eben nicht. Stattdessen machten wir einen schönen langen Schwenk über das Panorama, eine Filmkulisse hätte nicht perfekter aussehen können. Sogar das Licht war grandios, die tiefstehende Sonne warf lange Schatten.

Direkt auf der anderen Seite der Mauer sprang eine Frau aus dem zweiten Stock eines Mietshauses in ein improvisiertes Sprungtuch auf unserer, der freien Seite, das von einem Dutzend Menschen gehalten wurde. Ihre Röcke flogen hoch, es sah aus wie eine Zirkusnummer. Als sie glücklich gelandet war, stieß sie einen Schrei aus und reckte die geballte Faust triumphierend in die Luft. Die Leute klatschten.

Natürlich wollte ich mich auch selbst in Szene setzen. Es wirkt sehr authentisch, wenn der Reporter vor Ort seine Eindrücke schildert. Ein solcher Auftritt kann der Beginn einer großen Karriere sein (die bei mir nun schon geraume Zeit auf sich warten ließ). In kaum einer Branche spielt die persönliche Ausstrahlung eine so große Rolle. Dass sie tatsächlich mit Kompetenz einhergeht, ist dann gar nicht mal so wichtig, wie allabendlich auf sämtlichen Sendern zu besichtigen ist.

Damit Stefan ein gutes Bild bekam (ich im Vordergrund, dahinter die Mauer und die vielen Menschen), kletterte ich ein wenig auf den Kranausleger hinaus. Es war nicht ganz ungefährlich, zumal ein kräftiger Wind blies, doch was tut man nicht alles für die Karriere. Wäre ich abgestürzt, hätte ich zumindest einen grandiosen Abgang gehabt. Wie ich meinen Sender kannte, hätten sie ohne jede Skrupel meinen Todessturz immer und immer wieder gesendet, auch in Zeitlupe. Auf YouTube wäre ich posthum ein großer Star geworden, und auf Facebook hätten Hunderttausende die Szene „geliked".

Aber dazu kam es nicht. Vielleicht hätte ich nicht so ausgiebig frühstücken sollen, und den mittäglichen Gang in die Kantine hätte ich mir ebenfalls verkneifen sollen. Jedenfalls verspürte ich ein flaues Gefühl im Magen, als ich da draußen auf dem Ausleger saß, der im Wind leicht schaukelte. Ich vermied es, in die Tiefe zu blicken, und fixierte einen festen Punkt. Aber das half nichts. Ich spürte, wie mir langsam das Essen hochkam. Doch ich wollte mir dadurch meinen großen Auftritt nicht verderben lassen, gab Stefan ein Zeichen und fing an zu reden. Es muss irgendwas in der Art von „Achtzig Meter unter mir spielt sich zur Zeit ein Drama ab" gewesen sein, so genau weiß ich das nicht mehr.

Weiter kam ich nicht. Ich spürte nur noch, wie mir schwummrig wurde und dass ich das, was aus meinem Magen hochkam, nicht mehr kontrollieren konnte. Ich war nur noch in der Lage, mich festzuhalten und das Essen, das ich vor einigen Stunden noch mit großem Appetit zu mir genommen hatte, der Schwerkraft zu überlassen. Zum Glück stand der Wind günstig, so dass Stefan davon verschont blieb. In hohem

Bogen spie ich meinen halbverdauten Mageninhalt aus.

„Ich hab's im Kasten", sagte Stefan, grinste und reckte den rechten Daumen hoch.

### 3.11., 16:34 h, Chantal Z., 19, Nageldesignerin

Ich stand mitten in der Menge, als neben mir die Kotze runterkam. Es fehlte nur ein Meter, und ich hätte die volle Ladung abbekommen. Stattdessen traf es meine Freundin Cindy, die mit mir aus Marzahn gekommen war, um sich das Schauspiel an der Mauer anzusehen. Für sie war der Tag natürlich gelaufen, sie heulte vor Ekel und Wut. Die Menschen bildeten bereitwillig eine Gasse, als sie versuchte, aus dem Gedrängel herauszukommen. Alle hielten sich die Nasen zu, niemand wollte sie näher als eine Armlänge an sich heranlassen. Weiter hinten hatte das Rote Kreuz eine Erste-Hilfe-Station aufgebaut, wo Cindy zumindest ihre Kleider loswerden konnte, welche die Helfer sofort in einen luftdicht verschlossenen Plastiksack entsorgten.

Nur in Höschen und BH, notdürftig abgewaschen und in Alufolie eingewickelt, aber immer noch bestialisch stinkend, ließ sie sich von ihrem Vater abholen, der sie schweigend und mit finsterer Miene nach Hause fuhr. Er unterzog sein Auto sofort einer Grundreinigung, womit der er den Rest des Tages beschäftigt war, während Cindy eine volle Stunde unter der Dusche stand und sich dann so stark mit billigem Parfüm aus dem Supermarkt einsprühte, dass sie beinahe schlimmer stank als vorher.

Ich blieb noch eine Weile. Nur aus Erzählungen meiner Eltern wusste ich, wie es damals war, als jene sagenhafte Mauer noch stand, durch die Berlin geteilt wurde. Jetzt schien es, als seien die alten Zeiten (für meine Eltern waren es gute Zeiten) plötzlich wieder da.

Allerdings war die Perspektive eine völlig andere. Während meine Eltern, wie die Wessis immer noch behaupten, damals eingesperrt waren (was sie aber gar nicht so empfanden, denn sie standen hundertfünfzigprozentig hinter ihrem Staat), waren wir nun ausgesperrt. Wobei die Frage war, ob uns wirklich etwas entging. Ich war noch nie im Leben in Dahlem, bis vor zwei Stunden kannte ich nicht mal den Namen. Ich finde, man muss auch nicht überall gewesen sein. Alte Villen aus der Gründerzeit haben wir auch in Karlshorst. Kürzlich sagte mir jemand, dass Karlshorst früher das „Dahlem des Ostens" gewesen sei.

Ich kann da nicht mitreden. Ich bin lange nach der Wende geboren, und Marzahn ist auch schön. Plattenbauten, gewiss, aber alle Wohnungen mit Bad und Balkon. Das war früher nicht selbstverständlich, es war eine sozialistische Errungenschaft, wie meine Eltern immer betonen. Ich kann nur sagen, ich wohne gern da. Diese westlich-dekadente Großstadtkultur in Mitte und am Prenzelberg, die brauchen wir nicht. Sagt auch mein Freund Kevin. Er lernt auf Hilfsarbeiter und ist im zweiten Lehrjahr. Wir Ossis sind gern unter uns, das war schon immer so. Wir haben unsere eigene Kultur, und sei es die Freikörperkultur. Gegen uns sind die Wessis prüde und verklemmt.

Weiter vorne, zur Mauer hin, tat sich was. Ein junger Typ in Lederjacke hatte sich offenbar auf eine Kiste gestellt, so dass ihn jeder sehen konnte, und hielt eine Brandrede.

Die Mauer, rief er, sei ein Ausdruck des entfesselten globalen Finanzkapitalismus, der die Menschen nur noch als wohlfeile Verfügungsmasse behandle und sie damit zu Sklaven der internationalen ausbeuterischen Großkonzerne degradiere. Was hier im Kleinen zu sehen und nur als Testlauf zu begreifen sei, nämlich die Abschaffung der Freiheit für die Einwohner von Dahlem sowie deren Unterwerfung unter die brutale Knute einer skrupellosen und allmächtigen Milliardärsclique, also des weltweiten militärisch-industriellen Komplexes, sei bald auch für die Gesamtheit der Bevölkerung zu erwarten. Widerstand, auch gewaltsamer, sei dringend geboten.

Ich hab' mir zwar gemerkt, was er sagte, denn ich habe ein gutes Gedächtnis, aber ich versteh' bis heute nicht, was er mit dem Gequatsche eigentlich meinte.

An dieser Stelle jedenfalls, ich sah es genau, traf den Redner ein Stein. An seinem Kopf war Blut zu sehen.

„Kommunistenpack!", riefen einige Umstehende und drohten mit den Fäusten. „Geht doch rüber!"

Mein Vater sagt immer, dass Kommunisten auf der richtigen Seite der Geschichte stünden, daher besaß der junge Redner in der Lederjacke meine volle Sympathie.

„Zu dem Reichengesindel?", gab er zurück. „Nicht ums Verrecken!"

Wieder flog ein Stein, diesmal knapp an ihm vorbei. Schnell entwickelte sich eine heftige Auseinandersetzung. Mehrere Leute prügelten aufeinander ein. Der Redner wurde von seinem Podest runtergezogen, wie es weiterging, konnte ich von meinem Standort aus nicht genau erkennen. Nur so viel, dass sich auch Polizisten in schwarzer Schutzkleidung und mit Helmen einmischten, die mit Schlagstöcken wahllos auf die Aktivisten beider Seiten eindroschen, aber auch selber einiges einstecken mussten.

Die Lage wurde nicht nur unübersichtlich, sondern auch bedrohlich, weshalb wir versuchten, so rasch wie möglich aus der Gefahrenzone zu kommen. So ähnlich, dachte ich, musste es bei den Straßenschlachten zwischen Kommunisten und Nationalsozialisten Ende der zwanziger Jahre zugegangen sein, von denen uns mein Urgroßvater immer erzählte. Sein steifes Bein war die Folge einer Verletzung, die er sich damals geholt hatte. Darauf war er mächtig stolz.

**3.11., 17:48 h, Lukas G., 28, Autonomer Aktivist**

In Berlin, genauer gesagt in Kreuzberg, feiern wir in der Nacht zum 1. Mai die Hohe Messe in C-Moll. C wie Chaos. Wir zünden Autos und Papierkörbe an, schlagen Scheiben ein und prügeln uns mit den Bullen. Am nächsten Morgen kommt die Stadtreinigung, räumt die Scherben weg und wischt das Blut auf. Die Boulevardzeitungen entsetzen sich darüber, wie schlimm doch alles wieder war, und rufen nach dem starken Staat. Genauso wie die Gegenseite zählen wir unsere Verletzten und freuen uns, wenn wir gewonnen haben. Es ist ein Ritual, das sich jedes Jahr wiederholt und mit dem sich alle Beteiligten arrangiert haben. Das Ereignis steht als fester Termin in allen alternativen Reiseführern und ist Teil der lokalen Folklore.

In diesem Jahr jedoch gab es Zoff auch im Herbst. Es war ein unverhofftes Geschenk des Himmels, dass die Bundesregierung ohne Ankündigung, quasi über Nacht, einen ganzen Ortsteil von Berlin diesem obskuren chinesischen Konzern überantwortete. Nicht, dass wir für die Bewohner dieses fauligen, abrissreifen Villenviertels auch nur die geringsten Sympathien hegten, nein, aber der Vorgang bot uns doch eine höchst willkommene Gelegenheit, den berechtigten Interessen des Volkes, speziell der Arbeiterklasse, nachdrücklich Gehör zu verschaffen.

Schon in den frühen Morgenstunden hatten wir mitbekommen, was unsere Gegner im Schilde führten, und sehr rasch war klar, dass wir dieses Vorhaben für einen eindrucksvollen Auftritt in der Öffentlichkeit nutzen wollten. So eine Gelegenheit darf man nicht vorüberziehen lassen. Über Facebook sind wir Aktivisten bestens miteinander vernetzt, innerhalb kurzer Zeit können wir Dutzende von Gesinnungsgenossen mobilisieren. Das taten wir auch. Natürlich trat unser internes Vermummungsgebot in Kraft, es ist eine Frage des Selbstschutzes. Der Gegner ist mächtig und hat die Justiz auf seiner Seite.

Wir trafen uns am späten Vormittag nahe der Mauer, es war kurz nach der späterhin berüchtigten Rede der Kanzlerin, in der sie die Karten auf den Tisch legte. Anfangs waren wir etwa zwei Dutzend Kämpfer, im Lauf des Tages, nach Büroschluss, kamen noch einmal knapp zwanzig hinzu.

Wir trugen engaliegende, dick gepolsterte schwarze Kampfanzüge, die alle empfindlichen Stellen (Ellenbogen, Knie, Hals und Hoden) schützten und sich in den Auseinandersetzungen der Vergangenheit bewährt hatten, sowie feste Arbeitsschuhe mit metallenen Kappen, mit denen man gut zutreten konnte. Die übergroßen Handschuhe hatten wir mit Quarzsand gefüllt, damit unsere Schläge auch Wirkung zeigten. Um nicht aufzufallen, tarnten wir uns mit unverfänglicher Kleidung, die uns in der Menge aufgehen ließ.

Der Revolutionär muss sich in den Volksmassen bewegen wie ein Fisch im Wasser, hat schon der Große Vorsitzende Mao Zedong gesagt. Manche hatten auch eine Dschellaba übergeworfen, das nordafrikanische Traditionsgewand ist ja mittlerweile, nach der millionenfachen Flüchtlingseinwanderung der letzten Jahre, ein ganz normales, gesellschaftlich akzeptiertes Kleidungsstück, das in keiner Fußgängerzone mehr Aufsehen erregt. Einer von uns hatte sich sogar unter einer Burka versteckt. Die Verkleidung, welcher Art auch immer, war notwendig, denn die Polizei, sie kennt uns Pappenheimer. Genauso, wie uns ihre Zivilbullen bekannt sind. Ab und zu verpassen wir ihnen eine Abreibung, damit wir in Übung bleiben.

Jeder von uns war mit einem Wegwerfhandy ausgerüstet, damit wir im Notfall Hilfe herbeirufen oder mit unserem Anwalt Kontakt aufnehmen konnten, der wie immer am Telefon parat stand. Bierflaschen hatten wir als Molotowcocktails präpariert, Wunderkerzen konnten wir in Sekundenschnelle entzünden. Und natürlich hatten wir genügend Pfefferspray, Tränengas in Dosen, Wasserspritzpistolen und allerlei Pyrotechnik dabei. Vorsichtshalber lockerten wir schon mal einige Pflastersteine, die wir zweifellos brauchen würden. Wir freuten uns auf die Auseinandersetzung.

Sie begann am späten Nachmittag. Bis dahin hatten die Leute nur geglotzt und sich lautstark echauffiert, doch in die Gänge wollte keiner kommen. Überall lauerten Kamerateams, sogar von amerikanischen Fernsehsendern, die auf Blut aus waren. Wir vermeiden es normalerweise tunlichst, die Kämpfe einzuleiten, da uns so kein Vorwurf gemacht werden kann, auch von der staatlich gelenkten Lügenpresse nicht. Unsere Spezialität sind gezielte Provokationen, kleine Nadelstiche, aus denen sich dann ganz organisch, fast schon spielerisch, die eigentliche Auseinandersetzung entwickelt.

So war es auch hier. Einer von uns opferte sich und stieg

auf eine Obstkiste, die wir in weiser Voraussicht mitgebracht hatten. Er begann unsere politischen Positionen überzeugend darzulegen, kam aber nicht weit, da schon bald der erste Stein flog. Es war genau das, was wir erhofft hatten. Denn natürlich mussten wir darauf reagieren. Den Steinewerfer hatten wir schnell identifiziert. Es war nur legitim, ihm eine Abreibung zu verpassen, ebenso wie seinen rechtsradikalen glatzköpfigen Freunden mit den Springerstiefeln.

Es ist entscheidend bei derlei Auseinandersetzungen, dass man stets die Initiative behält und offensiv vorgeht. Man darf keine Angst davor haben, selber Prügel einzustecken, dann teilt man umso kräftiger aus. Wie beim Boxen zählen nur die Treffer. Darüber sprechen wir dann beim Bier in der Kneipe, bei der Manöverkritik. Wenn wir besonders erfolgreich waren, ist dies der Stoff, aus dem Legenden gestrickt werden. Fragen Sie mal unseren ehemaligen Außenminister, der Mann kennt sich aus (auch wenn er mittlerweile zum Klassenfeind übergelaufen ist).

Dass sich die Bullen einmischten, damit hatten wir gerechnet. Sonst hätte es ja auch keinen Spaß gemacht. Wir hatten uns strategisch so verteilt, dass wir ihnen nicht nur Auge in Auge gegenüber standen (so wie sie es von uns erwarteten), sondern ihnen zugleich auch unvermutet in den Rücken fallen konnten.

Da es drei Parteien gab (unsere faschistischen Widerparts, die nicht weniger faschistischen Bullen und uns, die Vorkämpfer des Proletariats), entwickelte sich rasch ein Kampf jeder gegen jeden. Unvermeidbar war, dass auch Unbeteiligte mit einbezogen wurden, dies sind bedauerliche Kollateralschäden, die wir zu vermeiden suchen. Doch manchmal werden sie uns eben aufgezwungen. Und immer werden sie uns zur Last gelegt von der bürgerlichen Lügenpresse.

Johlend stürzten wir uns ins Getümmel. Wir denken dabei stets an unseren Lieblingsfilm, „Clockwork Orange" von Stanley Kubrick aus den siebziger Jahren, in dem so richtig schön getollschockt (geprügelt) wird, ultrabrutal und völlig irre. Wir zeigen ihn oft bei unseren Vereinsabenden im

Hinterzimmer einer Kreuzberger Bierkneipe und haben viel Spaß dabei. Alex, der sardonische Hauptdarsteller, ist, neben dem antiken Spartakus, unser absoluter Hero.

Die Mauer an sich war uns ziemlich egal. Wir kämpfen schließlich nicht für reiche Fuzzis, denen plötzlich die Reisefreiheit abhanden gekommen ist, sondern für die Armen und Unterprivilegierten dieser Welt. Für Flüchtlinge, Obdachlose, Arbeitslose. Ausgebeutete, Zukurzgekommene und Geknechtete. Wir kämpfen für die Revolution. Für Freiheit, Gleichheit und Gerechtigkeit.

Zumindest behaupten wir das. In Wirklichkeit wollen wir nur unseren Spaß. Deshalb nennen wir uns auch die Spaßguerilla. Hoch – die – internationale – Solidarität!

**3.11., 18:08 h, Wilson S., 47, Berlin-Korrespondent**

Mein Vater hatte mir, da war ich noch ein Kind, oft von den glorreichen Kämpfen der amerikanischen Bürgerrechtsbewegung erzählt, die in den sechziger Jahren des vorigen Jahrhunderts ausgefochten wurden. Einmal, beim legendären Marsch auf Washington am 28. August 1963, hatte er sogar Dr. Martin Luther King die Hand gedrückt. Es war das Highlight seines Lebens.

Die Fronten gingen mitten durch das Volk, auch viele Weiße waren auf unserer Seite. Dass wir gesiegt hätten, kann man bis heute nicht behaupten, dazu stehen noch zu viele Rechnungen offen, zu viele Versprechungen sind nicht eingelöst. Zumal jetzt das Pendel, unter dem stramm rechten Präsidenten Donald Trump, sogar zurückschwingt und viele der damaligen Errungenschaften wieder einkassiert werden. Es waren heroische, aber mitunter auch deprimierende Geschichten aus einer fernen, inzwischen sehr verblassten Zeit.

Doch alles war auf einmal wieder gegenwärtig, als ich an der neuen Berliner Mauer stand und fassungslos mit ansah, wie die Leute aufeinander losgingen. Ganz normale Leute.

Männer und Frauen. Sie benutzten Regenschirme und High Heels, den spitzen Absatz voran, als Waffen, sie schwangen Champagnerflaschen in Einkaufsnetzen über ihren Köpfen und nutzten sie als Wurfgeschosse.

Dann gab es, für jeden offensichtlich, die Profis im Straßenkampf. Die einen sahen ganz normal aus, waren aber anscheinend gut organisiert, die anderen hatten polierte Glatzen, auf die Hakenkreuze und SS-Runen tätowiert waren, und trugen Springerstiefel. Die beiden Gruppen prügelten wild aufeinander ein. Einige warfen Pflastersteine.

Außerdem war da noch die Polizei. Sie trat bei weitem nicht so brutal und martialisch auf wie bei uns in Alabama, wo ich aufgewachsen bin und wo wir schwarzen Kids, die auf der falschen Seite der Bahngeleise wohnten, stets auf der Hut vor den weißen Cops mit ihren Schlagstöcken und locker sitzenden Pistolen sein mussten. Jeden Monat, im Durchschnitt, erschossen sie einen von uns, und dass ich überlebte, erscheint mir heute noch als kleines Wunder.

Jedenfalls war es kein Vergleich zu hier. Deutsche Polizisten sind ja eher von sanftem Gemüt und werden durch strenge, detaillierte Dienstvorschriften ausgebremst, doch sie taten ihr Bestes, die Kampfhähne zu trennen, was am Ende dazu führte, dass sie selbst am meisten Prügel bezogen. Der Polizeibericht vermeldete am nächsten Morgen achtundzwanzig leicht verletzte Polizisten und zwei, die sich vor Angst in die Hosen gemacht hatten.

Ich fragte mich, was die Menschen so in Rage brachte. Als Amerikaner, der nun schon seit drei Jahren als Korrespondent in Berlin lebte, hatte ich bisher immer den Eindruck, dass Emotion und Leidenschaft nicht gerade zu den hervorstechenden Eigenschaften der Deutschen gehören. Das hier sah ganz anders aus.

Meine Zeitung hatte mich beauftragt, herauszufinden, was es mit dieser ominösen Mauer auf sich hatte. Dass Donald Trump dahintersteckte, hätte ich mir eigentlich denken können. Nach seiner Wahl zum Präsidenten hatte er sich widerwillig aus der Geschäftsführung seiner zahlreichen Baufirmen zurückgezogen, da dies nicht mit dem hohen Amt vereinbar war. Zumindest nicht offiziell. Denn es hemmte seine Aktivitäten keineswegs. Es gab schließlich niemanden, der keine Geschäfte mit dem amerikanischen Präsidenten machen wollte, da es sich politisch auszahlte und auf jeden Fall dem Renommee zugute kam. Trump zog die Fäden im Hintergrund und mehrte fleißig sein Vermögen.

Nach dem erfolgreichen Bau der Mauer an der amerikanisch-mexikanischen Grenze, den er schon im Wahlkampf angekündigt und wie geplant durchgezogen hatte (er hatte es unter Androhung wirtschaftlicher Sanktionen sogar geschafft, dass die Mexikaner einen finanziellen Beitrag dazu leisteten), wurde seine Expertise weltweit nachgefragt, was ihm ungeheuer schmeichelte und sein ohnehin überentwickeltes Ego vollends in die Stratosphäre katapultierte.

Zunächst wurde er in Israel tätig, dann in ganz Südosteuropa, wo seine Mauern halfen, den nicht abebbenden Flüchtlingsstrom zumindest ein wenig zu verringern. Er baute in der Ukraine, im Osten Finnlands und in Nordaustralien. Fast jedes Land, das seine Grenzen schützen wollte, begab sich vertrauensvoll unter seine Fittiche, die des Geschäftsmannes, nicht des Präsidenten Trump wohlgemerkt.

Auch für Reichen-Enklaven wie die New Yorker Wall Street, das kalifornische Silicon Valley und Bel Air, das Luxusviertel von Los Angeles, entwickelte er Pläne, sie mit hohen Mauern zu umgeben. Als sich im vergangenen Jahr die Spannungen zwischen Indien und Pakistan verschärften, dachten auch diese beiden Staaten über eine Mauer nach und holten ein Angebot bei Trump ein. Es schien, als wolle er die ganze Welt zumauern.

Ideologisch war er in keiner Weise festgelegt. Wer gut zahlte, wurde bestens bedient. Sein Großprojekt einer Zweiten Chinesischen Mauer, mit der China beabsichtigte, sich gegenüber dem neuerdings aggressiv ausgreifenden mittelasiatischen Islamismus abzuschotten, kam allerdings lange nicht voran. Die Chinesen wollten, so hieß es, vorher einen Testlauf machen.

Dass dieser Testlauf ausgerechnet in Berlin stattfinden sollte, ahnte niemand.

## 3.11., 20:03 h, Johnny K., 36, Ex-Häftling

Fünf Jahre lang hatte ich mir, beim täglichen Hofgang, die Mauer von innen angeschaut. Es bestand keine Möglichkeit sie zu überwinden, so sehr ich mir auch das Hirn zermarterte. Als ich dann endlich Freigang bekam, war die Entlassung so nahe gerückt, dass ich den Gedanken an Flucht endgültig beerdigte. Es hätte sich nicht mehr gelohnt, die meisten Ausbrecher werden ohnehin über kurz oder lang gefasst. Dann hätte ich nochmal ein paar Jahre bekommen. Das war mir die Sache nicht wert.

Ich wartete also schweigsam und geduldig ab, bis sie mir endlich die Entlassungspapiere aushändigten. Und tschüs! Draußen vor dem Tor wartete niemand auf mich.

Fürs erste kam ich in einem Männerwohnheim unter, in einem Schlafsaal mit Doppelstockbetten. Der unverwechselbare säuerliche Geruch von Hoffnungslosigkeit und Verzweiflung, scharfen Desinfektionsmitteln und kaltem Männerschweiß sowie die dumpfe, stickige Atmosphäre, in der die latente Gewaltbereitschaft fast körperlich zu spüren war, machte das Wohnheim dem Knast, aus dem ich gerade kam, zum Verwechseln ähnlich. Wer diese Mischung einmal gerochen hat, vergisst sie nie wieder. Dass ich hier nicht bleiben konnte, war mir schon nach wenigen Sekunden klar. Doch vorerst hatte ich keine andere Wahl. Das bisschen Geld, das ich besaß (ich hatte immerhin drei Jahre dafür geschuftet, für einen Mini-Stundenlohn), wollte ich nicht gleich für ein Hotel raushauen.

Gleich am zweiten Tag gab es große Aufregung. Sie hätten eine Mauer gebaut, hieß es. Nach den Jahren im Gefängnis (davon ein Jahr Einzelhaft wegen Insubordination, wie sie es nannten) alarmierte mich eine solche Nachricht natürlich sofort. Ich bin geschärft. Von Mauern hatte ich endgültig die Nase voll. Doch dann hörte ich, dass wir uns außerhalb der besagten Mauer befanden. Großes Aufatmen. Dann Neugier. Eine Mauer mitten in Berlin? Das wollte ich mir denn doch nicht entgehen lassen.

Ich also nichts wie hin. Dass ein ganzes Wohnviertel hinter Gitter gerät, sieht man schließlich nicht alle Tage. Schwedische Gardinen in ganz großem Stil. Als ich ankam, war bereits der Teufel los. Die Kanzlerin hätte eine Rede gehalten, hieß es. Im Männerwohnheim gab es keinen Fernseher, daher hatte ich sie nicht hören können. Aber die Rede musste es in sich gehabt haben, so erregt, wie die Leute waren. Als im September 2015 die eigenmächtige Einladung der Kanzlerin an die Flüchtlinge aus aller Welt erging und sie im Alleingang die deutschen Grenzen öffnen ließ, stand ich gerade vor Gericht. Dennoch bekam ich mit, wie diese Entscheidung die Bevölkerung spaltete.

So war es auch jetzt. Obwohl mehr als 99,99 Prozent der Bevölkerung von dem Deal mit den Chinesen profitierten (rein rechnerisch waren es rund zwölfhundert Euro für jeden Deutschen), gab es doch offenbar etliche prinzipientreue Bürger, für die ein „gelber Stachel im Fleisch des Westens" (so die Schlagzeile eines Boulevardblatts) nicht hinnehmbar war. Es war zweifellos eine Minderheit, die so dachte, doch sie machte sich lautstark bemerkbar.

Natürlich machte ich mir Gedanken darüber, wie auch ich einen Nutzen aus der Situation ziehen konnte. Es war mir klar, dass von den hundert Milliarden nichts, nicht ein lumpiger Cent, bei mir ankommen würde. Also musste ich selbst aktiv werden, um mir meinen Anteil am Kuchen zu sichern.

Gewiss interessiert es Sie, wofür ich eigentlich meine Gefängnisstrafe verbüßte. Nun, ich war Fluchthelfer, zumindest war es das Delikt, wofür sie mich verurteilten. In Tateinheit mit einem kleinen Banküberfall, schließlich kostet so eine Aktion mehr als eine Kleinigkeit. Doch leider ging die Aktion, mit der wir den Chef aus dem Knast holen wollten, gründlich schief. Bis heute werde ich den Verdacht nicht los, dass wir verraten wurden, denn alles war perfekt geplant.

Wir hatten einen Hubschrauber gemietet, wobei wir beim Piloten mit sanftem Druck nachgeholfen hatten. Die Tarnung war perfekt, da es ein ADAC-Hubschrauber war. Den verdächtigt niemand, auch wenn er im Tiefflug über Wohngebiete knattert. Er könnte ja Verletzte transportieren.

Womit der Chef nicht gerechnet hatte, war, dass er einen Tag vor der geplanten Befreiung in ein anderes Gefängnis, nach Moabit, verlegt wurde. Er hatte keine Chance, uns diese Information zukommen zu lassen, da sie ihn vollständig isolierten und sofort in eine Einzelzelle sperrten. Deshalb denke ich, dass Verrat im Spiel war.

Der Chef war wohl der gleichen Meinung. Dass zwei Leute aus dem Milieu wenig später lebendig im Landwehrkanal versenkt wurden, Betonklötze an den Füßen, sagt eigentlich alles. Es war unverkennbar seine Handschrift. Er besitzt ein Elefantengedächtnis sowie einen ausgeprägten Sinn für Melodramatik.

Als wir mit dem Hubschrauber über dem Gefängnis in Berlin-Tegel einschwebten, war niemand im Innenhof zu sehen. Alles leer. Die Strickleiter brauchten wir erst gar nicht hinunter zu lassen. Also flogen wir, ziemlich ratlos, wieder weg. Den Piloten ließen wir gefesselt und geknebelt am Landeplatz zurück, damit er nicht in Verdacht geriet. Ich verpasste ihm noch einen kräftigen Faustschlag aufs Auge, um der Sache auch die rechte Glaubwürdigkeit zu verleihen. Hinterher war er mir dankbar dafür, das Veilchen klang erst nach mehreren Tagen ab. Aber letztendlich rettete es ihm die Haut. Die Polizei zweifelte die Story nicht an, die er ihnen erzählte, obwohl sie mehr als dünn war.

Es dauerte keine drei Tage, da hatten sie uns alle geschnappt. Sinnigerweise saßen wir unsere Strafe im selben Gefängnis ab, aus dem wir den Chef hatten befreien wollen. Wir waren immer noch drin und drehten verdrießlich unsere Runden im Hof, als er bereits entlassen war und sein angenehmes altes Leben (Frauen! Alkohol! Luxus jeder Art!) wiederaufgenommen hatte. Hätten wir Messer gehabt, wären sie uns in der Tasche aufgegangen.

Jetzt war auch ich wieder frei. Und wusste nicht recht, wie es weitergehen sollte. Der Chef war nicht zu erreichen, er befand sich auf einer Yacht irgendwo in der Karibik, mit ein paar Bikini-Schönheiten vermutlich, und mit einem Cocktail in der Hand. Mai Tai, das wusste ich, trank er am liebsten.

Ich durfte mir das alles gar nicht vorstellen, ich wäre gelb vor Neid geworden. Gewiss machte er auch einen Abstecher auf die Cayman Islands, wo dunkle Gestalten aus aller Herren Länder ihr Schwarzgeld bunkern. Internationale Großkonzerne parken dort ihre liquiden Mittel, die sie in anderen Ländern mit fragwürdigen Methoden an der Steuer vorbeigeschleust haben. Es ist der fünftgrößte Finanzplatz der Welt, etwa zweihunderttausend Firmen sind dort registriert, bei gerade einmal fünfzigtausend Einwohnern.

Ich brauchte dringend Geld und hatte keinen Plan. Doch als ich so an der neuen Berliner Mauer stand, reifte in Sekundenschnelle eine neue Geschäftsidee, die mir lukrativer erschien als alles andere. Es war sonnenklar, dass sich nicht alle Einwohner von Dahlem (knappe sechzehntausend immerhin) damit abfinden würden, auf Dauer eingesperrt zu sein. Sie brauchten jemanden, der sie da rausholte. Über die Mauer hinweg oder unter ihr hindurch. Einen Fluchthelfer. Jemanden wie mich.

Es war an der Zeit, dass ich ein paar alte Bekannte anrief.

## 3.11., 21:06 h, Clara von S., 21, Kunststudentin

Gegen Abend kam Benny zu uns rüber. Seit seine Eltern sich getrennt hatten, waren wir wie ältere Geschwister für ihn. Felix hatte ihn vor ein paar Monaten über eine Kleinanzeige im Internet kennengelernt, in der Benny seine Dienste als Computerfachmann anbot. Zunächst waren wir skeptisch gewesen (der Junge war gerade mal vierzehn!), doch als er in Windeseile Felix' kaputten Laptop reparierte und neu konfigurierte (ich glaube, er hätte es sogar mit verbundenen Augen locker geschafft), waren wir nur noch verblüfft. Wir gaben Benny mehr Geld, als er verlangte, was ihn zwar verlegen machte, doch zurückweisen wollte er die milde Gabe auch nicht.

Von da an kam er öfter (er wohnte kaum fünf Minuten Fußweg entfernt), auch wenn nichts an unseren beiden

Computern zu reparieren war. Wir hatten nichts dagegen, bestanden aber darauf, dass er stets seiner Mutter Bescheid sagte. Ich nehme an, er fühlte sich einfach wohl bei uns und war ziemlich einsam, auch wenn er es geschickt kaschierte.

Benny war ein typischer Nerd, sogar die dunkle Hornbrille und die dickliche Erscheinung entsprachen dem Klischee, und für sein Alter war er ziemlich weit. Er besaß die seltene Fähigkeit, auf erfrischende Weise quer zu denken und, manchmal unfreiwillig, Pointen zu setzen, die ihn selbst am meisten überraschten, was ihm, wenn er es bemerkte, ein meckerndes Lachen entlockte. Irgendwie erinnerte er mich an den jungen Mozart aus dem Film „Amadeus". Auch so ein Verrückter. Wenn Benny anfing, über Computer zu reden, verstanden wir nur Bahnhof. Als ich ihm einmal, unverkennbar ironisch, sagte, ich hielte ihn für den neuen Steve Jobs, nahm er das für bare Münze und nickte ganz ernsthaft.

„Ja, das hab' ich mir auch schon gedacht", sagte er.

Und kicherte plötzlich los. Tanzte herum und schnitt Grimassen. Man wusste nie, woran man mit ihm war. Vielleicht ist dieses seltsame, erratische Verhalten tatsächlich der Preis des Genies.

Wir hatten den ganzen Tag nicht das Haus verlassen, die absurden Geschehnisse der vergangenen Nacht steckten uns noch in den Knochen. Und der Alkohol natürlich, den mussten wir erst mal abbauen. Da wir keinerlei Informationen erhielten (ganz Dahlem war nach wie vor abgeriegelt, es funktionierte weder Telefon noch Internet), konnten wir nur auf morgen warten, auf diese ominöse Bürgerversammlung, wo man uns hoffentlich aufklären würde.

Wir fragten Benny, ob er vielleicht eine Möglichkeit wisse, trotz der gekappten Leitungen ins Internet zu kommen.

„Ist schwierig", sagte er und wiegte den Kopf hin und her.

Dann hellte seine Miene sich plötzlich auf. Er grinste spitzbübisch.

„Aber vielleicht nicht unmöglich."

Worauf wieder das meckernde Lachen folgte.

### 3.11., 21:32 h, Walter Ü., 54, Bauunternehmer

Am meisten ärgerte mich, dass nicht ich den Auftrag bekommen hatte, die Mauer zu bauen. Was kann ein Donald Trump denn besser als gut ausgebildete, fähige deutsche Handwerker? Auch wenn wir, zugegeben, meistens Polen oder Rumänen beschäftigen, um die Kosten zu drücken. Aber die Vorarbeiter, versichere ich Ihnen, die sind immer deutsch bei uns.

Es war Montagabend, als Dahlem durch die Mauer abgeriegelt wurde, und dienstags und freitags, manchmal auch samstags, treffen wir uns immer in der "Dahlem-Klause". Es gab also viel zu bereden.

Alle waren da: Bodo, als Schauspieler bekannt aus dem Vorabendprogramm eines Privatsenders, ein C-Promi und vielleicht der stärkste Trinker unter uns (was wirklich etwas heißen will!). Ich allein kannte sein Geheimnis: An seinem Stammplatz an der Theke, wo ein Messingschild mit seinem Namen befestigt war, hängte er zu Beginn des Abends heimlich seinen Gürtel in einen versteckten Messinghaken ein, so dass er auch nach dem dreißigsten Bier noch aufrecht stehen konnte. Dies hatte ihn zur lebenden Legende gemacht. Damit er zwischendurch nicht zur Toilette musste, hatte er einen Plastikbeutel unter der Hose an seinem linken Oberschenkel befestigt, in dem sich der durch einen Schlauch geleitete Urin sammelte.

Rolf war Mitte fünfzig, machte den Anschein, als sei er Anfang siebzig und sah sich selbst als Playboy alter Schule. Er trug stets einen weißen Anzug, schwarzweiße Schuhe, schwarzes Hemd und eine knallrote Krawatte, was ihn aussehen ließ, als sei er gerade einem drittklassigen Film der sechziger Jahre entsprungen, in dem er den Gangsterboss mimte. Fehlte nur die Sonnenbrille auch am Abend. Das süße Leben hatte körperlich seinen Tribut bei ihm gefordert, sein ledernes, sonnengegerbtes Gesicht verdankte er exzessiven Besuchen auf der Sonnenbank. Er bevorzugte Frauen, oder besser Mädchen um die Zwanzig, die er mit Geschenken überhäufte, was ihm ihre Zuneigung so lange sicherte, bis er ihrer überdrüssig war. Sie nannten ihn Papa, was ihm sichtlich schmeichelte. Um ständig neue Gespielinnen kennenzulernen, betrieb er eine Diskothek am Kudamm, die nur Verluste einfuhr, was ihn aber nicht die Bohne interessierte. Er beschäftigte sich vorwiegend damit, sein reiches Erbe zu verzehren und hatte, soweit ich wusste, noch nie in seinem Leben gearbeitet.

Hanno war Handwerker, nahm aber schon lange keinen Hammer mehr in die Hand. Das erledigten seine sechzehn Angestellten für ihn, während er sich dem Ausbau seiner fünfunddreißig Quadratmeter großen, vollautomatisierten Spielzeugeisenbahn im Keller seiner Villa widmete.

Dieter hatte es als Schlagersänger zu einiger Berühmtheit gebracht und galt als Comic-Experte (es war zum Schießen, wie er manchmal Tom & Jerry imitierte), und Moritz verstand sich als Strafverteidiger auf die raffiniertesten Tricks am Rande der Legalität, seine Mandanten (alles richtig schwere Jungs) vor allzu harten Strafen zu bewahren. Sein einträglichster Klient, erzählte er, schipperte gerade auf einer Luxusyacht in der Karibik von Insel zu Insel. Irgendwie hatte Moritz es erreicht, dass er vorzeitig entlassen wurde.

„Alles nur eine Frage des Geldes", sagte er und zwinkerte mit dem rechten Auge.

Aber das hatte nichts zu bedeuten, das tat er immer. Es war eine nervöse Störung, die ihn plagte.

Das war die Kerntruppe. Wir alle waren männlich, weiß, hetero und deutlich über fünfzig, eine gesellschaftliche Minderheit also. Dahlem erschien uns als eines der letzten Rückzugsgebiete für unsere Spezies, und das sollte auch so bleiben. Geldsorgen hatte keiner von uns, und dass wir linke Vögel nicht mochten, einte uns ebenfalls. So bestätigten wir uns bei jedem Treffen gegenseitig in unseren Ansichten über Gott und die Welt, während wir ein Bier nach dem anderen zischten.

Die Nachrichten des Tages jedoch ließen keinen Zweifel daran, dass es ans Eingemachte ging. In Zukunft sollten wir von Chinesen regiert werden. Irgendwer hatte es geschafft, eine Boulevardzeitung nach Dahlem hereinzuschmuggeln (wir zahlten ihm dreihundert Euro dafür), in der die ungeheuerliche Vereinbarung genau dokumentiert war. Mit beweiskräftigen Fotos. Es war klar, dass die Regierung uns für ein Linsengericht verkauft hatte.

„Noch 'ne Tasse Bier", rief Bodo, der Schauspieler. „Für alle."

Ilse, die Wirtin der "Dahlem-Klause", wir nannten sie aus naheliegenden Gründen Pilse-Ilse, verzog missmutig ihr langgezogenes Gesicht mit den markanten gelben Zähnen.

„Letzte Runde, meine Herren", krächzte sie mit ihrer verrauchten Stimme.

„Was denn, was denn?", rebellierten wir. „Wir haben doch grade erst angefangen."

Das stimmte auch. Wir hatten gerade einmal acht Pils intus. Das reicht allenfalls zum Zähneputzen.

„Ich muss das Bier rationieren", sagte Pilse-Ilse. „Wer weiß, wann ich wieder welches kriege."

Womit sie leider recht hatte. Wir einigten uns schließlich mit ihr auf drei Runden und beratschlagten, wie wir dieser unguten Entwicklung entgegentreten konnten.

„Wenn die Chinesen Dahlem kaufen können, können wir das auch", meinte Rolf. „Ich schlage vor, wir legen zusammen."

Beim groben Zusammenrechnen ergab sich schnell, dass unser gemeinsames Vermögen bei weitem nicht an die erforderlichen hundert Milliarden herankam.

„Ach, Milliarden", meinte Rolf enttäuscht.

Er hatte Millionen gemeint. Aber selbst das, hundert Millionen, wäre jenseits von Gut und Böse für uns gewesen.

„Widerstand! Uns bleibt nur der Widerstand!", rief Hanno und schlug mit der Faust auf den Tisch.

Wir stimmten alle zu und ließen die Gläser klirren. So wurde, nach dem zehnten Bier, unsere heroische Widerstandsgruppe gegründet, mit der wir, so der Plan, den neuen chinesischen Herren das Leben schwermachen wollten.

## 4.11., 08:36 h, Joachim E., 51, Finanzbeamter

Im Finanzamt Steglitz-Zehlendorf bin ich als Abteilungsleiter für Dahlem zuständig. Besser gesagt, ich war es. Denn mit dem Bau der Mauer wurde alles anders. Dass ich auch in Dahlem wohnte, war purer Zufall. Er sollte sich als folgenschwer erweisen. Der Ortsteil war kaum zum selbstständigen Staatsgebilde erklärt worden, als man mir per Motorradkurier die schriftliche Aufforderung überbrachte, am nächsten Morgen um Punkt acht Uhr im Rathaus vorzusprechen, damit man mir meine neuen Aufgaben übertrage.

Ich fand mich selbstverständlich pünktlich ein, schließlich bin ich ein deutscher Beamter. Im Rathaus sah ich mich drei Chinesen gegenüber, die mich über einen leeren, blankpolierten Tisch hinweg zunächst nur wortlos musterten. Sie saßen vor einem großen Fenster, durch das die kräftigen Strahlen der Morgensonne schienen. Die Gardinen waren zurückgezogen. Die Sitzordnung war klug gewählt, denn im starken Gegenlicht konnte ich die Gesichter der Chinesen kaum erkennen. Ich fühlte mich ziemlich unbehaglich.

Dann, nach einem endlos sich hinziehenden Moment, teilte mir der Chinese, der den Mittelplatz einnahm, in einem fast perfekten, akzentfreien Deutsch mit, dass es meine Aufgabe als Leiter der neu eingerichteten Dahlemer Finanzbehörde sei, sämtliche knapp 16.000 Einwohner steuerlich neu zu veranlagen. Sie legten mir die Listen vor, die ich aus meiner bisherigen Tätigkeit schon kannte. Es war mir ein Rätsel, wie sie an die gekommen waren, das Steuergeheimnis war offenkundig nichts mehr wert. Dass sie die Listen ganz offiziell, im Zuge der Übergabe des Viertels an die neuen Eigentümer, über regierungsamtliche Kanäle erhalten hatten, wusste ich zu diesem Zeitpunkt noch nicht.

Natürlich, fuhr der Chinese fort, würden die Steuern ab sofort eklatant erhöht, um bis zu fünfzig Prozent, was jedoch nur recht und billig sei, nachdem die Einwohner von Dahlem doch jahrzehntelang wie die Maden im Speck gelebt hätten. Jetzt sei das Volk an der Reihe, den bourgeoisen Ausbeutern ihren Platz in der Gesellschaft zuzuweisen: Ganz unten. Dabei sei mir eine Schlüsselrolle zugedacht, die ich bestimmt mit Freuden einnehmen würde.

„Sie werden uns doch bei unserer großen Aufgabe unterstützen, ja?", fragte der Chinese lauernd und beugte sich leicht vor, mir unverwandt in die Augen blickend.

Er kam mir vor wie Dr. Fu Man Chu. Wobei dieser Unhold eine deutlich sympathischere Ausstrahlung als mein Gegenüber besaß. Ich sah mich schon den Lingchi, den qualvollen Tod der tausend Schnitte, erleiden.

Was blieb mir anderes übrig, als dem Chinesen spontan meine höchst engagierte Mitarbeit zuzusichern?

Leichter machte es mir die Überlegung, dass ich nun endlich über jene Macht verfügen konnte, die ich mir schon immer gewünscht hatte.

Mit Hilfe des zweifellos höchst effizienten Beamtenapparats, der mir zur Erfüllung meiner künftigen Aufgabe zur Verfügung stehen würde (die Chinesen haben da eine Jahrtausende alte, ehrwürdige Tradition), bekäme ich endlich jene arroganten Mistkerle zu fassen, die sich seit Jahren mit allen möglichen Tricks um die ordnungsgemäße Bezahlung ihrer Steuern drückten.

Es waren Schauspieler, Schlagersänger, Bauunternehmer, reiche Nichtstuer. Sogar Anwälte. Also scheinbar ganz honorige Leute. Ich hatte sie schon lange auf dem Kieker, ohne ihnen wirklich etwas anhaben zu können, da mich meine Vorgesetzten aus unerfindlichen Gründen bremsten.

Man sieht sich eben immer zweimal im Leben.

### 4.11., 10:12 h, Abdullah al H., 24, Asylbewerber

Als ich die Mauer sah, musste ich an meine armen Brüder denken, die widerrechtlich davon abgehalten werden, mir nachzufolgen und in Lagern jenseits der europäischen Grenzen festsitzen. Ich war vor fünf Jahren, nachdem die deutsche Kanzlerin, Allah schütze sie!, uns eingeladen hatte, über die Balkanroute nach Deutschland gekommen. Inzwischen ist sie durch Zäune aus Stacheldraht und massive hohe Mauern fast unpassierbar geworden.

Ich war glücklich durchgekommen, am Münchner Hauptbahnhof hießen mich freundlich winkende Menschen mit Schildern, auf denen „Refugees welcome" stand, mit heißem Kräutertee willkommen und schenkten mir einen zerrupften Teddybär. Sie sangen ein merkwürdiges Lied, das mir aber recht gut gefiel. Später erfuhr ich, dass es sich um den Schlusschor aus Beethovens Neunter Sinfonie, die „Ode an die Freude", handelte.

Da ich durch die Reise ziemlich traumatisiert war, wie man mir sagte (ich litt, so stand es auf dem Attest, unter einer Posttraumatischen Belastungsstörung), finanzierte mir der großzügige deutsche Staat, Allah schütze ihn!, eine Psychotherapie, die mir half, meine Erlebnisse zu verarbeiten.

In meinem Dorf in Gambia hatten alle Bewohner ihre Ersparnisse zusammengelegt, um mir die Reise zu ermöglichen. Natürlich erwarteten sie dafür eine Rendite, also finanzielle Gegenleistungen. Ich sollte Überweisungen schicken aus dem Land, wo Milch und Honig flossen, so stellten sie es sich vor.

Ein Halbwüchsiger aus dem Nachbardorf, der ein dreiviertel Jahr vor mir in Deutschland eingetroffen war, hatte über sein Smartphone Fotos geschickt, auf denen er vor einem dicken Mercedes posierte, zusammen mit drei knapp bekleideten, drallen blonden Frauen. Dass ihm der Mercedes nicht gehörte und die Frauen ebenso wenig, erwähnte er nicht. Aber es machte mächtig Eindruck bei den Dorfbewohnern. Sie wähnten ihn im Paradies. Sie wurden erst misstrauisch, als sie ein halbes Jahr später immer noch kein Geld erhalten hatten. Dass der Junge zu dem Zeitpunkt hinter Gittern saß, weil er sich dazu hatte hinreißen lassen, zusammen mit zwei Migranten aus Marokko auf einer Dorfkirmes ein paar deutsche Frauen sexuell zu belästigen, wussten sie nicht.

Ich tat so etwas nie. Ich habe gelernt, dass in der westlichen Kultur Frauen kein Freiwild sind und man ihr Einverständnis braucht, bevor man sie vergewaltigt. Nur dass die Scharia hier nicht gelten sollte, damit konnte ich mich nur schwer abfinden.

Es war immer ein ebenso fröhliches wie spirituell erhebendes Volksfest zuhause in Gambia, wenn einem Sünder wider die Gebote Allahs öffentlich die Hand abgehackt, wenn er ausgepeitscht oder ihm das Augenlicht genommen wurde. Besonders beliebt waren die Steinigungen, da wir dabei alle mitmachen durften. Aber vielleicht wird das ja noch was im diesem Land der schweinefressenden Ungläubigen, wenn wir erst die Mehrheit stellen. Immerhin haben schon die Kanzlerin und ein früherer Bundespräsident wortwörtlich gesagt, dass der Islam zu Deutschland gehört. Ich halte das für einen guten Anfang.

Die Mauer stand schon einen Tag, als ich sie zu Gesicht bekam. Es kursierten Gerüchte in unserer muslimischen Gemeinschaft, dass hinter ihr jene Bürger eingesperrt waren, die Flüchtlingsheime anzündeten und Glaubensbrüder allein wegen ihres Aussehens auf offener Straße zusammenschlugen. Wir dankten Allah dafür, dass er endlich ein Einsehen gehabt und unsere Feinde allesamt in ein großes Gefängnis gesteckt hatte.

Dass ausgerechnet die Chinesen es betreiben, freute uns besonders, da auch sie für uns zu den Feinden des einzig wahren Glaubens zählen. Immerhin hatte Allah bis dahin verhindert, dass sie mit Hilfe des blonden amerikanischen Schaitans Trump eine weitere Mauer um ihr Land zogen, um sich vor dem Djihad unserer mittelasiatischen Glaubensbrüder zu schützen.

Wie heißt ein altes weises Wort? Der Feind deines Feindes ist dein Freund. Inschallah!

Ich wandte mich gen Mekka, rollte meinen Teppich aus, fiel auf die Knie und verrichtete mein Vormittagsgebet.

Allahu akbar!

## 4.11., 12:39 h, Sven O., 23, Informatik-Student

Wir vier gingen gemeinsam zu dieser mysteriösen Bürgerversammlung, Felix, Clara, Benny und ich. Bennys Mutter wollte später dazu stoßen, sie hatte vergessen, sich ihr Insulin zu spritzen. Es war herrliches Wetter, kalt zwar, doch der Himmel war blau und wolkenlos. Die Versammlung fand auf einem ehemaligen Baseballfeld der US-Streitkräfte am Hüttenweg statt, das mit Fahnen, Spruchbändern und bunten Luftballons geschmückt war.

Hübsche chinesische Hostessen in einer Art Mao-Uniform, sie war zuletzt Anfang der siebziger Jahre modern, verteilten mit aufmunterndem Lächeln Bonbons und Broschüren, am Himmel kreiste ein kleines Propellerflugzeug, das ein Spruchband hinter sich her zog. DAS NEUE DAHLEM stand darauf. Eine Musikkapelle spielte populäre Stücke von Wiener Walzern über preußische Militärmärsche bis hin zu Popsongs. Sie hatten sich wirklich viel Mühe gegeben, um für gute Stimmung zu sorgen.

Als wir ankamen, war der Platz schon gut gefüllt. In der Mitte war eine Bühne aus Holz aufgebaut, hinter der die chinesische Nationalflagge und Stellwände mit dem CPI-Logo drapiert waren, an den Seiten waren große Lautsprecher platziert. Wir drängten uns vor, so dass wir gut sehen konnten. Wir wollten der Sache schließlich auf den Grund gehen und herausfinden, mit wem wir es zu tun hatten.

Als erstes nahm ein Kamerateam neben der Bühne Aufstellung, dann kamen die Sicherheitsleute. Alles Chinesen. Sie trugen dunkle Anzüge und Sonnenbrillen sowie Knöpfe im Ohr, aus denen sich weiße Kabel ringelten. Sie bauten sich rund um die Bühne auf. Einer von ihnen war offensichtlich der Chef, er dirigierte die anderen mit knappen Gesten. Er war kein Chinese, sondern Europäer, hatte schlohweißes, wallendes Haar, das ihm bis auf die Schultern fiel, und trug als einziger keine Sonnenbrille. Seine Augen waren von einem brennenden Rot. Er war ein Albino.

Dann fuhren zwei schwarze Vans mit verspiegelten

Scheiben vor. Ihnen entstiegen mehrere Chinesen, ebenfalls in dunklen Anzügen, und eine auffallend große blonde Frau in einem Businesskostüm. Sie war von jener Art, die auch auf uns Schwule eine starke Wirkung besitzt. Ein veritabler feuchter Traum. So wie Zarah Leander, die mit ihrer imposanten Erscheinung und tiefen melodiösen Stimme bis heute eine Ikone für uns ist. Ich hoffte, die große Blonde (sie war deutlich über einsachtzig, ohne hohe Schuhe) würde ebenfalls ein paar Worte sagen. Allein die Vorstellung machte mich hippelig.

Meine Hoffnungen wurden mehr als erfüllt. Die Blonde übersetzte akribisch jedes Wort, das der Chinese, der die folgende Rede hielt, von sich gab. In ihrem rauchigen, sinnlichen Kontra-Alt hörte sich das alles so verführerisch an, dass ich innerhalb weniger Sekunden dahinschmolz. Dabei entging mir fast, dass es alles andere als Nettigkeiten waren, die uns der Chinese mitteilte.

Chinese Power Investment, sagte er in seinem abgehackten Mandarin, ohne sich mit Namen vorzustellen (dass er Hui Dai Phen hieß, sollten wir erst viel später erfahren), CPI als der neue Eigner von Dahlem würde aus dem Ortsteil einen Themenpark machen. Wir, die Einwohner von Dahlem, hätten die hohe Ehre, in diesem Park die „Achse des Bösen" (ein Wort des ehemaligen amerikanischen Präsidenten Ronald Reagan aus den achtziger Jahren) zu verkörpern und Besuchern aus aller Welt den harten Alltag vorzuführen, der aus ökonomischer Notwendigkeit für die frühen kommunistischen Gesellschaften typisch gewesen sei.

Vor diesem Hintergrund würden die gewaltigen Fortschritte, die China als das glänzende Vorbild für die Völker der Welt in den vergangenen Jahren und Jahrzehnten gemacht habe, nur umso strahlender und eindrücklicher leuchten. Es sei dies eine höchst verantwortungsvolle und ehrenvolle Aufgabe, mit der wir die offensichtliche Überlegenheit des chinesischen Gesellschaftssystems (das Wort Kommunismus vermied er tunlichst) und die von ihm erreichte höhere Stufe des geschichtlichen Fortschritts durch unsere schiere Präsenz vor aller Augen demonstrieren würden.

„Wir sollen Werbung für die Commies machen", sagte Felix trocken. „Wie kommen wir dazu?"

Aus der Menge waren die ersten Buhrufe zu hören. Wurfgeschosse flogen. Der Kameramann hielt besorgt einen Alukoffer vor seine Linse. Die Sicherheitsleute schauten nervös und rückten enger zusammen. Der Albino öffnete sein Jackett und umfasste eine Pistole, die er unter der Achsel trug. Doch Hui Dai Phen ließ sich nicht im Geringsten in seinem Redefluss stören.

Um möglichst authentisch zu wirken, fuhr er fort, während seine blonde Begleiterin simultan ins Deutsche übersetzte, sollten wir die „Achse des Bösen" jedoch nicht spielen, sondern leben. Dies bedeute, dass dieses frühe Stadium der gesellschaftlichen Entwicklung tatsächlich unseren Alltag bestimmen werde, Tag und Nacht. Es sei ein Umbruch, gewiss, den wir jedoch positiv sehen sollten, als Chance, uns als Menschen neu zu erfinden.

Die Pfiffe aus dem Publikum übertönten nun die Worte aus den Lautsprechern. Trotz der gedrechselten Ausdrucksweise des Chinesen merkten die Leute, dass die Neuerungen ihnen zum Nachteil gereichten. Als ein rohes Ei mitten auf Hui Dai Phens Stirn zerplatzte, war kein Halten mehr. Die Menge rückte bedrohlich nahe an die Bühne heran, wir wurden mitgezogen, ob wir wollten oder nicht. Ich sah zu, dass ich Bennys Hand festhielt. Ich wollte ihn nicht verlieren, seine Mutter hätte es mir nie verziehen.

Fluchtartig verließen die Chinesen die Bühne und rannten zu ihren Vans, abgeschirmt von ihren Bewachern. Auch das Kamerateam packte seine Gerätschaft ein und brachte sich in Sicherheit. Die große Blonde streifte sich die High Heels von den Füßen und nahm ebenfalls die Beine in die Hand. Der Albino schoss ein paar Mal in die Luft, doch es hatte keine Wirkung. Er war der letzte, der sich in einen der beiden Vans rettete und es gerade noch schaffte, die Schiebetür zu schließen, bevor sie losfuhren. Mehrere Steine prasselten auf die Heckscheibe, die sofort Risse zeigte.

Die Menge stürmte die Bühne, einige junge Männer begannen sie fachgerecht zu zerlegen. Sie rissen johlend die Fahnen und Plakate herunter, stießen die Lautsprecher um und brachten die Ballons zum Platzen. Einer von ihnen stellte sich in Positur und rief mit lauter Stimme „Freiheit für Dahlem!".

Er erntete jubelnde Zustimmung.

Wir hatten es geschafft, uns zum Rand des Geschehens durchzuschlagen. Benny weinte. Meine Jacke war zerrissen, und Felix hatte einen Faustschlag ins Gesicht bekommen. Seine Nase blutete.

„Hast du Clara gesehen?", fragte er mich.

Wir schauten uns um. Die johlende Menge beschäftigte sich immer noch mit der nun fast völlig zerstörten Bühne, viele Menschen diskutierten heftig miteinander. In der Ferne bogen die beiden Vans gerade um eine Ecke und verschwanden.

Clara war nirgendwo zu sehen.

**4.11., 14:21 h, Ludmilla P., 37, Reinigungskraft**

Es gab viel sauberzumachen in diesen Tagen im Kanzleramt. Niemand achtete auf mich, als ich einen Tag nach Errichtung der Mauer eine kleine Lache gelber Flüssigkeit in einer Ecke wegwischte. Ich konnte nur spekulieren, wer sie wohl hinterlassen hatte. Der Täterkreis war überschaubar.

Das Küchenkabinett tagte fast rund um die Uhr, manche schliefen sogar im Kanzleramt, um sofort parat zu sein, wenn die Kanzlerin rief. Das konnte auch um fünf Uhr morgens sein, in letzter Zeit litt sie zunehmend unter Schlaflosigkeit. Es hatte sich eine gewisse Bunkermentalität unter den Anwesenden ausgebreitet. Alle dachten zwar, die Lage hätte sich etwas beruhigt, doch dann gab es immer wieder Nachrichten, die das Gegenteil nahelegten. Die Menschen im Land reagierten ganz und gar nicht entspannt auf die Ereignisse.

„Wir brauchen mehr Geld", sagte der Vizekanzler. „Soziale Wohltaten haben Rebellionen schon immer im Keim erstickt."

Er blickte Beifall heischend um sich, doch die anderen blickten skeptisch.

„Die Geschichte lehrt es uns", fügte er gravitätisch hinzu.

Einer nach dem anderen nickte. Das Argument hatte etwas für sich.

„Nun ja", erwiderte der Innenminister. „Wir könnten etwas verkaufen, was wir nicht unbedingt brauchen, aber einen guten Namen hat."

Er überlegte.

„Was ist mit Helgoland? Würde sich gut als Gefängnisinsel eignen."

Die Büroleiterin der Kanzlerin stimmte eilfertig zu.

„Wir sollten mit den Amerikanern reden. Guantánamo ist völlig überfüllt, seit Trump Präsident ist."

„Schlechte Presse, so was", winkte der Finanzminister ab. Er überlegte. „Sylt vielleicht? Ist doch nur ein Haufen Sand."

„Ich fahr' da immer im Urlaub hin", protestierte der Justizminister. „Mir gefällt's."

„Die Berge sind auch schön", antwortete der Innenminister. „Ich kann das Allgäu empfehlen. Sie werden überrascht sein."

„Bitte keinen Krach unter Kollegen, meine Herren", versuchte die Kanzlerin den Streit zu schlichten, bevor er überhaupt entbrannte.

Sie hasste Auseinandersetzungen. Ihr Harmoniebedürfnis war grenzenlos, so lange ihre eigene Position nicht gefährdet war. Wenn dies der Fall war, fuhr sie die – in ihrem Fall sehr kurzen – Krallen aus und wurde zum Tier. Das hatten schon viele zu spüren bekommen, die nur auf ihr Äußeres achteten und sie deshalb zunächst nicht für voll nahmen.

„Was ist mit diesen ganzen ollen Ritterburgen am Rhein?", fragte der Vizekanzler. „Sind vor allem bei Japanern sehr beliebt."

„Die bringen nur Peanuts", winkte der Finanzminister ab. „Lohnt sich nicht, die zu enteignen."

„Und Rüdesheim?", beharrte der Vizekanzler. „Ist doch eine richtige Goldgrube. Tausende von Touristen jeden Tag."

„Kann man nicht richtig isolieren, liegt zu dicht am Rhein", antwortete die Büroleiterin. „Ein richtiges Nadelöhr, da ist nix mit Mauer. Außerdem können wir den Verkehr durchs Rheintal nicht blockieren. Ist unsere wichtigste Nord-Süd-Verbindung."

„Ich denke, es sollte etwas von wirklichem Wert sein", überlegte der Finanzminister. „Käufer achten auf die Rendite. Außerdem ist die Lage wichtig. Lage, Lage, Lage, sag' ich immer."

„Der Hamburger Hafen wäre gut", meinte der Vizekanzler. „Die Griechen haben Piräus ja auch an die Chinesen verkauft, vor vier Jahren."

„Haben 'ne schöne Stange Geld dafür kassiert", sagte der Finanzminister schmunzelnd. „Auch wenn es über Umwege gleich an uns weitergereicht wurde, zur Schuldentilgung."

Er gluckste zufrieden.

„Was wäre denn mit Berlin-Adlershof?", fragte der Innenminister. „High Tech vom Feinsten, eine reine Wissenschaftsstadt. Wäre auch leicht abzugrenzen. Die S-Bahn-Trasse Richtung Schönefeld an der einen Seite, der Teltowkanal an der anderen. Im Norden der Stadtwald Köllnische Heide. Mauern sind da kein Problem, und der Kanal ist eine natürliche Grenze. Wir sollten allerdings die Expertise von Trump einholen."

„Ach, kommen Sie etwa von da, von Adlershof?", fragte die Gesundheitsministerin misstrauisch.

Ihr sächsischer Dialekt kam wieder raus. In der DDR war sie Mitglied der oppositionellen Friedensbewegung „Schwerter für Pflugscharen" gewesen, was sie nach der Wende als Sprungbrett für eine Politkarriere genutzt hatte. Im damaligen Einigungstaumel wurde ja praktisch jeder genommen, solange er kein Apparatschik war. Und selbst die kamen irgendwie unter.

„Sie kennen sich ja ziemlich gut aus, mein Gutster! Ein bisschen zu gut, finde ich", sagte sie.

Zu Zeiten der DDR war der größte Teil von Adlershof ein streng abgeschottetes Gelände, über das die wildesten Spekulationen kursierten. Das berüchtigte, nach dem Gründer der sowjetrussischen Geheimpolizei Tscheka benannte und direkt der Stasi unterstellte „Wachregiment Feliks Dzierzynski" war dort stationiert. Es war maßgeblich an der brutalen Niederschlagung des Aufstands vom 17. Juni 1953 sowie an der Sicherung des Mauerbaus im August 1961 beteiligt und eine der tragenden Säulen des Regimes.

Der Innenminister ignorierte die Frage seiner Kabinettskollegin und beschäftigte sich eingehend mit seinem Smartphone. Ein verächtliches Lächeln spielte um seine dünnen Lippen. Er hielt sie meist geschlossen, um seine schlechten Zähne zu verbergen.

„Kyritz an der Knatter", sagte er.

„Wie bitte?", fragte die Gesundheitsministerin.

„Ich komme nicht aus Adlershof, sondern aus Kyritz an der Knatter", antwortete der Innenminister. „Also lassen Sie bitte diese Unterstellungen, Frau Kollegin."

Die Kanzlerin sah demonstrativ woanders hin, als ginge sie die Auseinandersetzung nichts an. Alles, was mit der DDR zu tun hatte, war ihr ausgesprochen peinlich. Nach außen hin zumindest. Ich stellte mir vor, wie sie zu Hause nostalgische Erinnerungen an ihre FDJ-Zeit pflegte.

Es gab Gerüchte, nach denen sie im Kleiderschrank noch immer ihre alte Uniform aufbewahrte, in die sie allerdings kaum noch hineinpasste. An wichtigen Gedenk- und Ehrentagen, dem Gründungstag der DDR oder dem „Tag des Ministeriums für Staatssicherheit" zum Beispiel, sollte sie sich darin angeblich selbst vor dem Spiegel bewundern, während sie auf ihrem Kassettenrekorder Schalmeienmusik aus dem Liederbuch der Jungen Pioniere abspielte. „Es geht um die Erde ein rotes Band" war ihr absoluter Favorit. Ihre ehemalige Putzfrau wollte es mit eigenen Augen gesehen und gehört haben.

Aber vielleicht war diese Behauptung auch nur der perfide Racheakt einer enttäuschten Domestikin, denn die Putzfrau war wegen wiederholten Diebstahls entlassen worden. Sie hatte einen schwunghaften Handel mit Souvenirs aus dem Haushalt der Kanzlerin aufgezogen, was ihr letztendlich drei Jahre Gefängnis einbrachte. Der diensteifrige Staatsanwalt, ein scharfer Hund mit hochgesteckten Ambitionen, hatte Einzelhaft sowie anschließende Sicherheitsverwahrung beantragt, damit sie nicht weiter aus dem Nähkästchen plaudern konnte, war aber damit nicht durchgedrungen.

„Adlershof wäre tatsächlich eine Option, finde ich", sagte

der Innenminister. „Gerade mal sechs Quadratkilometer, gleiche Einwohnerzahl wie Dahlem, weniger, wenn man die nordöstlichen Wohnviertel weglässt, doch wesentlich mehr wert. Sylt ist nur eine kahle Nordseeinsel ohne Industrie. Die bringt nichts. Industrie ist das Entscheidende, besser noch High Tech. Das ist unser Kapital."

Das klang einleuchtend. Alle nickten.

„Und was wollen die Chinesen dann mit Dahlem?", fragte der Justizminister. „Sind doch nur Villen und feine Pinkel da."

Das Wort Pinkel ließ mich aufhorchen. Ich war immer noch mit der gelben Lache beschäftigt. Sie stank erbärmlich.

Alle schwiegen.

„Ja", legte der Justizminister nach. „Wofür bitteschön zahlen die Chinesen hundert Milliarden Euro?"

Er schaute triumphierend in die Runde. Die Kanzlerin knabberte irritiert an ihrem rechten Daumennagel. Keiner hatte sich bisher Gedanken darüber gemacht, wofür die Chinesen eigentlich so viel Geld auf den Tisch legten.

Es war eine Frage, auf die sich so schnell keine Antwort finden ließ. Jedenfalls keine plausible.

**4.11., 16:01 h, Trude von T., 86, Rentnerin**

Die aus dem Ruder gelaufene Bürgerversammlung hatte meine schlimmsten Befürchtungen bestätigt. Für mich war sonnenklar: Ich musste hier weg. Aber wie? Kurzzeitig hatte ich den Gedanken, meinen Enkel um Hilfe zu bitten. Er ist Hubschrauberpilot beim ADAC, und Hubschrauber sind ideale Fluchtfahrzeuge. Überall einsetzbar. Doch ich wollte ihn nicht in Gefahr bringen.

Wenn man nahe genug ranging, konnte man die Posten auf den Wachtürmen mit ihren Präzisionsgewehren deutlich erkennen. Wahrscheinlich hatten sie auch die eine oder andere Stinger-Rakete im Spind. Damit wäre es für sie ein Leichtes für sie gewesen, einen tief fliegenden Hubschrauber vom Himmel zu holen. Außerdem war ich mir ganz und gar nicht sicher, ob Wolf, so heißt mein Enkel, sich überhaupt auf so ein Unternehmen eingelassen hätte. Er ist ein korrekter, gesetzestreuer Mensch. Alles andere als ein Abenteurer.

Von der Bürgerversammlung, die so chaotisch endete, nahm ich ein Taxi zum "Café Tulpeneck". Auch wenn es nicht so scheint, ist das so langweilig und lethargisch anmutende Café doch eine florierende Informationsbörse. Die jungen Bedienungen sind ziemlich fit und stets über alles informiert. Natürlich ziehen sie auch ihren eigenen Vorteil daraus, doch wer täte dies nicht? Servicekräfte verdienen nicht besonders toll. Gegen Geld kann man, wie überall auf der Welt, praktisch alles kaufen.

Ich war ganz aufgeregt. Nein, ich war empört. Ich spürte wieder dieses Stechen in der Brust, was kein gutes Zeichen war. Noch eine Diktatur, zumal von Chinesen, das war nichts in meinem Alter. Als ich mein gewohntes Kännchen Earl Grey und den Windbeutel bestellte, gab ich der Bedienung flüsternd zu verstehen, dass ich an einer Ausreise interessiert sei, und drückte ihr unauffällig einen 500-Euro-Schein aus meinem eisernen Bestand in die Hand.

Sie verstand sofort. Sie werde sich darum kümmern, sagte sie. Ich müsse mich ein paar Tage gedulden, könne die Zeit aber dazu nutzen, mein Reisegepäck zusammenzustellen und meine Angelegenheiten zu regeln.

„Kleines Gepäck!", schärfte sie mir ein.

Nur so viel ich tragen konnte. Am besten Wertsachen, sonst nichts. Außerdem solle ich viertausend Euro in bar bereithalten, die Hälfte davon wäre als Anzahlung fällig. Offenbar hatte sich innerhalb der vergangenen zwei Tage bereits eine professionelle Fluchthilfeorganisation gebildet. Ich fand viertausend Euro zwar reichlich überzogen, doch besaß ich keine Alternative.

Ich war froh, dass ich den Großteil meines Vermögens nie auf die Bank getragen, sondern immer nur in echtem Schmuck, Rohdiamanten und Krügerrands angelegt hatte. Die einzig krisensichere Anlage. Für Fälle wie diesen besaß ich außerdem ein Bündel großer Scheine in mehreren

Währungen. Andere zahlen Negativzinsen von bis zu zehn Prozent an die Bank, damit sie ihr Geld aufbewahrt, mir reicht meine Matratze. Ich war mal wieder fein raus.
Dachte ich.

**4.11., 16:23 h, Felix J., 24, BWL-Student**

Wir suchten überall nach Clara, doch sie blieb verschwunden. Es war uns ein Rätsel. Schließlich gingen wir zur nächsten Polizeiwache, doch sie war geschlossen. Offenbar brauchten die neuen Herren von Dahlem ein paar Tage, um die öffentliche Infrastruktur in ihrem Sinne umzustellen. Ich musste die Sache also selbst in die Hand nehmen. Benny half mir, ein Flugblatt in DIN A 4 mit einem Foto von Clara zu entwerfen, und druckte es zweihundertmal aus. Ich machte mich auf, es zu verteilen.

In den vergangenen zwei Tagen hatte sich Dahlem stark verändert. Es waren kaum noch Menschen auf den Straßen zu sehen und nur wenige Autos. Als hätte sich Mehltau über das Viertel gelegt. Dafür patrouillierten mehr Polizeifahrzeuge als sonst, doch sie sahen anders aus. Auf der Kühlerhaube und an den Seiten prangte statt des Schriftzugs „Polizei" ein ominöses chinesisches Schriftzeichen in Gelb, das wohl das gleiche bedeutete. Statt blau-silber waren die Autos nun rot-weiß lackiert, auf dem Dach war Rotlicht statt Blaulicht montiert. Die Umstellung war offenbar von langer Hand vorbereitet worden, so etwas gelingt nicht innerhalb eines Tages.

Auch die Signalfolge an den Ampeln war verändert. Grün war das Zeichen für Stopp, rot bedeutete Fahren. Informationsplakate, die an jedem zweiten Laternenmast hingen, teilten dies mit lustig gemeinten Piktogrammen den Autofahrern mit. Doch die nahmen die Hinweise kaum zur Kenntnis, jedenfalls hielten sie sich nur in den seltensten Fällen daran. Die Gewohnheit war einfach zu stark. Einige

Autofahrer hingegen beachteten die neue Regelung strikt. Zahlreiche Unfälle mit Blechschäden waren die unvermeidliche Folge.

Mit dem Stapel Flugblätter in der Hand ging ich von Baum zu Baum, von einem Laternenmast zum anderen, und klebte sie an. Bald war fast die ganze Straße damit gepflastert. Aus der Ferne sah es aus, als stünde Clara zur Wahl als Abgeordnete im Bezirksparlament.

Die Sicherheitsleute näherten sich von hinten, ich sah sie zunächst nicht kommen. Gerade noch rechtzeitig spiegelten sie sich in der Frontscheibe eines geparkten Wagens. Ich ahnte, was mir blühte und rannte los. Einen Teil der Flugblätter ließ ich in der Aufregung fallen, doch das kümmerte mich nicht. Mein Vorteil war, dass ich mich, im Gegensatz zu meinen Verfolgern, in dieser Straße hervorragend auskannte. Ich bin da aufgewachsen, damals konnten meine Eltern es sich noch leisten, in Dahlem zu wohnen.

Zwischen zwei Häusern, die etwas von der Straße zurückgesetzt waren, zog sich eine verwilderte Brache, auf der das Unkraut mehr als mannshoch wuchs. Da hinein lief ich. Allerlei Müll bedeckte den Boden, eine streunende Katze versteckte sich rasch im Gebüsch, als sie meine Schritte hörte. Aus der Ferne bellte ein Hund.

An der Seite eines der beiden Häuser befand sich, das wusste ich, eine Tür, die nie verriegelt war. Sie führte in einen verlassenen Keller, der noch einen zweiten Ausgang besaß. Als Kind hatte ich hier oft gespielt. Sorgfältig und leise verschloss ich die Kellertür von innen mit einem eisernen Riegel, von draußen hörte ich ein schnelles, schweres Getrampel, das rasch näherkam, sowie lautes, hektisches Rufen. Die Sicherheitsleute liefen vorbei, ohne mich zu bemerken.

Ich lehnte mich an die Wand und atmete tief durch. Mein Herz klopfte so laut, dass ich mir einbildete, meine Verfolger draußen müssten es hören. Langsam stieg ich in den Keller hinab, durch die fast blinde Scheibe eines kleinen Oberlichts drang mattes Licht herein. Es war bereits dämmerig draußen, und das schon kurz nach vier.

Da wusste ich allerdings noch nicht, was sich unsere neuen

chinesischen Herren noch so an abgefeimten Schikanen ausgedacht hatten.
Ab dem 15. November würde für Dahlem die Peking-Zeit gelten.

## 4.11., 20:51 h, Walter Ü., 54, Bauunternehmer

Am Abend ging CPI-TV erstmals auf Sendung. Da alle Verbindungen zur Außenwelt gekappt waren und auch über Satellit nichts zu empfangen war, war CPI-TV die einzige Informationsquelle für die Bewohner von Dahlem. Eine attraktive Ansagerin mit chinesischen Gesichtszügen machte uns mit den einschneidenden Neuerungen bekannt, auf die wir uns von jetzt an einzustellen hatten. Kurze Einspielfilmchen verdeutlichten es all jenen, die den Ernst der Lage noch immer nicht begriffen hatten. Wir saßen ungläubig in der "Dahlem-Klause" vor dem Fernseher und vergaßen fast, unser Bier zu trinken. Und das will etwas heißen.

Zunächst informierte ein Werbespot über die weltweiten Aktivitäten von CPI. Es war ein größerer Konzern, als wir uns vorgestellt hatten, ein wirklich großer. Die Jungs waren in ziemlich vielen Branchen im Geschäft, doch vor allem betrieben sie Freizeit- und Themenparks im Disney-Stil. Auf allen Kontinenten. Jetzt griffen sie auch nach Deutschland aus, nach Berlin. Dahlem sollte zur „Achse des Bösen" werden, so wie es dieser Chinese auf der Bürgerversammlung angekündigt hatte.

Doch dabei sollte es nicht bleiben.

„Willkommen in der Welt von CPI!", strahlte die Ansagerin. „In einer neuen und gerechten Gesellschaft ohne Privilegien, wo die Gleichheit oberstes Gebot ist, wo keiner mehr hungert und die Ausbeutung des Menschen durch den Menschen überwunden ist."

Dass in Dahlem jemand gehungert hätte, war mir neu. Irgendwie hatte die Platte einen Sprung. Ich dachte, dass die kommunistischen Utopien längst auf dem Müllhaufen der

Geschichte gelandet waren. Hatte nicht der Kapitalismus auf ganzer Linie gesiegt? Oder hatte ich da schlicht was nicht mitbekommen?

„Jeder soll seine Fähigkeiten optimal entwickeln können und höchste Leistung bringen", fuhr die Ansagerin fort, „in seinem eigenen Interesse und dem unserer Aktionäre."

Aha, jetzt ließ sie die Katze langsam aus dem Sack. Ich hatte es geahnt.

„Wir wollen Produktivität und Effizienz. Wer nicht arbeitet, soll nicht essen. Und auch nicht trinken."

Der letzte Satz war der entscheidende.

Sie wollten uns unser Pils wegnehmen!

Wir protestierten lautstark und trommelten mit den Fäusten auf den Tisch, auch Pilse-Ilse schloss sich uns an. Bei ihr ging es um die wirtschaftliche Existenz, für uns standen unsere kulturellen Werte auf dem Spiel und unser traditionelles Lebensgefühl, kurz alles, was uns lieb und teuer ist.

Wir mussten dringend etwas unternehmen.

### 5.11., 07:30 h, Ferdinand R., 70, Privatier

Sie kamen am frühen Donnerstagmorgen, ohne Ankündigung. Meine Frau und ich hatten noch unsere Nachtkleidung an, als sie Sturm klingelten. An ihrer Spitze stand ein Albino mit geföhntem weißen Haar, das über seine Schultern wallte, und den sie alle Bosko nannten. Mit Vorreden hielten sie sich nicht auf.

„Wir müssen ihre Wohnung schätzen", sagte Bosko, wobei er mir irgendein gestempeltes Papier unter die Nase hielt.

Da ich meine Brille nicht aufhatte, war ich außerstande, es zu lesen.

„Wohnraumgröße, Nutzungsarten, Zahl der Bewohner, Wertgegenstände. Es ist nichts Persönliches, das machen wir bei allen Häusern so. Ausnahmeverordnung!"

Ich versuchte zu protestieren, sah aber schnell ein, dass

es zwecklos war. Sie inspizierten das Haus penibel von oben bis unten, maßen Zimmer aus, machten Fotos und Notizen. Nun, es ist ein sehr luxuriöses Haus, mit sieben geräumigen Zimmern, drei Marmorbädern, einer maßgefertigten Küche aus poliertem Granit, patiniertem Kupfer und gebeizter Mooreiche sowie einer original finnischen Bio-Sauna im Keller. Seit unsere beiden Töchter aus dem Haus sind, wohnen wir alleine hier. Und zwar gerne. Wir haben nie mit dem Gedanken gespielt, uns einzuschränken. Warum auch?

„Für zwei Personen ist das eindeutig zu viel", sagte Bosko. „Zu groß und zu viel Luxus."

„Das Haus gehört uns", erwiderte ich. „Sie können das nachprüfen. Wir stehen im Grundbuch."

Bosko war nicht im Geringsten beeindruckt.

„Spielt keine Rolle", sagte er, ohne eine Miene zu verziehen.

Ich vermutete, er hatte Botox gespritzt, oder er war stark geliftet.

„Die Zeiten haben sich geändert. Es gibt Familien, die leben unter ganz beengten Umständen. Migranten aus dem Reich der Mitte. Die brauchen Platz."

„Ist doch nicht mein Problem", antwortete ich bockig.

„Von jetzt an schon", erwiderte Bosko. „Sie beide werden oben einziehen. Erdgeschoss und Souterrain werden wir einer kinderreichen Familie zur Verfügung stellen."

Er grinste fies, wobei er sein makelloses Gebiss sehen ließ. Die Zähne sahen aus, als seien sie aus Plastik.

„Jedem nach seinen Bedürfnissen. Schon mal von gehört?"

Mir blieb die Spucke weg. Meine Frau gab ein unterdrücktes Schluchzen von sich und schneuzte in ihr Taschentuch. Ihre Schultern zuckten. Bosko blieb ungerührt.

„Sie können ja schon mal Ihre Sachen nach oben schaffen. Zumindest das, was Ihnen wichtig ist, alles passt da sowieso nicht hin."

Er pfiff seine Leute zusammen und ging zum Ausgang.

„Seien Sie froh, dass wir Sie nicht in den Keller stecken", sagte er, bevor er die Tür von außen schloss. „Sie hören von uns."

Wir standen da wie vom Donner gerührt. Wir ahnten schon, das war nicht unser Tag.

## 5.11., 08:52 h, Alois P., 60, Gemeindepfarrer

In unserer arg zusammengeschrumpften katholischen Gemeinde im Westen der Stadt (der gottlose Osten war schon immer Diaspora) verspürten wir, als wir von der Mauer hörten, sofort die moralische Verpflichtung, etwas für unsere eingesperrten Brüder und Schwestern in Dahlem zu tun.

Am Donnerstagmorgen, als sich ganze bittere Wahrheit auch dem Letzten offenbart hatte, erschienen etliche Gemeindemitglieder in der Kirche und baten um geistlichen Beistand. Ich war zwar gerade mit meinem Lieblingsmessdiener in der Sakristei damit beschäftigt, uns die Taufkerzen zu polieren, doch natürlich erklärte ich mich sofort dazu bereit, mit ihnen zu beten. Dafür werde ich schließlich bezahlt, das ist mein Job. Die meisten der Anwesenden hatten Verwandte oder Freunde in Dahlem, die sie nun, von einem auf den anderen Tag, nicht mehr erreichen konnten.

Wir fielen auf die Knie und hielten etliche Fürbitten ab, auf dass Gott die heidnische Chinesische Mauer wieder einreißen möge. Wir riefen verschiedene Heilige und die Jungfrau Maria an und ließen den Klingelbeutel herumgehen. Der Erlös sollte einer neu gegründeten karikativen Fluchthilfeorganisation zugute kommen, die es sich zur Aufgabe gemacht hatte, möglichst viele treue Christenmenschen diesem neuen Reich des Bösen zu entreißen.

Inbrünstig beteten wir für die baldige Wiedervereinigung von Dahlem mit dem Rest Berlins und auch dafür, dass Gott die Regierung, die Dahlem an die Chinesen verkauft hatte, mit seinem Geist erleuchten möge, auf dass sie Wege fände, das besetzte Gebiet bald von der tyrannischen Fremdherrschaft zu befreien. Wir hießen ihre Entscheidung zwar nicht gut, doch besaßen wir so viel Vertrauen in die Obrigkeit, dass wir ihr plausible, uns noch unbekannte Gründe für ihr Handeln zubilligten. Die Kanzlerin und ihre Berater empfahlen wir der Weisheit und der Gnade Gottes.

Uns untertänigen, reuevollen Sündern blieb nur, Kerzen anzuzünden. Jeder der anwesenden Gläubigen kaufte mehrere

Teelichte, die ich segnete, um sie am Abend zum Gedenken an unsere Brüder und Schwestern ins Fenster zu stellen und so ein öffentliches Zeichen der Anteilnahme zu setzen. Für unsere Heilige Mutter Kirche blieben aus dem Verkauf, nach Abzug der Unkosten in Höhe von 3,95 Euro, immerhin 84,50 Euro übrig, die für weitere wohltätige Werke im Sinne barmherziger Nächstenliebe verwendet wurden.

**5.11., 14:22 h, Karl-Heinz W., 39, TV-Sendeleiter**

Die Sonderausgabe des Internationalen Presseclubs vom Donnerstag, drei Tage nach Errichtung der Mauer, war ein Politikum. Halb Deutschland schaute zu, obwohl es ein Wochentag war. Das Land befand sich im Ausnahmezustand. Wie immer unterhielten sich sechs renommierte Journalisten aus fünf Ländern live vor der Kamera über aktuelle politische Ereignisse.

Diesmal war die Neue Berliner Mauer das beherrschende Thema, was hätte es wohl sonst sein können? Als Sendeleiter war ich dafür verantwortlich, dass keine allzu heftigen Attacken gegen die Regierung gefahren wurden, wir sind eine öffentlich-rechtliche Fernsehanstalt und haben daher eine besondere gesellschaftliche Verantwortung.

Sollte dennoch ein solcher Fauxpas geschehen, war ich berechtigt, sofort das Zeichen für eine technische Störung einblenden zu lassen. In der Geschichte der Sendung war dies erst ein einziges Mal vorgekommen. Wie die Oscar-Verleihung oder der Super Bowl, das Finale der amerikanischen Football-Liga, wird auch der Internationale Presseclub minimal zeitversetzt gesendet, damit wir Zeit zu reagieren haben. Es handelt sich um gerade einmal fünf Sekunden. Kein Zuschauer bekommt etwas davon mit.

Doch die Befürchtung war grundlos, denn die sorgfältig ausgewählten Journalisten standen der Verpachtung von Dahlem an die Chinesen (ja, es handelte sich um eine Verpachtung, keinen Verkauf, wie oft fälschlich behauptet wird) überwiegend positiv gegenüber.

Die Regierung erhielt Lob und Anerkennung für ihren Mut, eine unkonventionelle Lösung für den Abbau der enormen Staatsschulden zu finden, die Maßnahme wurde als ein durchaus diskutables, zukunftsweisendes Modell betrachtet. Nicht nur einzelne Gebäude, Unternehmen oder Orte, nein, ganze Städte und Regionen, sogar ganze Länder könnten künftig privatisiert werden, um der wuchernden Bürokratie, der Ineffizienz und Korruption Herr zu werden. Es sei, wurde anerkennend gesagt, eine perfekte Problemlösung nicht nur für die Dritte Welt, und dass ein reiches Industrieland hier mit gutem Beispiel voranging, sei dessen Regierung nicht hoch genug anzurechnen.

Nur der Redakteur irgendeiner linken Gazette (er diente als das obligate Feigenblatt, das für die glaubwürdige Darstellung eines pluralistischen Meinungsspektrums in der Runde gebraucht wurde) tanzte aus der Reihe, was insofern eine gewisse Pikanterie besaß, als China sich offiziell immer noch als kommunistischer Staat versteht. Er hob auf die Menschen ab, die doch nur als Schachfiguren einer kapitalistischen Elite (von der sich CPI übrigens in nichts unterscheide) hin und her geschoben und einer skrupellosen Ausbeutung anheim gegeben würden. Dies sei dem grausamen, unmenschlichen Sklavenhandel früherer Zeiten durchaus vergleichbar. Vereinzeltes beifälliges Klatschen im Publikum wurde von unseren aufmerksamen Sicherheitsleuten, die strategisch überall im Raum verteilt waren, rasch unterbunden.

Zehn Minuten nach Ende der Sendung erhielt ich einen Anruf aus dem Kanzleramt, in dem mir für mein regierungstreues Engagement herzlich gedankt wurde. Ich wusste, es würde meine Karriere weiter vorantreiben. Loyale Leute wie ich werden immer gebraucht.

### 5.11., 20:54 h, Dieter B., 62, Schlagersänger

Am Donnerstag erhielt ich per Boten die Nachricht, dass wir bis zum nächsten Tag, pünktlich um zehn Uhr vormittags, die Villa zu räumen hätten. Sie sei requiriert. Ich musste das Wort erst nachschlagen und bekam dann, als ich seine Bedeutung erfasst hatte (sie lautet „beschlagnahmt"), einen Tobsuchtsanfall.

Ich hatte mir die Hütte seinerzeit für viel Geld einrichten lassen und mich dabei am Inneren des Weißen Hauses orientiert, das Donald Trump (ich war schon immer ein Fan von ihm) sofort nach seinem Amtsantritt vor knapp vier Jahren komplett neu gestaltet hatte. Mit viel Gold und Marmor also, mit Spiegeln, Säulen und Kristall, mit Springbrunnen, Mosaiken und polierten Edelhölzern. Es suchte seinesgleichen an Prunk und Prächtigkeit. Allein die Menge des verarbeiteten Goldes hatte 2017 dazu geführt, dass der Goldpreis weltweit leicht gestiegen war. Trump hatte für seine aufwendigen Umbauten viel Bewunderung und Lob vor allem aus dem morgenländischen Kulturkreis erhalten, was ihn ziemlich irritierte. Ein orientalischer Palast als Ausdruck muslimischer Gesinnung, das war das Letzte, was er wollte.

Die Enteignung, die nun im Raum stand, wenn ich das Schreiben richtig verstand, würde nicht nur ideell, sondern auch finanziell einen großen Verlust für mich bedeuten. Ich denke nicht, dass Chinesen meine Investitionen wirklich zu schätzen wissen, es ist eine ganz andere Kultur. Eine angemessene Entschädigung würde ich kaum erwarten können.

Nudel war mir keine große Hilfe. Sobald ich ihr mitteilte, dass morgen Schluss mit lustig wäre, würde sie ohnehin einen Schreikrampf kriegen. Zu rationalen Überlegungen war sie nicht fähig. Ich überlegte, welche Möglichkeiten es gab, das Unheil abzuwenden.

Die Villa zu einer Festung auszubauen, schied von vornherein aus. Dazu war keine Zeit mehr, außerdem saßen die Chinesen ohnehin am längeren Hebel. Allein von ihrer schieren Zahl her. Wie sollte ich eins Komma vier Milliarden

Chinesen aufhalten können? Gut, ich konnte die Hütte in die Luft sprengen, dann hätte keiner was davon. Aber wollte ich das? Eher nicht.

Ich konnte mich natürlich weigern, der Aufforderung Folge zu leisten. Die Frage war, was sie dann tun würden. Mich raustragen und in ein Konzentrationslager einliefern? Ich zweifelte nicht daran, dass es solche Lager bereits gab. Doch was würde dann mit Nudel? Irgendwie mochte ich sie ja, trotz ihrer dämlichen Art. Oder vielleicht gerade deshalb.

Wie auch immer, die ideale Lösung gab es nicht. Stundenlang wälzte ich diese Gedanken hin und her, dachte mir neue, von Mal zu Mal fantastischere Möglichkeiten aus und verwarf sie wieder. Dazu trank ich Whisky.

Irgendwann schlief ich ein.

## 5.11., 21:55 h, Johnny K., 36, Ex-Häftling

Wir warteten, bis sich dichte Wolken vor den hellen Mond geschoben hatten, der die Szene fast taghell erleuchtete. Es musste schnell gehen, wir hatten höchstens zweieinhalb Minuten. Meine Gewährsleute hatten eine Stelle ausgemacht, wo die Mauer noch nicht ganz geschlossen war. Es gab hier keinen Todesstreifen, da die Häuser zu dicht beieinander standen, nur hohes Gestrüpp, das gute Deckung bot. Ideale Bedingungen für uns. Als die Zeit gekommen war, klopften sie mir aufmunternd auf die Schulter und wünschten mir Glück. Ich rannte los, wobei ich jedes Geräusch sorgsam vermied.

Am Abend zuvor hatte ich meine alten Kumpels angerufen, danach ging alles sehr schnell. Sie hatten die gleiche Idee gehabt wie ich: Menschen aus Dahlem zur Flucht zu verhelfen. Gegen gutes Geld natürlich. Sie schafften es, sich innerhalb von Stunden das Grundkapital von der katholischen Kirche zu besorgen, indem sie dem Pfarrer irgendeinen religiösen Schwulst erzählten, von Brüdern und Schwestern im Glauben und selbstlosem Einsatz und so. Jeder kriegt eben das zu hören, was er hören will.

Schnell einigten wir uns darauf, dass ich ihr Verbindungsmann in Dahlem sein würde. Der Mann für die Drecksarbeit, das Frontschwein. Dank meiner Knasterfahrung war ich bestens dafür qualifiziert. Erste Kontakte nach drüben hatten sie bereits geknüpft, nun ging es darum, den Transfer über die Mauer ins Laufen zu bringen. Doch dazu mussten sie mich erst rüberbringen.

Ich war davon nicht begeistert. Ich hatte genügend Filme gesehen, um zu wissen, wie viel dabei schiefgehen konnte. Den „Spion, der aus der Kälte kam" zu spielen, darauf war ich nicht scharf. Im Film wie im Buch wird er zum Schluss erschossen, als er versucht, über die Berliner Mauer zu klettern. Aber wie so oft, Geld regelt alles. Sie drückten mir ein Bündel Bares in die Hand, und meine Bedenken verflogen. Der Job konnte mich zu einem reichen Mann machen. Wahrscheinlich standen die Fluchtwilligen auf der anderen Seite schon Schlange. Ich war zu zehn Prozent am Gewinn beteiligt.

Nach Dahlem zu gelangen war leichter als gedacht. In den wenigen Minuten, während denen der Vollmond von Wolken verhüllt war, schaffte ich es leicht. Es waren gerade einmal achtzig Meter durch unwegsames Gelände. Niemand sah mich.

Drüben erwartete mich mein Kontaktmann, der mir den Weg wies. In einer bescheidenen Pension am Rande von Dahlem war ein Zimmer für mich reserviert. Die Dielen knarrten, das Bett war durchgelegen und roch penetrant nach Urin, von den Wänden blätterte die Tapete ab. Bad und Toilette waren auf dem Flur. Das gefiel mir gar nicht. Ich tröstete mich mit dem Gedanken an das Luxushotel auf Bali, in dem ich demnächst residieren würde, rund um die Uhr verwöhnt von einem Dutzend wunderhübscher, samtäugiger Balinesinnen.

Die Wirtin war eingeweiht und wurde für ihre Hilfe bezahlt. Sie hätte ebenfalls gern den Weg über die Mauer genommen, konnte sich den Trip aber nicht leisten. Ich hatte gleichwohl nicht die Absicht, Rabatte zu geben, wir waren schließlich ein kommerzielles Unternehmen, auch wenn die katholische Kirche, unser Geldgeber, davon keinen Schimmer hatte. Meine Preisliste begann bei zweitausend Euro. Alte, die Hilfe brauchten, weil sie nicht mehr gut zu Fuß waren (als solche galten Personen über sechzig), zahlten das Doppelte. Ich fand das nur fair.

Ich richtete mein Büro in einem Abstellraum der Pension ein, neben mir einen Pappkarton, in dem ich die geleisteten Anzahlungen in Höhe von fünfzig Prozent sammelte. Er füllte sich rasch, denn innerhalb von Stunden sprach es sich in Dahlem herum, dass es einen Weg nach draußen gab. Die erste Gruppe bestand aus sechs Personen, die durch das Los bestimmt wurden. Sie sollte die Flucht in zwei Tagen wagen.

Ich würde sie anführen.

### 6.11., 10:29 h, Edgar F., 59, Hartz IV-Empfänger

Seit ich Hartz IV beziehe, habe ich viel Zeit. Jeden Morgen um zehn führe ich den Hund spazieren, einmal um den Block herum. Eigentlich eine eher langweilige Angelegenheit, doch sie verhilft dem Hund zu körperlicher Erleichterung und mir zu innerer Stabilität.

Es hatte lange gedauert, bis ich wieder halbwegs über sie verfügte. Meine Scheidung ruinierte mich finanziell, ein Autounfall gesundheitlich. Nachdem ich, nach einem Dreivierteljahr, aus der Reha kam, war meine Stelle in einem Ingenieurbüro besetzt, was ich der Firma kaum verübeln konnte. Sie versüßten mir den endgültigen Abschied mit einer stattlichen Abfindung, doch die reichte natürlich nicht ewig.

Ein Jahr lang kassierte ich Arbeitslosengeld I, danach rutschte ich in Hartz IV, aber erst, nachdem ich meine finanziellen Ressourcen bis auf den gesetzlichen Schonbetrag aufgebraucht hatte. Darauf hatte das Jobcenter bestanden, und ich musste es auch anhand der Kontoauszüge nachweisen. Ich zog in eine kleinere Wohnung, doch meinen früheren Lebensstandard konnte ich bei weitem nicht aufrechterhalten. Letztendlich war mir nur mein treuer Hund geblieben.

Normalerweise passiert nichts Großartiges auf diesen morgendlichen Rundgängen. Der Hund macht Häufchen, ich nehme sie mit der Schaufel auf und entsorge sie in eine durchsichtige Plastiktüte. Die Nachbarn grüße ich mit freundlichem Nicken. Doch an jenem Freitagmorgen, als ich an der protzigen Villa dieses blonden Schlagersängers vorbeikam, war der Teufel los. Mehrere Geländewagen mit getönten Scheiben standen davor, vier kräftige Männer in weißen Kitteln schleppten den tobenden und sich heftig wehrenden Sänger zu einem Krankenwagen. Er spuckte, biss und schrie, seine Schimpftiraden unterbrach er nur, wenn er Luft holen musste.

Währenddessen waren ein halbes Dutzend Arbeiter in gelben Warnwesten dabei, eine blickdichte Umzäunung aus blauen Plastikplanen um die Villa zu ziehen. An der Seite stand schweres Gerät bereit, mit dem man problemlos Mauern einreißen konnte.

Ich stand eine Weile da und schaute mir das Spektakel an, bis zwei bewaffnete Sicherheitsleute zu mir rüberkamen und mir mit unmissverständlichen Gesten bedeuteten, ich solle weitergehen. Es gebe nichts zu sehen, sagte der eine und legte die Hand demonstrativ auf die Pistole, die er am Gürtel trug, während der andere mit seinem Schlagstock herumspielte. Ich wollte keinen Ärger und machte, dass ich weiterkam. Irgendwie hatte ich schon immer geahnt, dass es mit dem Schlagersänger kein gutes Ende nehmen würde.

### 6.11., 12:41 h, Sebastian K., 46, Sternekoch

Als Chefkoch des Restaurants im „Palais Grunewald", des einzigen Viereinhalb-Sterne-Hotels am Platz, kann ich mit Stolz behaupten, dass wir zweifelsfrei die mit Abstand beste Küche in Dahlem anbieten. Seit Jahren sind wir mit einem Stern im Michelin sowie diversen Hauben, Kochmützen und Punkten in anderen Gastronomieführern dekoriert, oft nehmen die Leute eine längere Anfahrt in Kauf, sogar von Mitte oder Prenzelberg, um bei uns zu dinieren.

Wir kochen klassisch-französisch mit gemäßigt-modernem Einschlag, mit edlen (und teuren) Zutaten, denen wir ein süffig-abgerundetes Geschmacksbild mit einigen nicht allzu fordernden Akzenten verleihen. Unser ebenso konservatives wie anspruchsvolles Publikum, das oft in vorgerücktem Alter ist, mag es so, mit avantgardistischen Einfällen würden wir es nur verschrecken.

Außerdem lieben unsere Gäste das traditionelle, hochwertige Ambiente unseres Speisesaals, die aufwendig mit Goldfäden verzierten, dunkelroten Stofftapeten und die Lüster aus Kristall, die vom Barock inspirierten, gedrechselten Möbel, die hochflorigen Teppiche und das schwere Silberbesteck, das ihren Händen oft entgleitet. In diesen Fällen hilft ihnen der „Fütterer", den wir, soweit ich weiß, als einziges Restaurant unseres Ranges fest angestellt haben. Er hat gut zu tun.

Die neuen Inhaber des „Palais Grunewald" hatten andere Vorstellungen. Am Freitag, drei Tage nach dem Besitzerwechsel, wurden wir zu einer Mitarbeiterversammlung befohlen, auf der uns die radikal neue Linie des Unternehmens mitgeteilt wurde. In Zukunft sollten sich Hotel und Restaurant als Trade Mark einfügen in die Corporate Identity von Dahlem, das sich zu einem Themenpark der besonderen Art wandeln würde, der „Achse des Bösen".

Für uns erforderte dies natürlich ein extremes Umdenken, und nicht alle Mitarbeiter zeigten sich dieser Herausforderung gewachsen. Sie fanden sich rasch ohne Job auf der Straße wieder und bettelten darum, dass man sie wieder in Gnaden aufnehmen möge.

Ich hingegen bin stets offen für neue Einflüsse, man muss schließlich flexibel sein im Berufsleben, nein, im Leben überhaupt. Als erstes schrieben wir die Speisekarte komplett neu. Hummer, Kaviar und sämtliche Filets wurden gestrichen, im Grunde alles, was irgendwie nach Luxus klang. Wir machten uns einen Sport daraus, die einfachsten Produkte aus der Region so zu verpacken, dass sie exotisch und verführerisch erschienen und dennoch der neuen, auf extremer Frugalität basierenden Politik des Hauses voll entsprachen.

Es war ein Spagat. Hatte ich mich zuvor als Küchenchef angesichts des Kreativitätsverbots, dem wir so rigide unterworfen waren, fast schon gelangweilt, so begann mir mein Beruf angesichts dieser ungewöhnlichen Herausforderung erstmals seit Jahren wieder Spaß zu machen.

So kreierten wir Gerichte wie „Zerkochte Linda-Erdäpfel mit ranziger Fettkruste von der Brandenburger Mastsau, bestreut mit in Altöl frittierter Bio-Petersilie" oder „Gut abgehangener Müritzer Schleimbarsch mit angedickter Margarinensauce und Hirsebrei", als Dessert stand „Malaiische Kotzfrucht (Durian)" auf der Karte. Statt Kaffee gab es Muckefuck.

Nur die überteuerten Weine, die zu Tausenden im Keller lagerten, waren auch weiterhin im Angebot. An ihnen lässt sich schließlich richtig Geld verdienen. Fast alle Restaurants der Sternekategorie machen ihren Gewinn nicht mit Essen (es ist oft sogar ein Zusatzgeschäft), sondern mit Wein. Manche verlangen mehr als das Fünffache des Ladenpreises (normal ist das Dreifache), und die Sommeliers raten nie zur billigsten Flasche.

Auch die Kollegen vom Hotel ließen sich nicht lumpen. Als Package boten sie an: „Zwei Nächte im vergitterten Doppelzimmer mit Begrüßungscocktail und großem Überraschungs-Elendsmenü, Rundfahrt im gepanzerten Doppeldecker-Bus durch den Themenpark, Besichtigung typischer Einheimischen-Quartiere, Erlebnis eines Bombenattentats der örtlichen Widerstandsgruppe, aktive Mitwirkung an einer Schein-Hinrichtung als Mitglied des Exekutionskommandos, Teilnahme an einer Agitprop-Veranstaltung, Verhaftung und Verhör durch Sicherheitskräfte (Schläge von knapp bekleideten, attraktiven Aufseherinnen gegen Aufpreis), dramatische Flucht aus dem Gewahrsam, Abschluss-Digestiv".

Ich war gespannt, wie unsere hochgeschätzten Gäste diese attraktiven Angebote, die zweifellos kein anderes Hotel und Restaurant zu bieten hatte, aufnehmen würden.

**6.11., 13:37 h, Andreas C., 31, Investmentbanker**

Es passiert nicht oft, dass eine Aktie sozusagen durch die Decke geht. Das geschieht bei manchen Startups, wenn bereits vor dem Börsengang ein Hype entfacht wurde, doch bei etablierten Unternehmen wie CPI ist es die absolute Ausnahme. Gewiss waren alle überrascht von dem Coup, Dahlem von der Bundesregierung auf 99 Jahre hin zu pachten, und zunächst überwog die Skepsis. Hundert Milliarden Euro sind eine Menge Geld. Wie sollte sich dieser Betrag jemals wieder amortisieren?

Doch dann kamen die ersten Signale aus Tokio, Hongkong und Singapur. Die Börsen dort öffnen wesentlich früher als Frankfurt, und gewöhnlich geben sie einen Trend vor. So auch in diesem Fall. Offenbar wussten einige Leute deutlich mehr als andere, und die Tatsache, dass CPI-Aktien wie wild gekauft wurden, war ein Alarmzeichen.

Die Sache nahm gewaltig Fahrt auf, kein bedeutender Investor wollte zurückstehen. Alle hatten Angst, etwas zu verpassen und sprangen auf den Zug auf. London, das eine Stunde nach Frankfurt öffnet, wirkte wie ein Brandbeschleuniger, innerhalb eines Vormittags gewann die Aktie sagenhafte 27 Prozent. Das war gigantisch. Ich malte mir in den schönsten Farben aus, was passieren würde, wenn New York erst an die Reihe kam.

Denn ich befand mich auf der sicheren Seite. Ich war, wie so häufig, schon um halb fünf Uhr morgens, nach meinem täglichen Workout im Fitnessstudio, an meinem Arbeitsplatz erschienen, um die Trends aus Asien mitzukriegen. Ich war der einzige Investmentbanker um diese Zeit, alle anderen schliefen noch. Wer wirklich Karriere machen will, und das wollte ich unbedingt, muss sich schon ein wenig reinhängen. Freizeit können Sie vergessen in diesem Job. Dafür können Sie sich mit Mitte Dreißig schon zur Ruhe setzen. Länger hält diesen Stress ohnehin kein Mensch aus. Ich finde es ungerecht, wie immer auf den bösen Bankern und ihren fetten Boni herumgehackt wird. Wir leisten wesentlich mehr und sind deutlich qualifizierter als die allermeisten anderen Arbeitnehmer.

Das riesige Großraumbüro im 42. Stock des Bankenturms war noch dunkel, nur die Hunderte von Computerbildschirmen verbreiteten ein gedämpftes blaues Licht. Die glitzernde Frankfurter Skyline verlieh dem Blick aus dem Fenster einen Hauch von Manhattan, meiner, wie ich hoffte, nächsten Karrierestation.

Ich machte mir einen starken Kaffee und rief Tokio auf, dann Hongkong. Doch den Kaffee hätte ich gar nicht gebraucht, denn als die ersten Zahlen reinkamen, war ich sofort hellwach. Ich reagierte sofort und kaufte CPI-Anteile für ein paar hundert Millionen Dollar. Zudem wettete ich darauf, dass die Aktie weiter steigen würde. Innerhalb weniger Stunden hatte ich einen Gewinn von 867 Millionen für die Bank eingefahren. Ich freute mich schon auf meine Boni.

Ich hatte zwar keine Ahnung, worauf dieser fulminante Anstieg eines bisher recht unauffälligen, soliden Papiers beruhte, und auch mein Gewährsmann in Singapur, den ich kontaktierte, konnte es mir nicht sagen. Doch mein Bauchgefühl hat mich bisher selten getrogen. Genau dieses Gefühl ist es ja, weswegen wir so gut bezahlt werden. Zahlen analysieren können Computer auch allein, bis zu einem gewissen Grad jedenfalls, doch das reicht nicht. Nein, wir müssen spüren, wo sich die nächste Goldader auftut, und wir müssen bereit sein, Risiken einzugehen.

Natürlich verlieren wir auch manchmal, das ist im Casino eben so, doch unter dem Strich fahren wir, wenn wir gut sind, satte Gewinne für unsere Arbeitgeber und Aktionäre ein. Wer das auf Dauer nicht tut, muss gehen, die Branche ist da gnadenlos. Andererseits fragt keiner von unseren Vorgesetzten, wie die Gewinne zustande kommen. Sie wollen es auch gar nicht wissen, wir Investmentbanker haben weitgehend freie Hand. Wir können frei mit Hunderten von Millionen Euro jonglieren. Hauptsache, das Geld vermehrt sich.

Und CPI schien sich zu einer wahrhaft gigantischen Geldmaschine zu entwickeln. Ich durfte nur den richtigen Zeitpunkt nicht verpassen, die Aktie wieder abzustoßen.

Dann war Zahltag.

## 6.11., 17:50 h, Dr. Frank D., 56, Politikredakteur

Nach den heftigen Auseinandersetzungen der vergangenen Tage brauchte CPI dringend eine gute Presse. Dies war der Grund, weswegen uns das Regime einen exklusiven Einblick in das abgeschottete Dahlem anbot. Eine positiv gestimmte Reportage in einer seriösen, weltweit angesehenen Tageszeitung war tausendmal mehr wert als die aufwendigste Werbung. Die Menschen mögen keine plumpe Propaganda, sie erkennen recht schnell, wenn man versucht, sie für dumm zu verkaufen.

Nun, es wäre unprofessionell gewesen, eine solche Chance zu verpassen, und wir lassen uns auch nicht diktieren, was wir schreiben. Wir begreifen uns als unabhängig, die freie Presse ist eine zivilisatorische Errungenschaft, ein Kind der Aufklärung, und einer der Grundpfeiler dieses Staates. Sie ist die vierte Gewalt. Auch wenn uns manche Lügenpresse schimpfen.

Die Redaktion schickte mich, da ich schon aus Staaten wie Nordkorea, Brunei, Saudi-Arabien und dem Iran berichtet hatte. Von allen Redakteuren im Ressort Außenpolitik (wir waren zuständig, weil Dahlem inzwischen exterritoriales Gebiet war) besaß ich die meiste Erfahrung mit diktatorischen Regimes. Ich würde meinen Aufpassern nicht auf den Leim gehen und kritiklos glauben, was sie mir sagten und zeigten. Ich würde der Sache auf den Grund gehen.

Also vereinbarte ich einen Termin noch für denselben Tag. Ein Redaktionsfotograf wurde abgeordnet, mich zu begleiten. Wenn wir Glück hatten, würde mein Artikel weltweit nachgedruckt, alle großen Zeitungen in den westlichen Hauptstädten würden ihn übernehmen.

Was ich sah, schockierte mich. Gruppenweise wurden Einwohner zum Rapport bestellt und zum Arbeitsdienst geführt, sie durften von nun an Laub im Grunewald harken. Ehemals wohlhabende Ehefrauen, die bisher nur scheffelweise Geld ausgegeben hatten, wie mir mein chinesischer Aufpasser glaubhaft versicherte, bildeten fortan Putzkolonnen, um dem Viertel zu neuem Glanz zu verhelfen. Bewaffnete Trupps streiften, Listen in der Hand, durch die Straßen. Sie brachen Garagen auf und konfiszierten Luxusautos, auf die bereits zahlungskräftige Abnehmer in Russland, im Nahen Osten und in China warteten.

Widerspenstige Einwohner, die sich mit den veränderten politischen Gegebenheiten nicht abfinden wollten, wurden durch fliegende Standgerichte zu langen Haftstrafen verurteilt. Ich war zufällig Zeuge einer solchen Verhandlung, sie dauerte gerade einmal fünf Minuten. Als Kettensträflinge waren sie nun damit beschäftigt, marode Straßen auszubessern. Da es in Dahlem kaum marode Straßen gibt, rissen sie welche auf, die tadellos in Ordnung waren, und reparierten sie anschließend wieder. Die Gefangenen trugen schwarzweiß gestreifte Gefängniskleidung mit großen Nummern auf dem Rücken und waren zum Teil barfuß. Mit Gewehren bewaffnete Aufseher bewachten sie.

„So will es das Gesetz", sagte mein Aufpasser und lächelte zufrieden. Er sprach hervorragend deutsch, wenn auch mit schwäbischem Akzent, was mich gehörig irritierte.

„Wir lieben Recht und Ordnung, genau wie Sie", fuhr er fort. „Die Deutschen sind doch dafür bekannt, oder?"

Die schmalen Schlitze seiner Augen verengten sich noch ein wenig mehr, so dass die Pupillen kaum zu sehen waren. Er lächelte, doch es war ein böses, falsches, kaltes Lächeln. Er war misstrauisch und verbarg es in keiner Weise. Auch besaß er nicht das geringste Unrechtsbewusstsein. Unsere

Vorstellungen davon, wie ein Rechtsstaat funktionieren sollte, waren offenbar grundverschieden. Ob es denn überhaupt eine Möglichkeit gäbe, Dahlem zu verlassen, fragte ich. Nach meinem Verständnis ist Reisefreiheit ein hohes Gut.

„Aber natürlich", erwiderte mein Aufpasser. „Wir sind doch keine Unmenschen. Kommen Sie, ich zeige es Ihnen."

Wir stiegen ins Auto und fuhren zu einem der Checkpoints. Abseits des schmalen Durchgangs, der von einer Schranke versperrt war und gerade so viel Platz bot, dass ein Auto passieren konnte, war eine primitive Wellblechbaracke errichtet, vor der eine lange Schlange alter Leute stand. Sie hatten nur wenig Gepäck bei sich, einige von ihnen waren umringt von Angehörigen, denen die Tränen über die Wangen liefen. Sie umarmten einander in dem Bewusstsein, dass es ein Abschied für immer war.

„Das ist der Tränenpalast", sagte der Chinese. „Wenn Sie über siebzig sind, ist es kein Problem, auszureisen. War schon in Ihrer DDR nicht anders."

„Ich bin Wessi", sagte ich.

Er machte eine abwertende Handbewegung.

„Egal", sagte er. „Die DDR wollte ihre Rentner auch nicht haben. Kein Produktivmaterial mehr, ein reiner Kostenfaktor. Alte Menschen belasten die Gesellschaft nur, sie kosten Geld, auch wenn wir Chinesen unsere Ahnen natürlich in höchstem Maße schätzen und verehren. Aber man muss sie trotzdem loswerden. Bei Naturvölkern ist das noch heute guter Brauch. Sie setzen ihre Alten in der Wildnis aus oder bringen sie gleich gnadenhalber um. Ein Schlag auf den Kopf, und gut ist. Finde ich sehr vernünftig."

„Aber unmenschlich", erwiderte ich.

„Unmenschlich? Wer fragt danach? Kommen Sie mir jetzt bitte nicht mit Menschenrechten! Dieses Thema langweilt uns."

Er wiegte den Kopf hin und her.

„Entscheidend ist, was hinten rauskommt", fuhr er fort. „Hat Ihr Kanzler Kohl gesagt, übrigens."

Ja, an den Spruch konnte ich mich erinnern.

„Also, was ist?", fragte der Chinese. „Wollen Sie's sehen?"

„Was?"

„Die tränenreichen Abschiede. Opa und Oma verlassen Dahlem. Besser als in jedem Ihrer Hollywoodfilme."

Ich stand zwar auch nicht gerade auf Hollywoodkitsch, doch das musste ich dem Chinesen ja nicht auf die Nase binden. Ich stand hier als Repräsentant des freien Westens und seiner Kultur.

„Ja, es interessiert mich sehr", sagte ich.

Es war mir eigentlich zuwider, doch als Journalist kann man sich den Gegenstand seines Interesses selten aussuchen. Wir berichten objektiv und vorurteilsfrei. In der Regel jedenfalls.

Im Inneren der Wellblechbaracke waren mehrere lange Tische aufgebaut. Chinesen, die Mundschutz und blaue Plastikhandschuhe trugen, durchwühlten die Gepäckstücke der ausreisewilligen Alten akribisch nach Wertsachen und trennten das Innenfutter von Kleidungsstücken auf. Sie fanden reichlich Bargeld und Schmuck. Etwas abseits und doch vor aller Augen führten Sicherheitsleute Leibesvisitationen durch. In den Körperöffnungen, die sie genauestens mit Lupen inspizierten, stießen sie auf Diamanten und andere Edelsteine. Es fehlte nur noch, dass sie die Leute röntgten, um den Inhalt von Magen und Darm sichtbar zu machen.

Ihre Beute legten sie in großen Plastikkisten ab. Es war den Emigranten nicht erlaubt, mehr als zweihundert Euro oder den entsprechenden Gegenwert in Schmuck mitzunehmen. Dennoch standen etwa sechzig alte Menschen in der Schlange. Und es wurden immer mehr.

An der Stirnseite des Raumes befanden sich zwei Ausgänge, die mit dicken schwarzen Tüchern verhängt waren. Über dem linken Ausgang stand „Deutschland", über dem rechten „Dahlem".

„Die Guten ins Töpfchen, die Schlechten ins Kröpfchen", sagte der Aufpasser und grinste breit.

Es war mir schleierhaft, woher er solche Ausdrücke kannte. Er musste meine Gedanken erraten haben.

„Ich bin Dreiviertelchinese", sagte er. „Meine Großmutter stammt von der Schwäbischen Alb. Mein Großvater hat sie vor sechzig Jahren mit nach China gebracht. Sie hat uns alle viel gelehrt. In Nanchong, wo ich herkomme, hat sie die Kehrwoche eingeführt."

Vor den beiden Türen entschied sich, wer ausreisen durfte. Ein Uniformierter prüfte die Pässe, wer ein Mindestalter von 65 Jahren vorweisen konnte, bekam den Ausreisestempel und ging durch die linke Tür. Da die Ausreisebedingungen von vornherein klar waren, gab es nur wenige Alte, die versuchten, sich durchzuschmuggeln. Es gelang keinem von ihnen. Wer abgewiesen wurde, musste zurück nach Dahlem.

Für heute hatte ich genug gesehen. Ich sagte es meinem Aufpasser, der selbstredend dafür sorgte, dass ich Dahlem sofort verlassen konnte.

„Ich hoffe, Sie hatten einen schönen Tag", sagte er zum Abschied.

Nun ja, schön ist was anderes. Ich fuhr gleich in die Redaktion, ohne den üblichen Umweg über die „Paris Bar" in der Kantstraße zu machen. Ich holte meine Flasche Cognac aus der unteren Schreibtischschublade, nahm einen kräftigen Schluck und fing an zu schreiben.

### 6.11., 18:01 h, Angelina de C., 22, Nackttänzerin

Wenn ich innerhalb einer Stunde da wäre und alle Hüllen fallen ließe, würden sie mir den dreifachen Preis zahlen, sagten sie am Telefon. Bar auf die Hand und ohne Quittung. Es gäbe etwas zu feiern. So etwas lasse ich mir nicht zweimal sagen, Nackttänzerin ist schließlich mein Beruf. Ich packte rasch meine Arbeitsklamotten zusammen (den rosafarbenen Fransen-BH, die silbernen Troddeln für die Brüste und die extrahohen High Heels), legte eine doppelte Portion Schminke auf und machte mich auf den Weg.

Es war ein imposantes Gebäude in einer stillen Seitenstraße am Rande von Dahlem, fast schon in Zehlendorf. In einiger Entfernung konnte man die Mauer sehen. Sie hatten mir genau beschrieben, wo und wie ich klingeln musste, ein

Name stand nicht dran. Ich hatte kaum wie vereinbart den Knopf gedrückt (dreimal kurz, einmal lang, zweimal kurz), als ein Summer zu hören war und das Tor aufschwang.

Drinnen ging es hoch her. Es war ein großer Raum, der im asiatischen Stil eingerichtet war, mit bequemen Sofas und dicken Teppichen. Eine Glitzerkugel an der Decke drehte sich langsam und erzeugte vielfarbige Lichteffekte, wie in einer Disco der siebziger Jahre. Es fehlte nur noch John Travolta. Es waren überwiegend Chinesen da, die sich in ausgelassener Stimmung befanden.

Einige schnieften Koks von einem silbernen Tablett, andere tranken „Krug"-Jahrgangschampagner aus Methusalemflaschen und aßen Kaviar mit Suppenkellen, wieder andere sangen Karaoke zu „Sweet Caroline" von Neil Diamond. Zugleich wurde chinesischer Hip Hop gespielt, so dass sich die beiden Musiken überlagerten und im Grunde nur noch Lärm zu hören war. Ein nacktes Mädchen trug die Maske eines Pandabären und kroch zur Freude der betrunkenen Chinesen über den Fußboden. Aus seinem Hintern ragte ein Stiel, an dem eine chinesische Flagge befestigt war. Sie wippte ständig hin und her.

Der einzige, der sich kein bisschen amüsierte, war ein Albino mit langem weißen Haar. Er stand in einer Ecke, sog ab und zu an einem Strohhalm, der in einem Glas Wasser steckte, und beobachtete alles genau mit seinen toten roten Augen. Sein Gesicht war ohne jeden Ausdruck. Irgendwie hatte ich Schiss, mich vor ihm auszuziehen. Ich bin ja sonst nicht so, aber der Typ machte mir echt Angst.

Als die Chinesen mich engagierten, hatten sie vermutlich keine Ahnung, dass ich Halbchinesin bin. Angelina de C. ist nur mein Künstlername. Ich habe einen Teil meiner Kindheit in Nanking verbracht, sieben Jahre, um genau zu sein, und spreche leidlich Mandarin. Ich hütete mich, das an die große Glocke zu hängen.

Wenn ich tanze, schauen alle nur auf meinen Körper und vergessen, dass ich nicht nur Brüste, sondern auch Ohren habe. Ich höre genau zu, was die Leute so reden. Nach kurzer Zeit hatte ich herausbekommen, was der Anlass für die kleine Feier war.

Dass die Chinesen eine Mauer um Dahlem gezogen hatten, wusste ich inzwischen, obwohl ich mich ja kein bisschen für Politik interessiere. Dass es die hier anwesenden Chinesen waren, überraschte mich aber doch. Ich befand mich also in der Höhle des Löwen. Und sie nahmen kein Blatt vor den Mund.

Es musste ein ereignisreicher Tag an der Börse gewesen sein, drei der Chinesen sprachen davon, dass die Aktie ihrer Firma wie eine Rakete abgegangen sei und begutachteten dabei fachmännisch meinen Hintern. Ich wackelte ein bisschen mit ihm, was ihnen spitze Schreie der Begeisterung entlockte. Der Kauf von Dahlem, redeten sie weiter, hätte sich durch den Wertzuwachs schon zu einem Drittel amortisiert und sei als Schnäppchen einzustufen.

Irgendwie gewann ich den Eindruck, dass ich mein Honorar für den Auftritt deutlich zu niedrig angesetzt hatte.


### 6.11., 21:42 h, Wigbert V., 49, TV-Regisseur

Am Abend ging CPI-TV auf Sendung. Sie hatten dafür den Doppelgänger von Günter Jauch engagiert. Seine Sendung trug den Titel „Gefangene der Freiheit" und war im Grunde eine vereinfachte Neuauflage von „Wer wird Millionär?", nur dass es hier nicht um Geld, sondern um etwas viel Existenzielleres, um Freiheit ging.

Die Regeln waren einfach. Aus dem Publikum wurden drei Kandidaten ausgewählt, indem fröhlich lächelnde Assistentinnen, die blau-gelbe Bikinis mit viel Strass und grüne Stöckelschuhe trugen, rote Tennisbälle in die Menge warfen. Wer einen Ball fing, nahm Platz auf dem heißen Stuhl. Dort stellte ihm Günter Jauchs Doppelgänger eine Frage. Wenn der Kandidat sie richtig beantwortete, hatte er damit das Recht auf sofortige Ausreise erworben.

Die erste Frage an jenem Abend war: „Welches Tier kann nicht von Geburt an schwimmen? A: Elefant, B: Katze, C: Schimpanse, D: Kaninchen?"

Der Kandidat tippte auf Kaninchen und lag falsch. Es war der Schimpanse. Das Publikum johlte und bewarf den Kandidaten mit bunten Papierbällchen, die wir vor der Sendung verteilt hatten. Die Zuschauer genossen es, wenn ein Kandidat aus ihrer Mitte scheiterte. Es war eine Atmosphäre wie beim Karneval.

Die zweite Kandidatin hätte sich hinterher wahrscheinlich gewünscht, sie hätte sich mehr mit klassischer Musik beschäftigt als mit deutscher Volksmusik. Sie machte jedenfalls den Eindruck. In der Regie suchen wir immer jene Fragen aus, die unserem Gefühl nach zu den Kandidaten passen. Oder auch nicht. Manche Kandidaten lassen wir durchfallen, andere bringen wir weiter. Es ist kein System dahinter, nur Bauchgefühl und reine Willkür. Auch wir hinter den Kulissen wollen schließlich unseren Spaß haben.

„Welcher Komponist hat die nullte Symphonie komponiert?", lautete die nächste Frage von Jauchs Doppelgänger. „A: Beethoven, B: Bruckner, C: Mahler, D: Brahms?"

Beethoven, mutmaßte die Kandidatin, es war wahrscheinlich der einzige Name, der ihr etwas sagte. Falsch, es war Bruckner. Auch sie konnte sich die Ausreise abschminken.

Es war abgesprochen, dass in jeder Sendung zumindest ein Kandidat erfolgreich sein sollte, um dem Publikum nicht jede Hoffnung auf ein Leben außerhalb von Dahlem zu nehmen. Wir nahmen schließlich Eintritt für die Show und waren daran interessiert, dass das Publikum hereinströmte. Außerdem war die Sendung vollgepackt mit chinesischen Werbespots, die ebenfalls viel Geld brachten. Zumindest eine der Fragen durfte also nicht zu schwer sein. Der dritte Kandidat hatte daher keinerlei Schwierigkeiten, die folgende Frage richtig zu beantworten: „Wen jagt James Bond in seinem ersten Film? A: Dr. Po, B: Dr. Klo, C: Dr. Go, D: Dr. No?"

Natürlich war es Dr. No. Der Kandidat, es war ein 35jähriger Schlossergeselle, durfte damit Dahlem verlassen. Er reckte jubelnd die Arme in die Luft, die Musik wurde hochgefahren. Günter Jauchs Doppelgänger überreichte ihm unter buntem Konfettiregen einen überdimensionalen Reisepass mit Ausreisestempel. Das Publikum klatschte frenetisch. Jeder einzelne Zuschauer wünschte sich nichts sehnlicher, als beim nächsten Mal selbst der Gewinner zu sein.

Hinter der Bühne wurde der Schlossergeselle sofort von Sicherheitskräften in Gewahrsam genommen. Als Regisseur von „Gefangene der Freiheit" war ich dafür verantwortlich, dass er uns nicht entwischte. Das neue Regime konnte zwar auf parasitäre Rentner verzichten, doch keinesfalls auf patente Handwerker. Sie sind unentbehrlich für den geordneten Ablauf eines Gemeinwesens. Es gibt nicht so viele davon in der Reichenenklave Dahlem.

Der Schlossergeselle wurde zwangsweise in ein Handwerkerkollektiv eingegliedert, das beauftragt war, innerhalb der nächsten zwei Wochen die Schlösser sämtlicher Wohnungen und Häuser in Dahlem auszutauschen und jeweils einen Ersatzschlüssel bei der Obrigkeit zu hinterlegen. Dann, so wurde ihm gesagt, hätte er vielleicht, aber auch nur vielleicht eine Chance, seinen Gewinn anzutreten und Dahlem zu verlassen. Man muss den Menschen immer ein Hintertürchen lassen, denn die Hoffnung stirbt zuletzt.

### 6.11., 22:28 h, Heinrich H., 98, Sturmbannführer

Der Anruf kam mitten in der Nacht. Sie hätten den geheimen Eingang gefunden, hieß es, gegen Mittag am nächsten Tag würden sie mir einen Wagen schicken.

Auf diese Nachricht hatte ich seit Wochen gewartet. In der letzten Kriegsphase, im Frühjahr 1945, war ich damit beauftragt, die Kunstsammlung des Reichsmarschalls in Sicherheit zu bringen. Hermann Göring wusste zu diesem Zeitpunkt natürlich längst, dass der Krieg verloren war, er plante für die Zeit danach. Ich sollte ihm dabei helfen, seine exquisite Kunstsammlung war ein Pfund, mit dem er wuchern konnte. Dachte er zu diesem Zeitpunkt jedenfalls. Nie hätte er damit gerechnet, umstandslos als Kriegsverbrecher inhaftiert und zum Tode verurteilt zu werden.

Ich war einer der wenigen, die sich in dem weitverzweigten Tunnelsystem im Untergrund der Reichshauptstadt auskannten, schließlich war es nach Plänen angelegt worden, an denen auch ich mitgearbeitet hatte. Neben den mannshohen Gängen gab es regelrechte Hallen, die hoch genug waren, auch großformatige Kunstwerke aufzunehmen. Der Reichsmarschall liebte repräsentative Kunst. Er hatte sie aus ganz Europa zusammengetragen. Wäre sie im Endkampf um Berlin zerstört worden, er hätte es nicht ertragen. Er war viel sensibler, als die meisten Leute glauben.

In der letzten Kriegsphase wurde Berlin weitgehend zerstört. Man kann sich heute kaum noch vorstellen, was für eine Mondlandschaft dies war. Auch meine Karte, auf der die geheimen Gänge und Kasematten verzeichnet waren, ging verloren. Ich wusste nur noch, dass der zugemauerte Eingang zum Hauptdepot irgendwo in Dahlem war, in einer Villa, in der früher einmal ein Filmstar von der UFA gewohnt hatte. Von diesen Gebäuden gab es einige, und nicht wenige waren durch Fliegerbomben zerstört worden. Jedenfalls fand ich die Villa, oder das, was von ihr vielleicht noch übrig war, nicht mehr wieder, als ich nach dem Krieg durch Dahlem streifte.

Ich war der einzige Überlebende, der über die versteckten Kunstschätze Bescheid wusste. In den letzten beiden Kriegsjahren hatte ich, auch durch die Protektion des Reichsführers-SS persönlich, eine Blitzkarriere bei der SS hingelegt, wie sie in Friedenszeiten niemals möglich gewesen wäre. Am Ende war ich Sturmbannführer, ich glaube, ich war der jüngste dieses Ranges.

Gemäß dem persönlichen Befehl des Reichsmarschalls hatte ich dafür gesorgt, dass alle, die über die geheimen Depots Bescheid wussten, von einem SS-Kommando erschossen wurden, dessen Mitglieder ich ebenfalls exekutieren ließ, wegen Hochverrats. Es war eine geläufige Begründung damals. So wurden alle Spuren beseitigt.

Doch vor ihrem Tod hatten einige der Beteiligten offenbar geredet. Im Lauf der Jahrzehnte kamen daher allerlei Gerüchte auf, dass in einem Stollensystem unterhalb von Dahlem unsagbare Schätze aus der Nazi-Zeit verborgen seien.

Immer wieder versuchten Wünschelrutengänger ihr Glück, Bücher wurden darüber geschrieben (natürlich war alles Unsinn, was in ihnen stand), einmal, in den siebziger Jahren, veranlasste der Berliner Senat sogar eine Probebohrung.

Alles vergebens. Auch nirgendwo anders in Europa wurde je etwas Substantielles gefunden, obwohl Taucher und Mini-U-Boote auf dem hundert Meter tiefen Grund des Toplitzsees in Österreich herumschnüffelten, um die Goldreserven des Dritten Reiches zu finden. Auch im heutigen Polen, bei Waldenburg in Niederschlesien (altes deutsches Kerngebiet!), wurden hartnäckige Versuche unternommen, im dortigen Stollensystem unseren geheimen, mit Gold beladenen Panzerzug zu finden. Er blieb bis heute verschwunden. Ja, wir hatten ganze Arbeit geleistet. Nur wenige wussten, dass die seit 1944 strategisch an verschiedenen Stellen des Reichsgebiets versteckten Schätze über viele Jahrzehnte dazu dienten, unsere klandestinen Netzwerke alter Kameraden zu finanzieren.

Nicht verhindern konnte ich, dass zwei oder drei Sensationsjournalisten meinen Namen mit Görings Kunstsammlung in Verbindung brachten. Ich verklagte sie zwar, doch es nutzte nichts. Sie kamen wieder wie die Schmeißfliegen. Es wunderte mich daher nicht, dass ich vor einigen Monaten Besuch von zwei Chinesen bekam, die mir anboten, eine finale Suchaktion durchzuführen. Geld sollte keine Rolle spielen. Da die Sache geheim bleiben sollte, würde ein Satellit zum Einsatz kommen, der in der Lage war, Hohlräume unter der Erde aufzuspüren.

„Er fliegt ohnehin jeden Tag zweimal über Berlin, keiner wird etwas bemerken", sagten sie. „Wenn da etwas ist, finden wir es. Natürlich werden Sie am Ergebnis finanziell beteiligt."

Ich sagte nicht nein, Geld kann ich immer gebrauchen. Vorab drückten sie mir schon mal 30.000 Euro in die Hand. Ohne Quittung. Also gab ich ihnen sämtliche Informationen, die ich besaß. Schließlich wusste ich genau, welche Kunstwerke wir damals in die Depots verbracht hatten, ich habe ein gutes Gedächtnis. Sie nahmen die Kopie der in Sütterlin geschriebenen Liste, die ich seit vielen Jahren in einem meiner

Bücher verwahrte (der vom Führer persönlich signierten Erstausgabe von „Mein Kampf"), mit Kusshand.

Auf ihr stand, unter der laufenden Nummer 143, auch jenes Exponat, wegen dem sie den ganzen Aufstand überhaupt erst angezettelt hatten.

### 6.11., 23:30 h, Walter Ü., 54, Bauunternehmer

Nach dem zwölften Bier machten wir Nägel mit Köpfen. Ein weiterer Verbleib in Dahlem, da herrschte bei uns Einigkeit, war für uns unmöglich. Es war nicht mit unserer Menschenwürde vereinbar. Wir beschlossen daher, dass unsere Thekenrunde einen Tunnel in die Freiheit graben würde. Da die Mauer nicht zu überwinden war, erschien uns dies als einzige realistische Möglichkeit, der Diktatur der Chinesen zu entkommen. Begeistert arbeiteten wir einen genauen Plan aus, was weitere sieben Pils in Anspruch nahm.

Ich war für die Orientierung zuständig. Mit dem Kompass, den ich seit meiner Zeit als Pfadfinder besaß, sollte ich dafür sorgen, dass wir auch in die richtige Richtung gruben. Hanno war für die Beschaffung der Werkzeuge zuständig, Rolf sollte den Abtransport des Abraums übernehmen, Bodo erklärte sich bereit, den Schacht mit Balken abzustützen. Pilse-Ilse sorgte für den Nachschub an flüssiger Nahrung, vulgo Bier, Moritz wollte sich um die Beleuchtung im Stollen kümmern.

Graben würden wir alle, abwechselnd, Pilse-Ilse ausgenommen, da sie den normalen Betrieb in der "Dahlem-Klause" aufrecht erhalten musste, damit niemand Verdacht schöpfte. Außerdem war sie eine Frau, auch wenn sie eine Männerstimme hatte und aussah wie ein Pferd. Dieter fiel aus, da sie ihn, wie wir mit Bedauern von seiner Freundin Nudel erfahren hatten, in die Klapse verfrachtet hatten. Es galt zu überlegen, ob wir ihn vor unserer Flucht handstreichartig befreien sollten, um ihn mit in die Freiheit zu nehmen. Wir verschoben diese Entscheidung auf später.

Wir nahmen noch ein oder zwei Absacker und verabredeten uns für den nächsten Abend. Punkt 21 Uhr wollten wir mit den Grabungsarbeiten beginnen.

**7.11., 01:13 h, Trude von T., 86, Rentnerin**

Alles, was ich mitnehmen wollte, hatte ich in eine große Handtasche aus braunem Krokodilleder gepackt, die ich, vollgestopft wie sie war, gerade noch tragen konnte. Neben etwas Wäsche zum Wechseln waren es mein Reisepass und meine originale Geburtsurkunde, ein Foto meines verstorbenen Mannes in Wehrmachtsuniform sowie sein Goldenes Parteiabzeichen, der Schmuck meiner Mutter und mein eigener, mehrere zusammengerollte und mit Gummibändern verschnürte Bündel US-Dollar, eine Rolle Krügerrands sowie mehrere gestempelte Goldbarren.

Wäre ich den Weg über den Tränenpalast gegangen, hätte ich, so lautete die Vorschrift, all diese Schätze an die Wachen abgeben müssen und wäre fortan bettelarm gewesen. Gelang es mir hingegen, sie mitzunehmen, würden sie mir den Weg zu einer neuen Existenz im freien Teil der Stadt ebnen, die meiner herausgehobenen gesellschaftlichen Stellung angemessen war.

Auch wenn ich ein sehr ruhiges und unauffälliges Leben führe, so geht die Freiheit mir doch über alles. Für sie habe ich mein Leben lang gekämpft. Ich stand in der Menge, als John F. Kennedy am 26. Juni 1963 seine berühmte Rede vom Balkon des Schöneberger Rathauses hielt. Als er sagte „Ich bin ein Berliner", kamen mir fast die Tränen. Es war eines der großen Worte der Weltgeschichte. Sie werden verstehen, dass es mir unmöglich war, unter der Herrschaft der Chinesen zu leben. Keiner von ihnen würde je „ein Berliner" sein.

Aus Sicherheitsgründen bekam ich erst Bescheid, als es schon fast losging. Es war mitten in der Nacht. Ich hatte darauf gewartet, seit ich der Bedienung im "Café Tulpeneck" die geforderte Anzahlung übergeben hatte. Am Telefon sagte eine mir unbekannte Männerstimme nur das Codewort, „Sansibar", dann wurde aufgelegt.

Gerade zehn Minuten hatte ich, um mich anzuziehen, ein letztes Mal durch meine Sechs-Zimmer-Altbauwohnung zu gehen und Abschied zu nehmen von den vielen Dingen, die ich im Lauf der Jahrzehnte angehäuft hatte und die mir so ans Herz gewachsen waren, den Kunstwerken, den Jugendstilmöbeln, dem Meißner Porzellanservice und meiner Käthe-Kruse-Puppensammlung. Die Katze hatte ich schon vorher in gute Hände abgegeben. Ich legte etwas Rouge auf, zog meinen Pelzmantel aus dunkelbraunem russischen Nerz an und setzte zur Tarnung meine Sonnenbrille auf. Dann ging ich runter und wartete im Hausflur. Ich machte kein Licht. Keiner konnte mich sehen.

Nach wenigen Minuten kam ein Wagen angefahren, wie er unauffälliger nicht hätte sein können, ein dunkler Lieferwagen mit der Aufschrift „Entrümplungen und Transporte". In dem fensterlosen Laderaum befanden sich noch weitere fünf Fluchtwillige, im Dunkeln konnte ich ihre Gesichter kaum erkennen. Keiner sprach. Einer legte den Zeigefinger auf die Lippen und machte leise „Pssst". Ich hockte mich auf eine der beiden längs eingebauten Holzbänke und überließ mich meinem Schicksal, jetzt konnte ich ohnehin nichts mehr tun. Meine Tasche hielt ich fest in beiden Händen.

Wir fuhren etwa zehn Minuten über holprige Pflasterstraßen, doch obwohl ich das Viertel gut kenne, hätte ich nicht sagen können, wohin sie uns brachten. Dann hielten wir. Jemand schob die Tür auf, es war ein großer Kerl mit Tätowierungen auf beiden Unterarmen.

„Ich bin Johnny, euer Fluchthelfer", stellte er sich vor. „Ab hier geht's zu Fuß weiter. Bleibt alle dicht zusammen und seid leise. Kein Wort will ich hören!"

Bevor wir losliefen, kassierte er von jedem die andere Hälfte des vereinbarten Honorars. Ich hielt das Geld abgezählt in der Hand, in großen Scheinen. Die Anzahlung hatte ich bereits der Bedienung im "Café Tulpeneck" gegeben. Dann sammelten wir uns hinter Johnny und folgten ihm im Gänsemarsch.

Wir befanden uns auf einem großen Abbruchgelände, das von Gebäuderesten und Geröllhalden bedeckt war. Zwei Bagger standen herum. Ich wunderte mich, dass es solch ein Areal noch in Dahlem gab. Alle Grundstücke dort besitzen die Klassifizierung 1A, sie sind mit die begehrtesten in Berlin. Wahrscheinlich würde ein Investor das Areal bald mit Luxuswohnungen bebauen.

Straßenlaternen gab es nicht. Etwa hundert Meter entfernt sah ich eine Baumreihe. Wir mussten irgendwo am Rand des Grunewalds sein. Der, wie ich wusste, fast noch volle Mond war von dichten Wolken bedeckt, so dass man kaum etwas erkennen konnte. Sie hatten den Zeitpunkt der Flucht offenbar mit Bedacht gewählt.

Wir gingen auf eine der Ruinen zu, sie war ursprünglich eine zweistöckige Gründerzeitvilla gewesen. Eine Tür hing windschief in den Angeln. Von der hohen Decke in der Eingangshalle tropfte Wasser, eine große geschwungene Freitreppe führte ins Nichts. Vermutlich hatte im Krieg eine Fliegerbombe den Bau getroffen. Wir durchquerten die Halle und betraten ein Zimmer, dem die hintere Wand fehlte, so dass wir gleich wieder im Freien standen.

Die Mauer befand sich in einer Entfernung von gerade einmal siebzig Metern. Sie war nicht so hoch wie an den Stellen, die wir kannten. Ich sah auch keinen Stacheldraht. Der Weg dahin führte durch hohes Gestrüpp, durch das es zunächst kein Durchkommen zu geben schien.

An der Rückseite der Villa hatte unser Fluchthelfer eine Aluminiumleiter versteckt, die er nun aus dem Gebüsch herausholte. In ausgeklapptem Zustand war sie lang genug, uns über die Mauer zu helfen. Dann ging er voran. Er schärfte uns nochmals ein, dicht hinter ihm zu bleiben und auf keinen Fall vom Weg abzuweichen. Möglicherweise sei das Gelände vermint.

Schweigend folgten wir ihm, ich ging an dritter Stelle in der Reihe. Ich war nervös, doch trotzdem zuversichtlich. Die Freiheit war nur wenige Meter entfernt. Mit einer Machete hieb Johnny gelegentlich den Weg frei, die Leiter trug er über der linken Schulter. Plötzlich blieb der alte Mann, der vor mir ging, stehen.

„Ich muss austreten", sagte er.
Johnny hielt inne und drehte sich irritiert um.
„Aber doch nicht jetzt!", zischte er.
„Doch, ist dringend", sagte der alte Mann.

Er trat zwei Schritte beiseite, öffnete seinen Hosenlatz und ließ einen überraschend starken Strahl auf das Unkraut niederprasseln, das zu beiden Seiten des Weges wuchs. Ich war peinlich berührt und schaute weg.

Dann hörte ich ein Zischen und einen unterdrückten Schrei. Ich drehte mich um und sah leichten Rauch aus dem Gebüsch aufsteigen. Der alte Mann hatte einen elektrisch geladenen Draht angepinkelt und war vom Schlag getroffen worden. Auf den Wachtürmen gingen Suchscheinwerfer an. Sie strichen nervös übers Gelände und erfassten uns rasch. Zugleich begann eine Sirene, deren durchdringender Ton mich an den Bombenalarm im Krieg erinnerte, in kurzen Abständen durchdringend zu tröten.

„Lauft, lauft!", schrie Johnny, ließ die Leiter fallen und nahm selbst die Beine in die Hand.

Wir liefen, so schnell wir konnten, auf die Mauer zu. Nur der alte Mann blieb stehen und nestelte an seinem Hosenlatz. Eine Frau hinter mir verhedderte sich im Gestrüpp und fiel längelang hin. Sie schrie. Ich lief weiter, ich konnte ihr nicht helfen. Von der Seite, über das freie Feld, näherten sich uns Soldaten mit Schäferhunden an der Leine. Warnschüsse peitschten dicht über uns hinweg.

Es waren nur noch zwanzig Meter bis zur Mauer. Sie war zwar niedrig, mit knapp zwei Metern aber immer noch unüberwindbar hoch für eine alte Frau wie mich. Ich hoffte, dass Johnny dort auf mich warten und mir hinüberhelfen würde, dafür hatte ich ihn ja schließlich bezahlt.

Doch dazu kam es nicht. Ich sah den Hund nicht kommen, plötzlich war er hechelnd über mir. Ich spürte seinen heißen Atem. Ich fiel hin, schrie und hielt die Hände schützend vors Gesicht.

„Hasso, sitz!", befahl eine schroffe Stimme.
Sofort ließ der Hund von mir ab.
„Stehen Sie auf, hier ist Endstation", sagte der Soldat und

hielt mir die Hand hin, um mir aufzuhelfen. „Was haben Sie sich nur dabei gedacht, Sie in Ihrem Alter?"

Ich sah mich um. Alle aus unserer Gruppe standen mit erhobenen Händen da, auch Johnny. Soldaten hielten sie mit Gewehren in Schach. Der Hosenlatz des alten Mannes war offen, es tropfte immer noch heraus.

### 7.11., 10:56 h, Dr. Frank D., 56, Politikredakteur

Fast die ganze Nacht hatte ich an dem Artikel über Dahlem geschrieben, es war eine sehr anschauliche, bewegende Reportage darüber geworden, was hinter der Mauer vor sich ging. Der Fotograf hatte tolle Bilder dazu geliefert, der Artikel hatte das Zeug dazu, ein politisches Erdbeben auszulösen. Genau dafür, finde ich, ist die freie Presse da.

Meine Cognacflasche war leer, kaum dass ich das letzte Wort getippt hatte. Ich war zufrieden und schickte den Artikel zum Gegenlesen zur Ressortleitung. Dies ist ein ganz geläufiges Verfahren, jede seriöse Tageszeitung macht das so. Oder sollte es zumindest so machen.

Mit Zensur, wie Verschwörungstheoretiker vielleicht meinen könnten, hat das nichts zu tun. Immer liest ein Kollege nochmal drüber, um Rechtschreibfehler, stilistische Patzer oder inhaltliche Ungereimtheiten auszubessern, natürlich nicht, ohne vorher mein Plazet einzuholen. Der Autor hat stets das letzte Wort. So gehen wir sicher, dass die Artikel, wenn wir sie veröffentlichen, rundum wasserdicht und präsentabel sind.

Ich war in höchstem Maß erstaunt, als vier Stunden später, ich war schon wieder in der Redaktion, die Sekretärin des Herausgebers anrief und mich zu einem Termin einbestellte. Der Herausgeber hieß nur „Gott" bei uns. Jemand, den Gott zu sich rief, konnte entweder mit himmlischer Glückseligkeit oder ewiger Verdammnis rechnen. Dazwischen gab es wenig. Ich hatte Gott erst ein einziges Mal getroffen, bei meinem

Einstellungsgespräch. Und das ist viele Jahre her.

Da ich von meinem Artikel hundertprozentig überzeugt war, konnte der Termin bei Gott eigentlich nur bedeuten, dass er mir hohes Lob zollen wollte. Er machte das manchmal, wenn er von einem Artikel über die Maßen begeistert war. Dies kam nur selten vor, doch wenn es geschah, konnte man sich etwas darauf einbilden. Es gab Kollegen, deren Karriere durch ein solches Lob deutlich befördert worden war. Ich war also guten Mutes.

Zum Glück hatte ich, wie immer, ein frisches Hemd und eine Krawatte in der Redaktion, für alle Fälle. Gott legte Wert darauf, dass man manierlich gekleidet bei ihm auftauchte, er war ein Gentleman der alten Schule. Ich wurde sogleich vorgelassen, er begrüßte mich überaus freundlich, sogar mit Handschlag.

„Ich habe Ihren Artikel über Dahlem mit Interesse gelesen", sagte er und formte die Fingerspitzen zu einer Raute.

Dies hätte mich eigentlich misstrauisch machen müssen, denn die Raute ist seit vielen Jahren das Markenzeichen der Kanzlerin.

„Ganz großes Kino, wenn ich mal so sagen darf", fuhr Gott fort. „Journalismus vom Feinsten. Ich gratuliere Ihnen."

Innerlich jubilierte ich. Ich sah mich bereits als künftigen Ressortleiter. Mein Chef war ohnehin reif für die Rente, wir Redakteure rangelten bereits um die beste Position, wenn das Rennen um die Nachfolge eröffnet würde.

„Leider", sagte Gott, „können wir den Artikel nicht drucken."

Ich dachte, ich hätte mich verhört.

„Wie meinen Sie?"

„Nun, ich weiß nicht, inwieweit Sie über die komplexen Beteiligungsverhältnisse unserer Firmengruppe informiert sind. Wir sind gezwungen, Rücksichten zu nehmen. Es wird Sie vielleicht überraschen, doch Chinese Power Investment hält über eine Tochtergesellschaft auf den Cayman Islands einen bedeutenden Anteil an unserem Unternehmen. Das heißt, die Chinesen sind unsere Brötchengeber, banal gesagt."

Mir blieb der Mund fast offen stehen. Die Enthüllung versetzte mir einen veritablen Schock.

„Normalerweise", erläuterte Gott weiter, „mischen sie sich zwar nicht ins Tagesgeschäft ein, und sie ziehen es auch vor, diskret im Hintergrund zu bleiben. Doch wenn es gegen ihre ureigenen Interessen geht, sind sie natürlich schon in gewisser Weise empfindlich. Ich bin der Filter, auf den sie sich verlassen, als Herausgeber bin ich ihnen direkt verantwortlich. Und ich würde meinen Job gern noch ein paar Jahre behalten. Genau wie Sie den Ihren, vermute ich."

War das eine versteckte Drohung? Ich wusste gar nicht, was ich darauf antworten sollte. Ich war konsterniert. Gott hatte mich kalt erwischt.

„Aber das ist doch..."

„Zensur?", fragte Gott. „Kommen Sie, Frank, so naiv können Sie doch nicht sein."

In der Redaktion nennen wir uns, ungeachtet der Stellung in der Hierarchie, alle beim Vornamen, siezen uns jedoch. Nur Gott war davon ausgenommen, er bestand auf der förmlichen Anrede. In gewisser Weise sehen wir uns als Mitglieder eines Ordens. Dem kann man nicht einfach so beitreten. Kein Redakteur hat sich je bei unserem Blatt beworben. Neue Kollegen werden von der Spitze des Hauses nach unerforschlichem Ratschluss erwählt und bleiben in der Regel bis zur Rente. Mehr, das ist allseits anerkannt, kann man nicht erreichen im deutschen Journalismus.

„Wir begreifen uns als konservatives, staatstragendes Blatt", sprach Gott weiter, „was Sie schon an der Frakturschrift auf der Titelseite sehen, unserem Markenzeichen. Nur die besten Leute arbeiten für uns, darauf beruht unser weltweites Ansehen. Wir haben das größte Korrespondentennetz aller Printmedien in Deutschland. Wir sind meinungsbildend. Und die Regierung macht bei diesem Deal mit Dahlem, das ist offensichtlich, nicht die allerbeste Figur. Er spielt sich, das können wir unter uns ja konzedieren, durchaus am Rande der Legalität ab."

„Aber gerade deshalb sind wir doch verpflichtet..."

„Nein, das sind wir nicht", schnitt Gott mir das Wort ab.

Er war noch immer ausgesprochen freundlich, ließ aber keinen Zweifel daran, dass er beabsichtigte, in der Sache hart zu bleiben.

„Ohne eine solide geschäftliche Grundlage wären wir gar nicht in der Lage, investigativ, berichtend und kommentierend im Sinne unserer Leser tätig zu sein", sagte er. „CPI verschafft uns diese Grundlage. Allein im vergangenen Jahr haben sie achtzig Millionen Euro in unser Unternehmen investiert. Achtzig Millionen! Wir sind darauf angewiesen. Sie wissen doch, wie sehr unser Anzeigengeschäft wegen des Internets zurückgegangen ist. Und unsere Online-Ausgabe macht immer noch Verlust. Keiner will mehr für guten Journalismus bezahlen, es ist ein Trauerspiel."

Er schüttelte betrübt den Kopf. Es klang alles sehr vernünftig, was er sagte, ich konnte es nachvollziehen. Aber es schmerzte mich. Es rührte an die Grundlagen meines beruflichen Selbstverständnisses.

„Wie lange haben Sie ihren Dienstwagen schon?", fragte Gott.

Die Frage überraschte mich. Als Redakteur hatte ich vertraglich alle drei Jahre oder hunderttausend Kilometer Anspruch auf einen neuen Dienstwagen.

„Ich weiß", nahm Gott die Antwort vorweg, „seit eineinhalb Jahren fahren Sie einen 3er BMW. Würde Ihnen denn ein 5er gefallen? Mit allen Extras und Farbe nach Wunsch? Gleich nächste Woche? Wir haben gute Beziehungen zu BMW."

Mein Mund war ziemlich trocken. Ich traute mich noch nicht mal, von dem Wasser zu trinken, das mir die Sekretärin hingestellt hatte. Ich nickte fast schon automatisch.

„Sehr schön", sagte Gott nun ziemlich aufgeräumt. „Ich werde alles in die Wege leiten. Ich kann mich doch darauf verlassen, dass Sie unser Gespräch vertraulich behandeln, ja?"

**7.11., 11:25 h, Tom W., 67, Tourist**

Obwohl ich auf meiner einwöchigen Europareise ziemlich durchgetaktet war, fand ich zwischen dem Petersdom in Rom, Versailles, Heidelberg, Schloss Neuschwanstein und dem Brandenburger Tor noch Zeit, die Elendstour durch Dahlem zu absolvieren. Ich war einer der ersten, die diese Gelegenheit erhielten, und ich war ziemlich geschärft. Die Tour wurde ja sensationell im Internet beworben.

Zunächst war ich enttäuscht. Das Essen war auch nicht schlechter als bei uns zu Hause in Alabama, und wie die Chinesen mit den Weißen umsprangen, das machen wir mit unseren Niggern schon lange. Früher selbstverständlicher als heute, man muss ja vorsichtig sein. Die Yankees senden immer noch Spione in unser Kernland, sogenannte Bürgerrechtler, die uns ans Messer zu liefern versuchen. Das Bundesrecht, auf das sie sich berufen, ist nicht unseres. Wir haben dieses Gesetz nie unterschrieben, es wurde uns aufgezwungen. Wir im Süden haben unsere eigenen Traditionen, von denen wir niemals lassen werden.

Chaingangs kenne ich noch aus meiner Kindheit, ich finde sie eine gerechte Strafe für Gesetzesbrecher. Eine perfekte Abschreckung für andere potenzielle Täter. Es ist eine Schande, wie weich und nachsichtig heute mit Kriminellen umgegangen wird, während Bürger, die doch nur ihre verfassungsmäßigen Rechte wahrnehmen, gnadenlos verfolgt werden. Nur im Verborgenen dürfen wir noch unsere weißen Umhänge und spitzen Kapuzen tragen, Kreuze anzünden und Nigger jagen. Auch dies gehört schließlich zum kulturellen Erbe des Alten Südens. Fehlt nur noch, dass wir unsere Waffen abgeben müssen. Ich glaube, dann gäbe es einen Aufstand.

Jedenfalls begrüßte ich die Dahlemer Chinesen herzlich als Brüder im Geiste, sie waren auf dem richtigen Weg mit ihrem kompromisslos harten Kurs. In einem visionären Moment stellte ich mir vor, was geschehen würde, wenn Alabama sich wieder als eigenständiger Staat ausriefe. Nicht als Bundesstaat der USA, das ist Alabama ja zwangsweise, sondern als unabhängiger Staat mit allen Rechten und Pflichten. Zweifellos würden sich uns umgehend auch andere Staaten der historischen Konföderation anschließen. Die Karten würden neu gemischt, der Alte Süden wäre wieder da, mit unserer traditionellen Flagge natürlich. Seit dieser unsägliche schwarze Präsident nicht mehr am Ruder ist, haben sich ja ganz neue Möglichkeiten aufgetan.

Gedanken wie diese gingen mir durch den Kopf, als unsere Touristengruppe im gepanzerten und vergitterten Doppeldeckerbus durch Dahlem gefahren wurde. Ich weiß nicht, ob diese extremen Sicherheitsmaßnahmen wirklich nötig waren, die Chinesen schienen ihre neuen Untertanen ziemlich gut im Griff zu haben. Eine Explosion, die als Aktion des Widerstands ausgegeben wurde, war natürlich ein Fake, ich kenne das aus Disneyland. Dort sind die Piraten auch nicht echt. Auch der Kugelhagel, der unversehens aus dem Hinterhalt auf unseren Bus einprasselte, konnte mich nicht wirklich erschrecken. Da war ich anderes aus dem ersten Golfkrieg gewohnt.

Eine gute Show jedoch war das Verhör nach unserer fingierten Gefangennahme. Ich hatte das teure Nazi-Package gebucht, das mir eine exklusive Behandlung durch weibliche SS-Offiziere garantierte, und ich wurde nicht enttäuscht. Die Hakenkreuzfahnen, Waffen und Uniformen waren von erstaunlicher Akkuratesse, das liebevoll und mit Sinn für Details ausgestattete Gefängnisambiente ebenfalls. Als Hobby-Historiker bin ich schließlich Experte auf dem Gebiet. Die perfekt gecasteten Darstellerinnen, alle groß, blond und blauäugig, legten zudem die nötige Entschlusskraft an den Tag. Die blauen Flecken, die sie mir beibrachten, trug ich noch tagelang mit Stolz.

Insgesamt war die Tour eine interessante Erfahrung. Ich nahm mir vor, mit meinen Brüdern vom Ku-Klux-Klan bei der nächsten regulären Mitgliederversammlung darüber zu sprechen, ob ein solcher Themenpark nicht auch für uns Südstaatler das Richtige sein könnte. Allerdings ein bisschen abgewandelt. „Nigger's Plantation Hell" etwa wäre ein für uns passendes Motto.

## 7.11., 12:41 h, Heinrich H., 98, Sturmbannführer

Am nächsten Tag um Punkt zwölf Uhr mittags stand der Wagen vor der Tür. Dem Fahrer war offenbar gesagt worden, er solle mir hineinhelfen, doch das ließ ich nicht zu. So alt bin ich nun auch wieder nicht. Ehe ich einen Rollator auch nur anfasse, jage ich mir lieber eine Kugel in den Kopf.

Offenbar trauten sie mir nicht über den Weg, denn der Fahrer verband mir die Augen, bevor wir losfuhren. Anscheinend fuhr er ein paarmal im Kreis, um mich zu verwirren. Doch so leicht bin ich nicht hinters Licht zu führen. Als wir nach fünfeinhalb Minuten endlich anlangten (im Geist zählte ich die Sekunden mit), konnte ich mir ungefähr vorstellen, wo wir waren. Da die Augenbinde leicht verrutscht war, konnte ich durch den Schlitz erkennen, dass das Haus, in das sie mich führten, mit blauen Plastikplanen von der Außenwelt abgeschirmt war. Ein Teil des Gebäudes war stark beschädigt, sie hatten große Löcher in die Außenwand gebrochen und das Dach halb abgedeckt.

Die Augenbinde nahmen sie mir im Hausflur ab. Er hing voller Barockspiegel, die aber zweifellos nicht echt waren, die Türklinken waren aus billigem Goldimitat. Dann stiegen wir in den Keller. Das Weinregal hatten die Banausen einfach zur Seite gekippt, so dass fast alle Flaschen zerbrochen waren. Es stank entsetzlich nach Alkohol. Eine Kellerwand war vollkommen freigeräumt, daneben, zu beiden Seiten, war Schutt aufgehäuft. Feiner Staub hing in der Luft, den die drei starken Baulampen kaum durchdringen konnten. Sie hatten die Wand aufgestemmt und dahinter eine Stahltür freigelegt. Auf ihrer Mitte, in Augenhöhe, prangte erhaben ein Hakenkreuz.

Ich spürte, wie mir die Tränen kamen. Innerlich nahm ich Haltung an.

„Und?", fragte der Albino ungeduldig.

Er war der Chef der Truppe und machte nicht den Eindruck, dass gut Kirschen essen mit ihm war.

Ich nickte kaum merklich, ging auf die Knie und untersuchte die Tür genauer. In der unteren rechten Ecke fand ich meine Initialen, HH, die ich vor 75 Jahren mit einem Diamantschneider in den Stahl geritzt hatte. Ich ertastete die Riefen mit den Fingerkuppen. Ein so starkes Glücksgefühl durchwallte mich, dass mir fast die Sinne schwanden.

„Ja, das ist es", antwortete ich mit einer Befriedigung, die tief aus meinem Inneren kam. „Ich habe es Ihnen doch gesagt."

Obwohl ich ihn nicht sah, spürte ich, wie der Albino erleichtert ausatmete.

„Okay, und wie kriegen wir das Ding auf?", fragte er.

Genau das war das Problem. Nicht nur das Hakenkreuz befand sich auf der Tür, sondern auch ein Schloss. Es war kein gewöhnliches Schloss, das man mit einem Schlüssel öffnen konnte, sondern ein von unserer Enigma, der berühmten Verschlüsselungsmaschine, abgeleitetes interaktives Zahlenschloss. Damals war es das Modernste überhaupt, auch wenn die Superrechner der Geheimdienste heute nur Sekunden brauchen, einen solchen Code zu knacken. Dass das Schloss noch funktionierte, davon ging ich aus. Wir hatten für die Ewigkeit gebaut.

„Wir brauchen den richtigen Code", sagte ich.

„Na, dann geben Sie ihn doch ein!", herrschte mich Bosko ungeduldig an. „Genau dafür sind Sie doch da, alter Mann."

Ich brauste auf, sah aber schnell ein, dass eine Konfrontation nichts bringen würde. Das Dumme war nur, dass ich mir damals per Autosuggestion selbst befohlen hatte, den Code zu vergessen für den Fall, dass ich dem Feind in die Hände fiel.

„Zwanzig, null, vier, achtzehn, neunundachtzig", sagte ich.

Es war Führers Geburtstag und nur eine Vermutung, dass dies die gesuchte Kombination sein könnte. Aber das wäre zu einfach gewesen. Der Albino gab die Zahlen ein und rüttelte an der Tür, doch sie blieb zu.

„Also was?", wandte er sich wütend zu mir um. „Ist das alles, was Sie wissen?"

„Probieren Sie bitte null, eins, null, neun, neunzehn, neununddreißig", erwiderte ich höflich.

Es war das historische Datum, an dem wir morgens um 5 Uhr 45 auf die polnischen Provokationen geantwortet und zurückgeschossen hatten, also eine durchaus wahrscheinliche

Zahlenkombination. Doch auch sie erwies sich als falsch. Nun hatte der Albino genug.
„Sprengen", sagte er. „Wir sprengen die Tür auf."

## 7.11., 13:09 h, Magnus A., 48, Meinungsforscher

Unsere erste Blitzumfrage starteten wir am Dienstagvormittag, unmittelbar nach der inzwischen berühmt gewordenen Fernsehansprache der Bundeskanzlerin. Wir befragten 2.448 Personen aller Altersgruppen zwischen 18 und 75 Jahren, wobei wir wie immer streng darauf achteten, einen repräsentativen soziologischen Querschnitt der deutschen Bevölkerung abzubilden, was Einkommen, Bildung, Beruf, Religion, Geschlecht, Familienstand, Migrationshintergrund, regionale Verwurzelung, politische Präferenzen sowie einige andere Variablen betrafen.

In diesem ersten Stimmungstest sprachen sich, pauschal gesagt, etwa zwei Drittel der Befragten gegen die Entscheidung der Regierung aus, Dahlem langfristig an die Chinesen zu verpachten. Natürlich gab es Unterschiede zwischen den einzelnen Gruppen, doch generell war das Meinungsbild einheitlich.

Bei unserer zweiten Umfrage, drei Tage später, sah die Sache schon ganz anders aus. Offenbar war ins allgemeine Bewusstsein gedrungen, dass die Regierung vorhatte, die finanziellen Segnungen, die der Deal mit sich brachte, in vollem Umfang an die Bevölkerung weiterzugeben. Die Ergebnisse dieser zweiten Erhebung zeigten denn auch ein deutlich anderes, wenngleich recht uneinheitliches Bild.

Die einkommensstarken, gebildeten, älteren, religiös gebundenen und eher rechtsgerichteten Schichten nahmen weiterhin eine stark ablehnende Haltung ein, im Süden mehr noch als im Norden, während sich jüngere, ledige, männliche, einkommensschwache, weniger gebildete, atheistische und mehr linksorientierte Gruppen, die vor allem in den östlichen Bundesländern zu Hause waren, mit der Maßnahme einverstanden zeigten. Einer starken dritten Gruppe, die mehr als vierzig Prozent umfasste, war alles egal, sie wollte keine Meinung äußern.

Wir schlossen daraus, dass ideologische Präferenzen eine umso geringere Rolle spielten, je mehr ökonomische Parameter, welche direkte Auswirkungen auf die Befragten selbst hatten, an Bedeutung gewannen. Zogen die Befragten also persönlich handfeste finanzielle Vorteile aus den Regierungsentscheidungen, so zeigten sie sich mit diesen selbst dann einverstanden, wenn sie ihren weltanschaulichen Überzeugungen diametral widersprachen.

Für die Regierung war dies eine gute Nachricht. Aber auch eine Verpflichtung. Denn die Bevölkerung, auch dies konnte man aus den Umfragen herauslesen, würde sich mit den bisherigen Wohltaten nicht zufriedengeben.

**7.11., 13:31 h, Bernd S., 29, Kellner**

Da sich ein Kollege krank gemeldet hatte, musste ich auch am Samstag im Kanzleramt zum Kellnern antreten. Im Gegensatz zu den Tagen davor war die Atmosphäre geradezu entspannt, vor wenigen Minuten waren die jüngsten Umfrageergebnisse reingekommen. Die Regierung befände sich auf dem aufsteigenden Ast, besagten sie, ihr Rückhalt im Volk habe deutlich zugenommen.

Dementsprechend herrschte im Großen Kabinettssaal nicht mehr die deprimierende Atmosphäre eines kollektiven Besäufnisses, sondern die heitere Anmutung eines fröhlichen Umtrunks. Alle gratulierten sich gegenseitig zu der mutigen Entscheidung, die sie nach langem Ringen getroffen hatten. Der Ritt auf der Rasierklinge schien gelungen. Als Hintergrundmusik lief „Er hat ein knallrotes Gummiboot" von Manuela.

Zudem waren, angeregt durch die weltweit beachtete Verpachtung von Dahlem an die Chinesen, mehrere interessante

Offerten eingetroffen. Ein japanisches Konsortium bot eine immense Summe für den Erwerb von Heidelberg inklusive der über dem Neckar thronenden romantischen Schlossruine, als akzeptable Alternative wurde auch das mittelalterliche Rothenburg ob der Tauber angesehen. Es besaß den Vorteil, dass es bereits von einer Stadtmauer umgeben war, Donald Trump würde kein Geschäft hier machen. Ein arabischer Scheich zeigte großes Interesse an Schloss Neuschwanstein, wo er sein Domizil mit seiner Großfamilie aufzuschlagen gedachte. Er war bereit, jeden geforderten Betrag zu zahlen.

„Sollen wir jetzt unser ganzes Tafelsilber veräußern?", entsetzte sich die Kanzlerin.

„Das meiste ist doch ohnehin schon weg", sagte der Finanzminister. „Aber wenn genug gezahlt wird, kein Problem, wenn Sie mich als Fachminister fragen. Wir sind flexibel."

Die Musik im Hintergrund hatte gewechselt. Jetzt sang Wencke Myhre „Alles und noch viel mehr".

„Ja, alles muss raus!", rief der Justizminister und lachte dröhnend.

Er ergriff ein kleines Deutschlandfähnchen und schwenkte es ausgelassen hin und her.

„Schlussverkauf in Schland!"

Er war eine echte Frohnatur.

„Außerdem könnten wir die Objekte ja zurückleasen, ebenfalls für 99 Jahre", brachte der Innenminister eine neue Idee ins Spiel. „Das ist für alle ein Geschäft, auch für uns persönlich. Wir kreieren ständig frisches Geld, immer wieder."

„Und kassieren, und kassieren", brummte die Büroleiterin.

Im Geist zählte sie wohl schon die Scheine.

„Bis wir ganz Deutschland verscherbelt haben", sagte der Finanzminister. „Aber das dauert. Wenn es soweit ist, sind wir alle schon in Rente."

„Perpetuum Mobile", gluckste der Vizekanzler. „Wir werden die beliebteste Regierung aller Zeiten sein."

Er schaukelte in einem Ledersessel, sein Hemd spannte über seinem mächtigen Bauch. Die Schuhe hatte er ausgezogen. Er war von Cognac auf Riesling-Wermut mit

Eis umgestiegen. Es war das neue In-Getränk und selbstverständlich auch in meinem Sortiment enthalten.

„Was meinen Sie mit Perpetuum Mobile?", fragte die Gesundheitsministerin mit scharfer Stimme, misstrauisch wie immer.

Alles, was sie nicht verstand, war für sie Feind. Sie war über die Gender-Quote in die Regierung gekommen und wurde daher nicht für voll genommen. Dem Küchenkabinett gehörte sie an, weil die Kanzlerin nicht allein von Männern umgeben sein wollte. Keiner ließ sich dazu herab, sie einer Antwort zu würdigen. Die Musik spielte ohnehin woanders. Noch hatte die Kanzlerin sich nicht dazu geäußert, wie sie auf die neuen Offerten reagieren wollte.

„Denken Sie an Ihre Prozente, Frau Kanzlerin", kiekste der Justizminister und hibbelte nervös von einem Fuß auf den anderen.

Er hatte noch ein Reihenhaus im Mainzer Hinterland abzuzahlen und besaß daher ein besonderes Interesse an seiner Provision. Dass er gerade erst zehn Millionen für den Dahlem-Deal eingesackt hatte, hatte er schon nicht mehr auf dem Schirm. Nun ja, er kiffte eben gern, das vernebelt einem schon mal das Kurzzeitgedächtnis.

„Das will alles wohl überlegt sein", sagte die Kanzlerin und versank in ihre sphinxhafte Denkerhaltung, die sie im Lauf der Jahre kultiviert hatte. Im Museum hatte sie mal die berühmte Skulptur „Der Denker" von Auguste Rodin gesehen, die sie schwer beeindruckt hatte. Sie arbeitete bereits an ihrem Bild für die Nachwelt.

„Viel Zeit haben wir nicht mehr, Frau Kanzlerin", sagte der Finanzminister. „Geld stellt die Menschen immer nur für eine Weile ruhig. Dann müssen wir nachschießen."

Die Kanzlerin antwortete nicht. Sie starrte, die rechte Hand aufs Kinn gestützt und zwei Finger im Mund, auf die Silhouette des Regierungsviertels, dessen verglaste Gebäude sich im milden Licht der frühen Nachmittagssonne langsam golden färbten. Sie schien nachzudenken, doch wenn man genauer hinsah, wurde klar, dass sie lediglich ihr Spiegelbild bewunderte, das die blank geputzte Panoramascheibe zurückwarf.

## 7.11., 14:28 h, Heinrich H., 98, Sturmbannführer

Natürlich schafften sie es nicht, die Tür mit Gewalt zu öffnen. Die Sprengung war ebenso erfolglos wie die hartnäckige Bearbeitung mit zwei schweren Vorschlaghämmern, was sie eine Stunde lang hartnäckig versuchten. Es war ein Höllenlärm, doch es gelang ihnen noch nicht mal, eine Delle in die Tür zu schlagen. Sie bestand aus extra gehärtetem, mit Wolframcarbid angereicherten Kruppstahl, dem besten und widerstandsfähigsten Material, das wir damals produzieren konnten.

Auch die Wand daneben durchbrechen zu wollen war aussichtslos, sie bestand aus vier Meter dickem armierten Stahlbeton, ähnlich wie der Führerbunker, seinerzeit das am besten abgeschirmte Gebäude der Welt. Es hätte Tage, wenn nicht Wochen gedauert, hier durchzukommen. Ich zermarterte mir derweil den Kopf, wie der Code wohl lauten konnte, den ich mir doch selber ausgedacht hatte. Verzweifelt versuchte ich mich in die Situation von damals, Frühjahr 1945, zurückzuversetzen. Es war eine Art Selbsthypnose.

Irgendwann sah auch der Albino ein, dass die Brachialgewalt sinnlos war.

„Ist Ihnen was eingefallen?", fragte er.

Ja, ich sah eine Möglichkeit. Eine entfernte. Am plausibelsten erschien mir eine Zahlenkombination, auf die kein anderer außer mir kommen konnte. Also musste sie etwas mit mir persönlich zu tun haben. Mein Geburtsdatum wäre zu offensichtlich gewesen. Mein offizielles Geburtsdatum jedenfalls. Mein wahres Geburtsdatum indes kannte keiner außer mir. Wer außerdem davon Kenntnis gehabt hatte, war schon lange tot. Der Pfarrer hatte bei der Eintragung ins Taufbuch einen Fehler gemacht und meinen Geburtstag um eine Woche nach hinten verlegt. Der Schreibfehler war nie korrigiert worden und in Vergessenheit geraten. Erst viele Jahre später, auf ihrem Sterbebett, hatte meine Mutter, die sich auch nur noch dunkel daran erinnerte, mir davon erzählt.

„Siebzehn, null, sieben, neunzehn, zweiundzwanzig", sagte ich.

Der Albino gab die Ziffernkombination ein und drehte am Rändelrad. Man hörte ein mehrmaliges Klacken aus dem Inneren des Mechanismus. Dann öffnete sich die Tür, ohne im Geringsten zu knarren oder zu knarzen. Seidenweich schwang sie auf und gab den Blick ins Innere frei.

**7.11., 16:14 h, François V., 33, Botschaftssekretär**

Die ersten Flüchtlinge erschienen am frühen Dienstagvormittag am vergitterten Eingangstor. Da wir traditionell eine gastfreundliche Nation sind, gewährten wir ihnen ganz selbstverständlich Asyl, ohne sie nach ihren Ausweisen zu fragen oder zu prüfen, ob sie nach völkerrechtlichen, juristisch klar definierten Kriterien tatsächlich als Verfolgte zu betrachten waren.

Wir sind nur ein kleines, unbedeutendes Land auf der Weltkarte, es befindet sich im malariaverseuchten Landesinneren nicht weit von der westafrikanischen Küste. Die feuchtheißen Temperaturen sind für Europäer unerträglich. Kulturelle Sehenswürdigkeiten besitzen wir nicht, die Landschaft ist einförmig. Undurchdringlicher Dschungel, so weit das Auge reicht, durchzogen von verschlammten Flüssen, die voll mit Krokodilen, Wasserschlangen und anderem unangenehmen Getier sind.

Daher hält sich auch der Tourismus in bescheidenen Grenzen, zumal immer wieder ethnisch bedingte bürgerkriegsähnliche Scharmützel in manchen Landesteilen aufflammen, was vor allem an den hochmodernen Waffen liegt, die in unser Land geschmuggelt und von den Rebellen mit Blutdiamanten bezahlt werden. Das deutsche Auswärtige Amt hat unser Land sogar mit einer Reisewarnung belegt, eine Maßnahme, die ich für nicht gerechtfertigt halte. Doch als Diplomat minderen Ranges steht mir eine Kritik nicht zu.

Der Großteil unserer Staatseinnahmen beruht auf den Bodenschätzen, die von ausländischen Konzernen abgebaut werden. Sie transferieren fast alle Gewinne ins Ausland, dagegen können wir wenig unternehmen. Würden wir die Verträge kündigen, hätten wir sofort eine internationale Eingreiftruppe im Land.

Das wirtschaftliche Elend ist groß. Viele unserer jungen Männer verlassen ihre Heimat und versuchen nach Europa zu gelangen, um von dort aus ihre Verwandten zu versorgen. Immerhin geben die Konzerne uns so viel von ihren Profiten ab, dass wir als eigenständiger Staat existieren können, hinzu kommt die Entwicklungshilfe (auch von Deutschland), die allerdings zu großen Teilen in der Verwaltung versickert.

Wir wissen um diese Defizite, können sie aber auch nicht von heute auf morgen abstellen. Dazu sind die korrupten Strukturen zu verfestigt, sie sind ein Erbe aus der Kolonialzeit. Nun, es gibt Länder, denen es bedeutend schlechter geht.

Immerhin können wir uns dank der finanziellen Unterstützung von Apple und Samsung, die über eine gemeinsame Tochterfirma unsere Coltanminen ausbeuten, eine Botschaft im vornehmen Dahlem leisten, es ist eine schmucke kleine Jugendstilvilla mit Garten, die von einem hohen Zaun umgeben ist. Natürlich hatten wir von den neuesten politischen Entwicklungen gehört, doch sie betrafen uns wenig, da unsere Botschaft exterritoriales Gebiet ist. Genau dies jedoch war der Grund, dass wir zunehmend von Bürgern überrannt wurden, die Dahlem um jeden Preis verlassen wollten. Da der Weg über die Mauer versperrt war und sämtliche Fluchtversuche bisher verhindert worden waren, erschien es vielen als der letzte Ausweg, Asyl in einem neutralen Land zu beantragen.

Ich weiß auch nicht, warum gerade wir so beliebt waren, andere Botschaften verzeichneten weitaus weniger Asylbewerber. Womöglich lag es daran, dass wir alle Ankommenden so gut behandelten, wie es uns nur möglich war, und niemanden abwiesen. Dies sprach sich offenbar herum. Wir waren freundlich, gaben jedem Schutzsuchenden zu essen und zu trinken und boten ihm einen Schlafplatz an. Außerdem erhielt jeder ein kleines Spielzeugkrokodil aus Plastik als Willkommensgruß. Die Chinesen hatten uns vor einigen Jahren 50.000 von den Dingern als Entwicklungshilfe geschickt. Im Keller standen noch ein paar Kisten herum, die voll mit ihnen waren.

Wir erinnerten uns alle noch gut an die großzügige humanitäre Geste der Bundeskanzlerin, als sie im September 2015 Flüchtlinge aus aller Welt persönlich nach Deutschland einlud, ohne eine Obergrenze zu setzen. Da wollten wir nicht zurückstehen. Doch bald stießen wir an die Grenzen unserer Kapazität. Unsere Botschaft hat gerade einmal zehn Zimmer, davon räumten wir drei für die Flüchtlinge frei. Doch mehr als zwölf Personen konnten auch wir nicht in einem Raum unterbringen, auch wenn sie überwiegend auf dem Boden schliefen.

Wir gingen daher dazu über, Zelte im Garten aufzustellen und eine Garküche einzurichten. Wir merkten bald, dass es den feinen Herrschaften, die bei uns Zuflucht suchten, nicht so schmeckte, wie sie es vielleicht erwartet hatten. Nun gut, vielleicht sind die traditionellen westafrikanischen Gerichte unseres Kochs etwas gewöhnungsbedürftig für europäische Zungen, aber ich persönlich finde, dass gegen Kochbananenstampf, Pfeffersuppe und Yamswurzelbrei mit stark gesüßtem Tee als Begleitgetränk wenig einzuwenden ist, schließlich ernährt sich unser ganzes Volk davon. Fisch und Fleisch für diese Menschenmassen bereitzustellen hätte unsere finanziellen Möglichkeiten überstiegen.

Um ein Minimum an Hygiene aufrecht zu erhalten, stellten wir Bottiche mit Waschwasser im Garten auf, das selbstverständlich mehrfach benutzt werden musste. Wir machen das zu Hause auch nicht anders, sauberes Wasser ist ein kostbares Gut. Unsere Gäste, deren Zahl bald zweihundert überstieg, waren davon nicht begeistert, genauso wenig wie von den Feldbetten und Luftmatratzen, die wir ihnen als Liegestatt zuwiesen. Immerhin lieferte uns das Rote Kreuz genügend Kissen und Decken, so dass keiner der Schutzsuchenden frieren musste. In einer hinteren Ecke des Gartens installierten wir ein Plumpsklo.

Alles keine idealen Bedingungen, das war uns bewusst. Aber ein wenig mehr Dankbarkeit hätten wir von den Asylanten schon erwartet.

## 7.11., 16:43 h, Heinrich H., 98, Sturmbannführer

Fast zwei Stunden mussten wir warten, bis der Chef des Albinos, ein gewisser Hui Dai Phen, endlich kam. Ohne ihn durften wir den freigelegten Gang nicht betreten, es war sein ausdrücklicher Befehl.

Er hielt sich vorsichtig im Hintergrund, als wir in den Stollen vordrangen. Wahrscheinlich befürchtete er versteckte tödliche Fallen, die wir damals eingebaut hatten, um unerwünschte Besucher fernzuhalten. Deshalb musste ich an der Spitze gehen, im Zweifelsfalle sollte ich das erste Opfer sein. Wahrscheinlich hatte Hui Dai Phen zu oft „Indiana Jones" gesehen.

Doch von versteckten Fallen konnte keine Rede sein. Stattdessen fanden wir einige verblichene Gerippe in SS-Uniformen, die in grotesk verrenkten Stellungen am Boden lagen. Ich sah mir die Erkennungsmarken an und brach fast in Tränen aus. Es waren alte Kameraden, die hier ihre letzte Ruhe gefunden hatten und die wir pietätlos störten. An fast jeden einzelnen Namen erinnerte ich mich, jeder Totenschädel erhielt nun wieder ein Gesicht.

„Kommen Sie, wir müssen weiter", rief der Albino.

Doch ich ließ mich nicht drängen, es war ein zu bewegender Moment. Fünfundsiebzig Jahre, ein Dreivierteljahrhundert, hatte ich darauf gewartet. Einer der Schädel war etwas zur Seite gekullert, doch es war ersichtlich, zu welchem Skelett er gehörte. Die halbvermoderten Knochen waren von den Resten einer schwarzen Offiziersuniform umhüllt. Um den Ansatz der Wirbelsäule hing ein Ritterkreuz. Die Erkennungsmarke verschaffte mir Gewissheit. Es war mein ehemaliger Kommandeur, SS-Standartenführer von Z., einer der Treuesten der Treuen. Ich richtete mich auf, nahm Haltung an und salutierte. Dann entbot ich ihm den Deutschen Gruß.

„Keine Sentimentalitäten, alter Mann!"

Das war wieder der Albino. Diese jungen Leute haben keinen Sinn für Anstand, Tradition und Sitte. Und keinen Respekt vor dem Alter. Wäre ich fünfzig Jahre jünger gewesen, ich hätte ihn schon Mores gelehrt. Ich ging also weiter, schließlich war ich selber neugierig. Der Stollen machte einen Knick und erweiterte sich zu einer weitläufigen Halle mit einer Deckenhöhe von mindestens sechs Metern.

Es war atemberaubend. Die Halle war bis in den letzten Winkel mit Kunstgegenständen angefüllt, deren unschätzbarer Wert bereits auf den ersten Blick hin deutlich wurde. Prächtige Gemälde aus allen Epochen, bewundernswert gearbeitete antike Statuen, ganze Flügel von mittelalterlichen Altären, mannshohe geschnitzte Heiligenfiguren, kunstvoll gewebte Gobelins, fein gedrechselte Möbel aus Renaissance, Barock und Rokoko. Größtenteils unverpackt. Wir mussten viel improvisieren in den letzten Kriegstagen, da ging einiges drunter und drüber. Aber es schien alles unberührt, genau so, wie ich es in Erinnerung hatte.

Hinter mir war alles still. Die Chinesen kamen aus dem Staunen nicht mehr heraus. Ich drehte mich um und deutete auf die Schätze.

„Hier", sagte ich stolz, „hier ist die Kunst, die der Reichsmarschall über viele Jahre hinweg gesammelt hat. Was die Amerikaner nach Kriegsende in Berchtesgaden und der Steiermark beschlagnahmt haben, war zweitklassig. Nur ein Köder. Dies hier ist die eigentliche Sammlung, das Beste vom Besten."

Es war der Albino, der uns wieder auf den Boden der Tatsachen zurückholte.

„Sucht die Statue", befahl er.

**7.11., 21:59 h, Walter Ü., 54, Bauunternehmer**

Wir trafen uns am Abend in der "Dahlem-Klause", so wie wir es abgesprochen hatten. Drei Pils zum Warmwerden, das musste sein. Dann gingen wir in den Keller und stemmten die Wand auf. Mit meinem Pfadfinderkompass legte ich fest, in welche Richtung der Stollen vorangetrieben werden sollte. In Luftlinie war die Mauer nur etwa dreihundert Meter entfernt, das Vorhaben war also durchaus machbar. Wir mussten nur tief genug graben, um unbemerkt unter der Mauer durchzukommen. Auch durfte von den Grabungsarbeiten nichts zu hören sein. Ich rechnete mit einer Tiefe von mindestens zweieinhalb Metern.

Das Problem war nur, dass keiner von uns je im Leben körperlich gearbeitet hatte. Und wir waren keine zwanzig mehr. Obwohl wir uns abwechselten (die einen buddelten, die anderen tranken Bier), hatten wir alle bald Blasen an den Händen. Wir fluchten und umwickelten die wunden Stellen mit feuchten Tüchern, doch das nutzte nichts. In Plastiktüten trugen wir die ausgehobene Erde nach oben und entsorgten sie im Hinterhof der "Dahlem-Klause". Um die endgültige Lagerung des Abraums würden wir uns später kümmern. In der Nähe war ein Kinderspielplatz, der dortige Sandkasten bedurfte dringend einer Auffüllung.

Nach zwei Stunden hatten wir kaum mehr als eineinhalb Meter geschafft. Der Stollen war so niedrig, dass wir auf dem Bauch hätten robben müssen, um ihn zu passieren. Das war keinem von uns zuzumuten. Außerdem bestand die Gefahr, dass der eine oder andere steckenblieb, wir sind schließlich stattliche, beleibte Männer. Eine Höhe von einem Meter fünfzig sollte der Stollen schon haben, da waren wir uns einig.

Wir machten noch eine volle Stunde weiter, dann hatten wir genug. Wir klopften uns gegenseitig auf die Schultern, als wir unseren Absacker nahmen. Ich rechnete aus, dass wir bei diesem Tempo mindestens ein Dreivierteljahr brauchten, um auf die andere Seite der Mauer zu gelangen.

Zu diesem Zeitpunkt wusste ich allerdings noch nicht, dass mein Kompass kaputt war. Die Nadel zeigte zwar Norden an, doch wies sie in Wahrheit nach Süden.

Wir gruben in die falsche Richtung.

### 7.11., 23:04 h, Felix J., 24, BWL-Student

Seit Tagen war ich verzweifelt auf der Suche nach Clara. Ich kämmte ganz Dahlem durch, fragte jeden, den ich kannte und auch jeden, den ich nicht kannte. Ich ging in Spelunken wie die "Dahlem-Klause" und Tortenfriedhöfe wie das "Café Tulpeneck", ich fragte in Geschäften, klopfte an Fenster und Türen und schlich viele Kilometer an der Mauer entlang. Auf der Polizeiwache lachten sie mich aus. Mehrmals suchte ich das Baseballfeld am Hüttenweg, wo ich Clara bei dieser chaotischen Bürgerversammlung zuletzt gesehen hatte, nach etwas ab, das mir einen Hinweis auf ihren Verbleib hätte geben können. Alles vergebens.

Ich war ratlos. Dann kam mir der Zufall zu Hilfe. In einer Bar (ja, sogar im gutbürgerlichen, verschlafenen Dahlem gibt es eine Bar, eine einzige, sie ist ein Überbleibsel aus den fünfziger Jahren des vorigen Jahrhunderts und gehört zur örtlichen Folklore), in dieser Bar also bestellte ich am späten Abend in meiner Verzweiflung einen Single Malt Whisky, es war das erste Mal in meinem Leben. Beim ersten Schluck stellte ich fest: Dieses Getränk ist sehr speziell. Ich beschloss, mich auf jeden Fall daran zu gewöhnen, zumindest für den heutigen Abend.

Die Bar war nicht sehr gut besucht, genauer gesagt waren nur zwei Gäste da, ich und eine langbeinige Schwarzhaarige mit einem etwas schwülstigen Outfit, die zwei Schritte neben mir mit dem Gesicht fast auf dem Tresen hing, die Lippen nur Zentimeter vom kläglichen Rest eines doppelten Gin Tonic entfernt. Sie hatte eindeutig zu viel getrunken, führte leise Selbstgespräche und kicherte dabei. Der Barmann putzte Gläser und war im Grunde gar nicht da.

Normalerweise finde ich es eher peinlich, fremden Menschen dabei zuzuhören, wenn sie intime Gedanken von sich geben. Manche Leute kennen ja keine Scham. In der S-Bahn führen sie laute Handy-Gespräche, bei denen Dinge zur Sprache kommen, die nun wirklich keiner mitbekommen will. Ich versuche dann wegzuhören oder stopfe mir die Kopfhörer in die Ohren. Hier jedoch merkte ich auf.

Unter all dem Geblubber, das die Schwarzhaarige von sich gab, hörte ich das Wort Clara heraus.

Eine Sekunde später stand ich neben ihr.

„Noch einen Drink?", fragte ich.

Sie starrte mich mit glasigen Augen an und nickte.

Als der Gin Tonic vor ihr stand, stießen wir an.

„Angelina", stellte sie sich vor.

„Also, Angelina, wo haben Sie Clara kennengelernt?"

Gar nicht, stellte sich heraus. Angelina war offenbar bei einer privaten Feier von Chinesen als Tänzerin, okay, als Nackttänzerin, aufgetreten. Es musste hoch hergegangen sein. Sex und Alkohol, Koks und Karaoke, die ganze Palette. Auch sie selbst hatte neben etlichen Drinks ein oder zwei Lines genommen. Immerhin war sie noch so klar im Kopf, dass sie mitbekam, wie sich zwei der Chinesen und ein Albino über eine gewisse Clara unterhielten. Als sie den Albino erwähnte, klingelten bei mir sämtliche Alarmglocken.

„Wo war die Party?", fragte ich. „Würden Sie das Haus wiederfinden?"

Sie nickte bedächtig. Jede noch so kleine Bewegung bereitete ihr offenbar eine kaum zu bewältigende Anstrengung.

„Ich hab's aufgeschrieben", sagte sie und kramte in ihrer Handtasche. „An deiner Stelle würde ich aber nicht dahin gehen. Mit den Typen dort ist nicht gut Kirschen essen."

Sie förderte einen mehrfach zusammengefalteten Zettel zutage und gab ihn mir. Auf ihm stand eine Adresse.

„Und was bekomme ich dafür, Süßer?", fragte Angelina.

„Ich spendier' Ihnen noch'n Drink", antwortete ich.


**8.11., 09:10 h, Wendelin L., 31, NGO-Mitarbeiter**


Als Mitarbeiter einer wohltätigen Nichtregierungsorganisation, einer NGO, war ich schon in vielen Ländern, um Decken, Medikamente und Nahrungsmittel an Arme und Hungernde zu verteilen. Afrika, Asien, der Nahe Osten, der

Balkan – alles, was Sie wollen. Es ist mir egal, wo ich eingesetzt werde, Hauptsache, ich kann helfen. Nun, diesmal war Berlin-Dahlem an der Reihe. Das Rote Kreuz hatte es in schwierigen Verhandlungen mit den neuen Herren ermöglicht, dass unser Lastwagen einen Checkpoint passieren durfte. Die Wachen kontrollierten peinlich genau, was wir geladen hatten, dann winkten sie uns durch.

Wir sind nichtkommerziell tätig und arbeiten auf Spendenbasis. Unser einziges Ziel ist es, Not zu lindern. Natürlich können wir nicht auf Sonderwünsche eingehen, wir geben, was da ist. Von unserem letzten Einsatz in Südostasien hatten wir noch einen Container mit Lebensmitteln übrig, wegen Zollschwierigkeiten war er nicht rechtzeitig in das von einem Tsunami verwüstete Zielgebiet geflogen worden. Er enthielt vor allem Reis, Nudeln, geräucherten Tofu, konservierte Algen, Sojasauce sowie grünen Tee. Die Chinesen fühlten sich geschmeichelt, dass wir, scheinbar aus Respekt vor ihnen, landestypische Nahrungsmittel ausgewählt hatten. Wir sagten ihnen nicht, dass es reiner Zufall war.

Dass die Lebensmittel nicht dem Geschmack der Dahlemer Einheimischen entsprechen würden, hatten wir schon fast befürchtet. Doch es war besser als nichts, dachten wir uns. Der Körper braucht Kalorien, ob es schmeckt, ist eine andere Sache. Der Hunger treibt's rein, wie ein altes Sprichwort sagt.

Wir hatten die Nahrungsmittel zu handlichen Care-Paketen geschnürt, es war von allem etwas drin. Wir parkten den Wagen vor dem "Café Tulpeneck" und ließen die Plane herunter. Es dauerte nicht lange, bis die ersten Notleidenden kamen. Dankbar nahmen sie die Pakete entgegen, ohne zu wissen, was drin war. Gleich neben unserem LKW rissen sie die milden Gaben auf.

Und waren enttäuscht. Ich weiß nicht, was sie erwartet hatten, aber es war jedenfalls nicht das, was sie bekamen. Als sie die Lebensmittel zum Teil verächtlich auf der Straße und dem Gehweg liegen ließen, waren wiederum wir wütend. Wir fragten uns, warum wir uns eigentlich ein Bein für diese arroganten Schnösel ausrissen.

Offenbar ging es den Menschen in Dahlem noch lange nicht schlecht genug.

## 8.11., 10:22 h, Alexander W., 42, Studienrat

Seit Tagen fiel die Schule nun schon aus und ich begann langsam, mir Sorgen zu machen. Wir haben schließlich einen Lehrplan, den wir erfüllen müssen, und sind gegenüber der Schulaufsicht dafür verantwortlich. Irgendwie war mir nicht klar, dass es diese Schulaufsicht seit einer knappen Woche, seit dem Mauerbau, gar nicht mehr gab. Zumindest war sie nicht mehr zuständig für uns. Ein neues Regime hatte die Macht übernommen.

Das ließen die Chinesen uns spüren. Für Sonntagmorgen (!) war eine Versammlung des Lehrkörpers anberaumt, in der uns die neuen Richtlinien mitgeteilt werden sollten. Um vollzähliges Erscheinen wurde nicht gebeten, nein, es wurde befohlen. Wer nicht kam, dem wurde Arbeitslager angedroht. Jeder von uns bekam eine in feingewebtes rotes Leinen gebundene Mappe in die Hand gedrückt, in der Fach für Fach die neuen Lerninhalte aufgelistet waren.

Erste Fremdsprache war nun Mandarin statt Englisch, aus Geschichte wurde chinesische Geschichte, hinzu kamen ein paar Orchideenfächer wie Seidenmalerei, Konfuzianismus, Kalligraphie, Gartenkunst, Astrologie und Akupunktur. Auf den neu ausgegebenen Landkarten erschien der erst kürzlich ins Leben gerufene Assoziierte Staatenbund aus der Volksrepublik China, dem wiedervereinigten Korea, Singapur und Taiwan als „Großchinesisches Reich", die Senkaku-Inseln im Ostchinesischen Meer, die völkerrechtlich bisher Japan zugerechnet wurden, waren nun ins Reich der Mitte eingemeindet. Als Erdkundelehrer sah ich es sofort. Im Sportunterricht wurde Weitsprung in „Der Große Sprung nach vorn" umbenannt. Wer Extra-Punkte erwerben wollte, konnte sich in der „Kunst des Kotau" unterrichten lassen.

Disziplin stand hoch im Kurs. Dass die Schüler und Schülerinnen nun ausdrücklich angehalten waren, ihren Lehrern „mit Hochachtung und Ehrfurcht" zu begegnen, gefiel mir sehr. Taten sie es nicht, waren Stockschläge von oben auf die ausgestreckten Hände als Strafe vorgesehen. Auch dies ging in Ordnung. Viele unserer heutigen Probleme gäbe es nicht, hätten wir solche Körperstrafen doch nur beibehalten. Ich nahm mir vor, schon einmal nach einem festen und zugleich biegsamen Bambusstock Ausschau zu halten. Es gab gewiss noch Steigerungen im Strafenkatalog.

**8.11., 11:31 h, Ferdinand R., 70, Privatier**

Die vergangenen Tage waren wir damit beschäftigt, alle Teile unseres Hausstands, die uns lieb und teuer waren, auszuwählen und in den ersten Stock zu schaffen. Den Rest deponierten wir im Keller. Wir mussten damit rechnen, dass sie abtransportiert wurden, weil der Platz gebraucht wurde, und verabschiedeten uns daher innerlich von ihnen. Es fiel uns nicht leicht, denn wir hatten ein halbes Leben mit ihnen verbracht. Aber man soll ja nicht zu sehr an materiellen Dingen hängen.

Unsere neuen Mitbewohner kamen am Sonntag gegen Mittag. Es war eine chinesische Familie mit sechs Kindern, die sich sogleich, der Körpergröße nach geordnet, vor dem Haus in einer Reihe aufstellten und höflich warteten, bis wir sie ansprachen. Sie trugen putzige Mao-Anzüge, jedes Kind besaß seine eigene Farbe, die es immer trug, damit man sie auseinanderhalten konnte. Es war mir schleierhaft, wie es die Eltern angesichts der langjährigen Ein-Kind-Politik der chinesischen Regierung geschafft hatten, so viel Nachwuchs in die Welt zu setzen. Vermutlich waren sie Parteigenossen, für die galten ohnehin andere Regeln. Als sich die Eltern ehrerbietig vor uns verneigten, taten es auch die Kinder in einer einzigen synchronen Bewegung. Es wirkte geradezu elegant. Man musste anerkennen, dass sie ausgesprochen wohlerzogen waren.

Doch dieser erste Eindruck hielt nicht lange vor. Kaum waren sie mit Sack und Pack im Haus, erkundeten sie mit Toben und Geschrei ihr neues Heim. Als sie unsere sorgfältig verpackte chinesische Vase im Keller umwarfen, winkte der Vater, nach Besichtigung des Malheurs, lächelnd ab. Es sei doch ohnehin nur eine billige Kopie, meinte er. Dass es ein Geschenk meines verstorbenen Bruders war, interessierte ihn nicht.

„Schlechte Arbeit, Verzeihung", sagte er und verbeugte sich tief. „Ist gut, dass kaputt."

Ich hätte platzen können vor Wut, konnte aber nichts ausrichten. Als sie auch noch traditionelle chinesische Musik in voller Lautstärke auflegten, verzogen wir uns in unser Reich im ersten Stock, sperrten die Treppe mit einem rot-weißen Plastikband ab und steckten uns Stöpsel in die Ohren, damit wir die Musik sowie das Gebollere, das Geschrei und laute Lachen der sechs Kinder nicht mehr hören mussten. Zitternd vor Wut hockten wir auf unserem Sofa und fragten uns, womit wir das nur verdient hatten.

Wenn wir gewusst hätten, dass dies erst der harmlose Anfang war, hätten wir uns wahrscheinlich die Kugel gegeben.

### 8.11., 13:19 h, Ludger W., 33, Privatchauffeur

Der Privatjet aus Guangzhou, eine Bombardier Global 7000, landete nur fünf Minuten später als geplant auf dem abgesperrten Teil des Flughafens Tegel, der für Regierungsmaschinen und Special Flight Movements reserviert ist (der Flughafen Berlin Brandenburg ist ja immer noch nicht fertig, als neuer Eröffnungstermin wird nunmehr der 1. Juni 2024 gehandelt). Ich war mit meiner Pullman S-Klasse engagiert worden, eine hochgestellte Persönlichkeit abzuholen und an einen vorab nicht genannten Ort zu chauffieren. Natürlich besaß ich eine Ausnahmegenehmigung, auf dem Rollfeld vor dem Flieger vorzufahren. Es nieselte leicht, der Himmel war von Wolken verhangen, und es war kalt.

Kaum dass die Triebwerke ausgeschaltet waren, öffnete sich die Kabinentür und die flugzeugeigene Gangway fuhr aus. Es dauerte nicht lange, bis ein Mann im Rollstuhl vorsichtig die Treppe heruntergehoben wurde. Er war ein uralter Chinese mit einer pergamentartigen grauen Haut und so winzig, dass er in seinem Rollstuhl zu versinken schien. Er trug eine riesige Sonnenbrille und einen Anzug mit Krawatte, über seine Knie war eine Decke gelegt. Eine Maske, die über einen Schlauch mit einer Metallflasche verbunden war, versorgte ihn mit Sauerstoff. Er atmete rasselnd und unregelmäßig, von seiner Umgebung schien er nichts wahrzunehmen. Man hatte mich auf so etwas vorbereitet. In der Pullman-Limousine war genug Platz für meinen Gast, seinen Rollstuhl, eine Krankenschwester und drei Aufpasser.

Es ging nach Dahlem. Ich hatte mitbekommen, dass der Ortsteil seit vergangener Woche Sperrgebiet war, aber ich traute mich nicht zu fragen. Sie würden schon wissen, was sie taten, ich bin nur der Fahrer. Keiner sprach ein Wort. Die chinesische Krankenschwester schaute alle paar Minuten, ob ihr Patient noch atmete, und kontrollierte seine Blutdruckwerte. Zwei Leibwächter blickten grimmig, ein weiterer saß neben mir auf dem Beifahrersitz und kontrollierte argwöhnisch jede meiner Bewegungen. Als wäre ich noch nie im Leben Auto gefahren!

Als wir uns dem Checkpoint näherten, war ich gespannt, wie sie die Situation meistern würden. Doch es war weit weniger dramatisch als gedacht. Offenbar wurden wir erwartet. Die Schranke ging hoch, kein Grenzer wollte ins Innere des Wagens sehen. Wir fuhren durch ohne anzuhalten.

Dann sagten sie mir die Adresse. Dahinter verbarg sich eine selbst für Dahlem erstaunlich eindrucksvolle Villa in einer versteckten Seitenstraße. Man hatte unsere Ankunft schon beobachtet. Das automatische Gittertor öffnete sich, ich fuhr langsam den geschwungenen Kiesweg hinauf und hielt vor dem Haupteingang.

Sofort wuselten etwa ein halbes Dutzend Chinesen in dunklen Anzügen um uns herum. Und ein Albino mit langen weißen Haaren, mit dem ich ganz bestimmt keinen Streit anfangen wollte. Sie hoben meinen Fahrgast mitsamt dem Rollstuhl vorsichtig aus dem Wagen und trugen ihn ins Haus.

Mit unmissverständlichen Bewegungen und abgehackten Sätzen machten sie mir klar, dass meine Mission beendet war und ich verschwinden sollte. Das tat ich auch.

Selten war ich so froh, einen Job glücklich hinter mich gebracht zu haben. Jedenfalls den ersten Teil, denn ich sollte den alten Chinesen ja auch wieder zurück zum Flughafen fahren. Erst dann sollte ich mein volles Honorar bekommen.

## 8.11., 14:21 h, Dr. Meinolf Z., 56, Diplomat

Die auf 99 Jahre befristete Übereignung von Dahlem an ein privates chinesisches Unternehmen und die damit verbundene Expatriierung sämtlicher Bewohner hatten weltweit hohe Wellen geschlagen. Im Auswärtigen Amt waren wir nur noch damit beschäftigt, Depeschen zu beantworten und zu begründen, warum die Aktion in jeder Hinsicht legal war.

Allerdings diente Deutschland auch als Vorbild. In etlichen anderen Ländern und auf allen Kontinenten waren, als Folge der Berliner Ereignisse, Bestrebungen im Gang, einzelne Regionen zu privatisieren und zu exterritorialen Zonen zu erklären. Die UNO in New York erklärte, dass dies eine innerstaatliche Angelegenheit der einzelnen Länder sei und die internationale Gemeinschaft sich nicht einmischen werde. Der Sicherheitsrat sah keinen Handlungsbedarf.

Einzelne Superreiche kauften sich idyllisch gelegene Karibik- oder Südseeinseln, planten, sie mit einer Infrastruktur zu versehen und erklärten sie zu steuerbefreiten Nationalstaaten, deren offizielle Anerkennung sich die notorisch klamme UNO teuer bezahlen ließ. Es machte sich der Eindruck breit, dass die Welt, wie wir sie kannten, langsam auseinander fiel.

Gleichwohl beobachteten wir natürlich über diskrete Kanäle, wie sich die Situation in Dahlem entwickelte. Alarmiert waren wir, als wir erfuhren, dass sich einige Hundert Bürger in die Botschaft eines westafrikanischen Landes geflüchtet hatten und vehement die Ausreise verlangten. Da uns die außenpolitische Vertretung von Dahlem oblag, mussten wir versuchen, die Situation unter Kontrolle zu bringen. Das Kanzleramt hatte uns bereits bedeutet, dass dies ein unhaltbarer Zustand sei. Eine schlechte Presse sei unbedingt zu vermeiden.

Der Minister schickte mich, damit ich mir persönlich ein Bild von der Lage machte. Ich bin Abteilungsleiter mit mehr als zwanzig Jahren Diensterfahrung, war schon überall auf der Welt im Einsatz und halte mir viel auf meinen nüchternen, unbestechlichen Blick zugute. Es war eine heikle Mission, vielleicht die heikelste von allen. Wenn irgend möglich, sollte ich die Flüchtlinge dazu bewegen, ihre Asylanträge zurückzuziehen und die Botschaft zu verlassen, ohne dass sie viel Aufhebens darum machten.

Auf das, was ich zu sehen bekam, war ich allerdings in keiner Weise vorbereitet. Die Zahl der Flüchtlinge war innerhalb von zwei Tagen auf fast vierhundert angewachsen. Sie kampierten im Garten und brieten auf offenem Feuer Schnitzel und Bratwurst, da ihnen die westafrikanischen Speisen, die ihnen angeboten wurden, nicht schmeckten. Eine Brandenburger Großmetzgerei hatte eine halbe Tonne Fleischwaren nahe des Verfalldatums mit Erlaubnis des chinesischen Regimes als Spende geliefert.

Offensichtlich hatten die Flüchtlinge sich bereits eingelebt. Aus den Zelten hörte man Helene Fischer, Andrea Berg und Florian Silbereisen singen, auf ihren Laptops schauten die Asylanten DVDs von alten „Tatort"-Folgen und historischen Fußball-Länderspielen und schrien „Tor!". Sogar das erste Kind war schon geboren worden.

Sie hatten ein dreiköpfiges Sprecherkomitee gebildet, mit dem ich mich in der hinteren Ecke des Gartens, bei den Plumpsklos, zusammensetzte. Ich versuchte ihnen klar zu machen, dass die Bundesregierung nichts für sie tun konnte, da Dahlem inzwischen exterritoriales Gebiet war und wir nur für die Vertretung nach außen zuständig waren. In innere Angelegenheiten konnten und durften wir uns nicht einmischen. Das sahen sie zwar ein, weigerten sich jedoch hartnäckig, das Botschaftsgelände zu verlassen. Sie forderten die Ausreise nach Deutschland und freies Geleit durch Dahlem, Punktum.

Dies konnte ich ihnen unmöglich zusichern, daher blieb das Treffen ohne Ergebnis. Ich versuchte zumindest den jungen, sehr sympathischen Botschaftssekretär dazu zu bewegen, ab sofort keine weiteren Flüchtlinge aufzunehmen, doch lehnte er dies unter Hinweis auf die Flüchtlingscharta der Vereinten Nationen ab.

„Auch wenn wir nur geringe Hilfe zu leisten vermögen, so sind wir doch dem universellen Gedanken der Humanität verpflichtet", sagte er ebenso feierlich wie geschwollen. „Ihre Kanzlerin hat sich vor fünf Jahren, glaube ich, ähnlich geäußert."

In seinem Alter hatte ich auch noch so geredet. Damals hatte ich noch hehre Ziele und glaubte an das Gute im Menschen. Doch als Diplomat im Höheren Dienst meines Landes bin ich gehalten, Vernunft walten zu lassen und pragmatisch zu handeln.

Zum Abschied schenkte mir der Sekretär noch ein kleines Plastikkrokodil. Als meine Limousine das Botschaftsgelände verließ, skandierten die Flüchtlinge Parolen wie „Freiheit!" und „China raus!". Sie hielten selbstgemalte Schilder hoch, auf denen sie um Ausreiseerlaubnis aus humanitären Gründen baten. Es tat mir in der Seele weh, meine Landsleute in dieser verzweifelten Lage zurücklassen zu müssen, doch waren mir in jeder Hinsicht die Hände gebunden.


### 8.11., 16:48 h, Felix J., 24, BWL-Student

Seit Stunden war ich um die Villa herumgeschlichen, in der Angelina angeblich bei dieser Party getanzt hatte, doch sah ich keine Möglichkeit, hineinzukommen. Um das freistehende, von einem Park umgebene Gebäude war ein Zaun aus leuchtend rot gestrichenen, fast drei Meter hohen Eisenstäben gezogen, deren Spitzen vergoldet und von kleinen Plastikdrachen gekrönt waren.

An strategisch wichtigen Stellen waren Kameras installiert, die das Gelände lückenlos bestrichen. Nur an der seitlichen Hauswand war ein toter Winkel. Doch da kam ich nicht ran. Der Weg dahin führte über freies Gelände. Mit ihren Kameras hätten sie mich längst entdeckt, bevor ich die Stelle erreicht hätte.

Wieder hatte ich Glück. Am frühen Nachmittag kam der Fahrer eines asiatischen Schnellimbisses mit seinem kleinen Auto an, um Essen auszuliefern. Ich kannte den Laden, ich hatte mir dort schon mehrmals Frühlingsrollen und Chopsuey geholt. Der Inhaber war ein äußerst patriotischer Taiwanese, Sun Liu Chen, der in keiner Weise damit einverstanden war, dass sein Heimatland sich kürzlich mit der Chinesischen Volksrepublik verbündet hatte.

Er hasste die Rotchinesen, sein Großvater hatte im chinesischen Bürgerkrieg 1927 bis 1949 mit Chiang-Kai-Shek in der Kuomintang gegen die kommunistische Rote Armee Mao Zedongs gekämpft und war in der Mandschurei gefallen. Als ich ihn darüber aufklärte, dass in der Villa wahrscheinlich meine Freundin gefangen gehalten wurde, war er sofort bereit, mir zu helfen. Aber er war skeptisch.

„Auch wenn wir es schaffen, dich da rein zu bringen, was willst du dann tun?", fragte Chen.

„Das lass nur meine Sorge sein", antwortete ich.

„Na schön, es ist deine Party", sagte er und zuckte mit den Achseln.

Zunächst veränderte Chens Frau mein Aussehen. Sie hatte früher an der Berliner Staatsoper als Maskenbildnerin gearbeitet und machte mit viel Aufwand einen perfekten Chinesen aus mir. Als ich nach einer Stunde in den Spiegel schaute, erkannte ich mich selbst nicht wieder.

„Und? Wie ist dein Plan?", fragte ich Chen.

„Sie bestellen seit Tagen bei mir", antwortete er. „Immer nur Ente kross. Als hätte ich nichts anderes im Angebot. Aber nein, Ente kross muss es sein. Und Dim Sum."

„Und weiter?"

„Du fährst mit meinem Jungen aufs Gelände, wenn sie das nächste Mal bestellen. Sie kennen den Wagen und machen automatisch das Tor auf. Kurz vor dem Haupteingang, wenn ihr um die Ecke biegt, springst du ab. Ab dann bist du auf dich allein gestellt."

„Hört sich gut an", sagte ich.

„Bist du sicher, dass du das auch wirklich willst?", fragte Chen.

Ich nickte.

„Bring mich nur auf das Gelände."


## 8.11., 17:44 h, Bernd S., 29, Kellner

Gegen Abend bekam die Kanzlerin heftige moralische Anwandlungen. Ihr plötzlich auftretender Schluckauf war ein untrügliches Zeichen dafür. Ich kannte das schon, immerhin bediente ich sie schon ein paar Jahre. Der Innenminister bemerkte als erster, dass etwas nicht stimmte.

„Soll ich Ihnen auf den Rücken klopfen, damit Sie Bäuerchen machen, Frau Kanzlerin?", fragte er fürsorglich.

Die Kanzlerin schüttelte tapfer den Kopf.

„Ist schon... (hicks) ...gut", antwortete sie. „Geht schon... (hicks) ...wieder vorbei."

Ich beeilte mich, ihr ein Glas Wasser zu bringen. Sie nahm einen großen Schluck. Zu meinem Erstaunen orderte sie danach ein Glas Rotkäppchen-Sekt, was für diese Tageszeit ganz ungewöhnlich war. Sie starrte eine Karte von Berlin an, die auf ihrem Schreibtisch lag. Jemand hatte Dahlem mit Filzstift rot umrandet und mit einem Dartpfeil markiert.

Die Kanzlerin starrte immer noch, als ich ihr den Sekt brachte. Ihr Schluckauf war zum Glück vorbei.

„Ein Pfahl im fetten Fleisch Berlins", murmelte sie. „So wie früher Westberlin in unsrer DDR."

Der Vizekanzler hatte es gehört.

„Sie trauern diesem Unrechtsstaat doch nicht etwa nach?", fragte er misstrauisch.

„Nein, natürlich nicht", erwiderte die Kanzlerin mit fester

Stimme und wischte sich unauffällig eine Träne aus dem linken Augenwinkel.
Im Hintergrund sang Michael Holm „Tränen lügen nicht."
Der Vizekanzler brummte befriedigt und wandte sich wieder dem Zauberwürfel zu, mit dem er sich seit Tagen erfolglos beschäftigte.
„Nicht alles war schlecht", murmelte die Kanzlerin so leise vor sich hin, dass ihr Stellvertreter es nicht hören konnte. „Nicht alles."
Fast unhörbar begann sie ein in der DDR populäres Kinderlied zu summen, „Wenn Mutti früh zur Arbeit geht".
Ich habe feine Ohren und schenkte ihr gerade ein zweites Glas Sekt ein. Aber auch der Innenminister musste etwas gehört haben.
„Wir sollten der Vergangenheit keine Träne nachweinen, Frau Kanzlerin", sagte er behutsam. „Wichtiger wäre es zu überlegen, welches Objekt wir als nächstes verkaufen. Die Interessenten warten auf Antwort."
Auch der Finanzminister war aufmerksam geworden.
„Wir benötigen dringend frisches Geld, um das Volk zu beruhigen", mischte er sich ein. „Sonst könnte die Stimmung kippen. Und das ist das Letzte, was wir gebrauchen können."
„Ich scheiß' euch zu mit unsrem Geld, haha", lachte der Justizminister.
Er hatte den Spruch aus einer über dreißig Jahre alten Fernsehserie, „Kir Royal". Der Minister schmückte sich oft mit fremden Federn. Er wollte gern als eloquent und geistreich gelten und fühlte sich als Bohemien, weil er regelmäßig kokste und kiffte und sich heimlich eine junge Geliebte hielt, einen richtigen Hungerhaken, die mal in „Germany's Next Topmodel" aufgetreten war.
Trotzdem fühlte er sich ganz wohl in seinem Reihenhaus in der rheinhessischen Provinz. Er hatte sogar den Vorsitz im örtlichen Karnevalsverein inne und stand in jeder Kampagne in der Bütt, wo er gereimte Leutseligkeiten von sich gab, die er von einem Ghostwriter schreiben ließ. Sein großer Traum war es, einmal bei „Mainz bleibt Mainz wie es singt und lacht" aufzutreten. Aber dazu hätte er Mitglied einer der großen

Fastnachtskorporationen sein müssen, welche die Sendung ausrichteten, und nicht in einem kleinen Dorfverein.

„Sie werden uns auf die Schliche kommen", sagte die Kanzlerin.

Wieder sprach sie zu sich selbst. Aber ihren Ministern, die auf jedes ihrer Worte lauschten, entging nichts. Der Vizekanzler drückte die Nummer 157 auf der programmierten Playlist, welche die schönsten deutschen Schlager aller Zeiten enthielt. Es war Gittes „Ich will 'nen Cowboy als Mann" von 1963.

„Wie können Sie so etwas sagen, Frau Kanzlerin?", entrüstete sich der Finanzminister. „Wir sind bisher mit allem durchgekommen."

„Diesmal nicht", entgegnete die Kanzlerin düster. „Ich habe ein mieses Gefühl, ein ganz mieses Gefühl im Bauch. So wie zuletzt vor dreißig Jahren."

„Wann genau war das?", fragte der Innenminister.

„Kurz bevor die Mauer fiel", erwiderte die Kanzlerin.

### 8.11., 18:01 h, Heinrich H., 98, Sturmbannführer

Den ganzen Nachmittag lang durchwühlten die Chinesen das Kunstdepot des Reichsmarschalls. Hui Dai Phen ging nervös auf und ab und rauchte eine Zigarette nach der anderen. Sie waren auf der Suche nach einem einzigen Objekt, der Nummer 143.

Ich wusste, was sich dahinter verbarg. Es war eine fast viertausend Jahre alte babylonische Statue, die eine auf einem Thron sitzende männliche Figur zeigte. Der Großmufti von Jerusalem, Mohammed Amin al-Husseini, SS-Mitglied, entschiedener Kämpfer gegen die Juden und einer der engsten Verbündeten des Dritten Reiches, hatte sie dem Reichsmarschall aus Dankbarkeit geschenkt, da dieser ihm eine stattliche Villa als Wohnsitz für die Zeit seines Aufenthalts in Berlin zugeschanzt hatte.

Ich kannte das Gerücht, das sich mit der Statue verband.

Es besagte, dass, wer sie in seinem Besitz hatte, ewig leben würde. Der Mufti wusste nichts davon, sonst hätte er das gute Stück gewiss behalten. Erst ein Wissenschaftler des Berliner Pergamonmuseums entdeckte, als er 1943 einige im Depot vergessene mesopotamische Tontafeln auswertete, welch wundersame Wirkung der Statue von alters her zugeschrieben wurde. Er wurde kurz danach bei einem Bombenangriff getötet, seine Aufzeichnungen verbrannten.

Doch er hatte eine Kopie angefertigt. Über Umwege gelangte sie in meine Hände. Im Gegensatz zu meinem Namensvetter, Reichsführer-SS Heinrich Himmler, war ich allerdings immun gegen esoterische Gedanken. Gleichwohl war die kaum dreißig Zentimeter hohe Statue ein wunderbares Zeugnis einer untergangenen, fernen Kultur, und auf jeden Fall museumswürdig. Sie war aus Diorit gefertigt, einem extrem harten Gestein, und eine ausnehmend schöne, filigrane Arbeit. Wie so viele andere erstklassige Kunstwerke wurde sie ohne Umschweife ins Privatdepot des Reichsmarschalls eingegliedert.

Mit den Jahren bildete sich ein immer größer werdender Mythos um die Statue, dies umso mehr, als sie weiterhin spurlos verschwunden blieb. Der Führer selbst sollte sie auf seiner Flucht mit nach Südamerika genommen haben, wo er, so die Legende, bis heute in einer verborgenen Dschungelfestung lebt, unsterblich dank der wunderkräftigen Statue. In dieser Sage, die in unseren Kreisen alter Kameraden hinter vorgehaltener Hand erzählt und ständig weiter ausgeschmückt wurde, verwandelte er sich in einen neuen Barbarossa. Für Esoteriker wurde die Statue zu einer Art Heiligem Gral, überall wurde nach ihr gesucht. Expeditionen wurden ausgerüstet, Abenteurer gingen den obskursten Hinweisen nach, alles vergebens.

Und ich hielt meinen Mund.

Bis die Chinesen kamen. Doch nie hätte ich gedacht, was sie alles in die Wege leiten würden, nur um in den Besitz der Statue zu kommen. Dass sie hundert Milliarden Euro dafür ausgeben würden, um Dahlem umzugraben.

Ich war dabei, als sie das unterirdische Depot auf den

Kopf stellten. Die Gemälde von Leonardo da Vinci und Botticelli, von Vermeer, Rembrandt und Rubens, die Statuen von Michelangelo und Altäre von Tilman Riemenschneider interessierten sie überhaupt nicht, obwohl dies alles Kunstwerke von unschätzbarem Wert waren. Es war Beifang, sehr willkommen, aber unerheblich. Sie rissen Kisten auf, entfernten Schutzhüllen und kramten in Kartons.

Und fanden nichts.

„Vielleicht befragen Sie doch noch mal Ihr Gedächtnis", sagte der Albino ungehalten zu mir.

„Ich war nicht die ganze Zeit dabei, als meine Männer das Zeug hierher geschafft haben", erwiderte ich. „Es ging alles sehr hektisch zu in jenen Tagen. Schließlich war Krieg, und es handelte sich um eine Geheimaktion."

Ich erinnerte mich wirklich nicht.

Plötzlich war aus der hintersten Ecke der Halle ein aufgeregtes Rufen zu hören. Sie hatten etwas gefunden.

Vorsichtig, als handelte es sich um Nitroglyzerin, trugen zwei der Chinesen eine mit Dämmmaterial ausgestopfte Holzkiste herbei. Ein Hakenkreuz war in sie eingebrannt und eine Zahl. Sie lautete 143. Vor den Füßen des Albinos setzten sie die Kiste ab. Er machte eine einladende Handbewegung zu Hui Dai Phen hin, der sich verhaltenen Schrittes näherte. Langsam ging der Chinese in die Knie und räumte vorsichtig das Dämmmaterial beiseite. Schließlich legte er die anthrazitfarbene Statue eines auf einem Thron sitzenden Königs frei. Ich erkannte sie sofort wieder. Es war jenes Objekt, das sie so verzweifelt gesucht hatten.

„Der ehrwürdige Li Changji wird sich freuen", sagte Hui Dai Phen mit belegter Stimme. „Dieses Kunstwerk wird sein Leben retten."

Ich nickte zustimmend, konnte mir aber ein geheimes Feixen nicht verkneifen. Auch die Chinesen schrieben der antiken Statue offenbar Wunderdinge zu. Aber ich sagte nichts. In manchen Situationen ist es klüger, seinen Mund zu halten. Außerdem wollte ich nicht auf die Erfolgsprämie verzichten, die ich mit ihnen ausgehandelt hatte.

Eine dreiviertel Million Euro.

### 8.11., 19:49 h, Ferdinand R., 70, Privatier

Es dauerte gerade mal einen halben Tag, da hatten uns die sechs Chinesenkinder die halbe Hütte zerlegt. Im ersten Stock schoben wir einen schweren Schrank vor die Treppe, um unseren Bereich zu schützen, von unten kamen Gejohle und Geschrei, die Geräusche von klirrendem Glas und ab und zu ein starkes Rumsen, Poltern und Scheppern.

Am Nachmittag verschwand Bello, der sanftmütige Beagle unserer Nachbarn. Eine Stunde später durchzog der penetrante Duft gebratenen, stark gewürzten Fleisches das Haus. Der Geruch war ziemlich streng. Ich wollte gar nicht wissen, wen oder was die Chinesen da brieten. Aber ich konnte es mir vorstellen.

Zum Abendessen hatten sie unten Gäste. Sie unterhielten sich so laut, dass wir oben unser eigenes Wort nicht mehr verstanden. Wir hörten sogar ihr Rülpsen. Bei den Chinesen ist das ein gesellschaftlich voll akzeptiertes, ja sogar erwünschtes Verhalten. Man zeigt dem Gastgeber damit, dass das Essen geschmeckt hat. Danach spielten sie chinesischen Hip Hop in voller Lautstärke und tanzten dazu. Sie amüsierten sich, wir nicht.

So ging das stundenlang. Als die Gäste spät am Abend gingen, übergab sich einer von ihnen in den Vorgarten, genau in unsere Rosenstöcke hinein.

Wir beschlossen, dass es so nicht weitergehen konnte.

### 8.11., 20:57 h, Felix J., 24, BWL-Student

Wir warteten auf die Dämmerung und hofften, dass die Chinesen zur gewohnten Zeit etwas zu essen bestellten. Nur im Schutz der Dunkelheit hatte ich überhaupt eine Chance, in die Villa einzudringen. Gegen halb neun bekamen sie endlich Hunger und orderten telefonisch zwölf Portionen Ente kross mit Gemüse und süßsaurer Soße sowie einen Berg frittierter Dim Sum. Für mich war es das Zeichen, dass es ernst wurde.

Chengs Frau überprüfte nochmals mein Makeup, damit ich auch wirklich als lupenreiner Chinese durchging, sein Sohn setzte sich hinters Steuer des Kleinwagens. Auf dem Rücksitz türmte sich das Essen. Obwohl es mit Alufolie abgedeckt war, verbreitete es einen bestialischen Gestank. Immerhin wusste ich jetzt: Es waren zwölf Personen im Haus, mit ihnen musste ich rechnen.

Wir passierten anstandslos das Tor und fuhren durch den Park zum Haupteingang. Der Kies knirschte unter den Reifen. Mehrere Kameras schwenkten mit, als wir uns der Villa näherten, wir standen also unter Beobachtung. Als wir um die Ecke des Gebäudes bogen und uns für einen Augenblick im toten Winkel befanden, öffnete ich blitzschnell die Autotür, ließ mich hinausfallen und rollte mich ans Gemäuer. Dort verharrte ich einige Sekunden regungslos.

Ich linste um die Ecke und beobachtete, wie Chengs Sohn die Ente kross auslieferte, das Geld kassierte und davonfuhr. Ich wartete zwei Minuten, um ganz sicher zu sein, und schlich gebückt dicht an der Hauswand entlang in der Hoffnung, einen Zugang ins Innere des Gebäudes zu finden.

Ich hatte Glück. Zwar waren alle Fenster zum Souterrain vergittert, doch bei einem waren die Scharniere stark verrostet. Es kostete mich nicht viel Mühe, das Gitter zu lösen. Die Glasscheibe dahinter war zersplittert, so dass ich hineingreifen und das Fenster von innen öffnen konnte. Lautlos schlüpfte ich in den dunklen Kellerraum.

### 8.11., 21:23 h, Heinrich H., 98, Sturmbannführer

Unter starker Bewachung und im Schritttempo transportierten wir die Holzkiste mit der Figur ein paar Straßen weiter zu einer Villa aus der vorletzten Jahrhundertwende, wie sie damals, in unserer großen Zeit, nur den allerobersten Rängen von Militär und Politik vorbehalten war.

Ich überlegte, wer wohl seinerzeit in ihr gewohnt haben

mochte. Göring war es sicher nicht, der hatte sein Anwesen „Carinhall" in der Schorfheide nordöstlich von Berlin, wo er seine exquisite Kunstsammlung genoss und sich fast täglich der Jagd auf Hirsche und Schwarzwild widmete. 1942 hatte er sich von den Staatsgeschäften weitgehend zurückgezogen und nahm fast nur noch repräsentative Aufgaben wahr.

Ich fuhr im ersten Wagen, zusammen mit dem Albino.

„Na, alter Mann", sagte er spöttisch, „die Figur hätten Sie jetzt wohl gerne. Sie könnte Ihnen helfen. Wie alt sind Sie? Achtundneunzig, neunundneunzig?"

Er glaubte offenbar ebenfalls, dass die Statue ewiges Leben garantierte. Es war mir schleierhaft, wie scheinbar vernünftige Menschen sich als so abergläubisch entpuppen konnten. Mir gefällt der Gedanke an den Tod auch nicht, doch was kann man schon dagegen tun? Nichts. Jedenfalls sollte man anständig zu sterben verstehen. Die meisten von uns SS-Männern besaßen diese Tugend. „Und wenn sich die Reihen auch lichten, für uns gibt es nie ein Zurück" hieß eines unserer Lieder, das ich auch heute noch auswendig kann.

In der Villa wurden wir schon erwartet. Vier Mann transportierten die Kiste, die auch einer allein bequem hätte tragen können. Schwer war sie ja nicht, doch ihr Inhalt war, wenn man die Umstände bedachte, hundert Milliarden Euro wert. Hui Dai Phen ließ sie nicht aus den Augen, der Albino genauso wenig.

Das Innere der Villa war im traditionellen chinesischen Stil eingerichtet, Rot und Gold waren die vorherrschenden Farbtöne. Überall standen reich verzierte Vasen und Figuren, auf dem Boden lagen dicke Teppiche, die jeden Trittschall schluckten, die Sofas waren tief und plüschig. Lampions, deren Schirme mit chinesischen Schriftzeichen versehen waren, verbreiteten ein gedämpftes gelb-braunes Licht.

In einem der ausladenden Sessel lag wie hingegossen eine blonde Amazone in einem halb offenen seidenen Morgenmantel. Dr. Joseph Goebbels, unser sexbesessener Propagandaminister, wäre damals hinter ihr her gewesen wie der Teufel hinter der armen Seele. Als sie unserer gewahr wurde, sprang sie auf, bedeckte ihre Blöße und verschwand eilends in einem Nebenraum.

An der Wand hing, in einem prächtigen Rahmen und effektvoll beleuchtet, das in klassizistischer Manier gemalte Porträt eines vielleicht fünfzigjährigen Mannes, eines Chinesen, den ich nicht kannte. Später sollte ich erfahren, dass es Li Changji, den Gründer und Hauptanteilseigner von CPI, in der Blüte seiner Jahre darstellte. Wäre er auf der Forbes-Liste der Superreichen der Welt erschienen, hätte er, Schätzungen von Fachleuten zufolge, mit Abstand den ersten Platz eingenommen, noch vor Donald Trump, dem aktuellen Spitzenreiter. Doch er ließ absolut keine Informationen über sich und sein Vermögen nach außen dringen, kaum jemand wusste etwas über ihn. Seit Jahrzehnten hatte niemand ein Foto des Tycoons zu Gesicht bekommen, geschweige denn ihn leibhaftig gesehen. Er war der geheimnisvollste Superreiche der Welt, der Howard Hughes des Fernen Ostens.

Die Träger stellten die Holzkiste in der Mitte des Raums auf einem niedrigen schwarzen Lacktischchen ab und zogen sich diskret zurück. Hui Dai Phen öffnete die Kiste, legte die Figur frei und drapierte sie so, dass sie wie auf einem Präsentierteller lag. Er holte eine Schreibtischlampe und richtete sie auf die Figur.

Dann stellte sich auch Hui Dai Phen in eine Ecke. Es war klar: Bisher war er der Chef gewesen, doch nun trat er zurück in die zweite Reihe und machte Platz für einen Größeren, Mächtigeren. Alle warteten schweigend. Ich nahm mir einen Stuhl (aufgrund meines hohen Alters war mir dieses Privileg gestattet), setzte mich und tat es ihnen gleich. Wenn ich etwas im Leben gelernt habe, dann ist es Geduld.

Gute zehn Minuten lang geschah nichts. Niemand sprach, niemand hüstelte, niemand schien zu atmen. Es herrschte vollständige Stille. Was in anderen Situationen sehr friedlich und beruhigend sein kann, lud hier die Atmosphäre mit einer explosiven, bedrohlichen Spannung auf, mit Angst, diffuser Erwartung und der heimlichen Befürchtung, dass einen selbst aus unerfindlichen Gründen der Blitzschlag des Himmels treffen würde.

Ich kann das aushalten, in den elitären Kreisen des Dritten Reiches, zu denen ich als untere Charge einen begrenzten

Zugang hatte, ging es genauso zu. Alle Zentren der Macht gleichen sich in dieser Hinsicht. Auch Hochgestellte haben stets noch jemanden über sich, der über sie verfügen und ihre Karriere, im Extremfall sogar ihr Leben, von einer Sekunde zur anderen beenden kann.

Bei uns endete diese Befehlskette beim Führer persönlich. Jeder akzeptierte es, jeder versuchte ihm und jenen, die ihm näher standen als man selbst, in vorauseilendem Gehorsam zu Diensten zu sein. Wer einmal in diesen abgeschotteten Zirkeln verkehrte, wird das beklemmende Angstgefühl, das in ihnen herrscht, nie wieder los. Allein beim Gedanken daran bricht einem der Schweiß aus.

Schließlich ging eine verdeckte Tür auf und eine chinesische Krankenschwester schob einen Rollstuhl herein, in dem ein sehr kleiner Mann saß, der ungefähr in meinem Alter war, also knappe hundert oder mehr. Im Vergleich zu ihm war ich noch rüstig, denn ihm musste über einen Schlauch und eine Maske Sauerstoff zugeführt werden. Seine Augen jedoch waren hellwach.

Als er die Kiste sah, wurde er quicklebendig. Er wischte die Sauerstoffmaske beiseite, beugte sich vor und versuchte sich ein wenig zu erheben, was ihm aber nicht gelang. Er plumpste wieder in seinen Sitz zurück und atmete mühsam. Von der Anstrengung, die ihm die kleine Bewegung bereitet hatte, war er völlig erschöpft.

Dann sagte er etwas auf Chinesisch, das ich nicht verstand. Doch ich brauchte keine Übersetzung. Er war außer sich vor Freude, dass die lang gesuchte Figur nun vor ihm lag.

**8.11., 22:15 h, Bernd S., 29, Kellner**

Am Abend wurde im öffentlich-rechtlichen Fernsehen ein Kommentar gesendet, der sich kritisch mit der Entscheidung der Regierung, Dahlem für 99 Jahre an die Chinesen zu verpachten, auseinandersetzte.

Das war ungeheuerlich. Auch wenn es ein Einzelfall war und die Verantwortlichen gewiss sofort eine Abmahnung erhielten oder ins Archiv versetzt, vielleicht sogar entlassen wurden, war dies ein Zeichen dafür, dass die Sache unkontrollierbar zu werden begann. Wenn die sonst so loyalen öffentlich-rechtlichen Regierungsmedien eine eigene Meinung entwickelten und diese, schlimmer noch, zur besten Sendezeit zu äußern wagten, anstatt, wie es sich gehörte, subtil verbrämte Verlautbarungen der Obrigkeit zu senden, mussten bei der Regierung alle Alarmglocken schrillen.

Das taten sie auch. Ein Grund für die Aufmüpfigkeit des Senders war zweifellos, dass den finanziellen Wohltaten, die mit der Verpachtung von Dahlem einhergegangen waren, keine weiteren nachgefolgt waren. Die Kanzlerin hatte noch nicht entschieden, wie auf die Offerten aus aller Welt, die bei der Regierung eingegangen waren, reagiert werden sollte.

Heidelberg, Schloss Neuschwanstein, Rothenburg ob der Tauber und das Münchner Hofbräuhaus, Helgoland und Sylt, die Kreidefelsen von Rügen, auch die Wissenschaftsstadt Berlin Adlershof und der Hamburger Hafen, selbst der Nord-Ostsee-Kanal und der Kölner Dom – an all diesen Objekten bestand ein mehr oder minder starkes Interesse potentieller Pächter und Käufer aus aller Welt. Um die attraktivsten Objekte hatte sich sogar ein regelrechtes Bietergefecht entwickelt.

Doch die Kanzlerin konnte sich nicht entscheiden. Zu heterogen war die Reaktion im Volk auf den Dahlem-Deal. Ihre Strategie war es seit jeher, abzuwarten und alles im Ungefähren zu belassen, bis sich ein eindeutiger Trend gebildet hatte, um diesen dann mit Nachdruck zu vertreten und vorzugeben, genau dies sei schon immer ihre festgefügte Meinung, ja ihre eigene ursprüngliche Idee gewesen. Wohlmeinende bezeichneten sie deshalb als geschmeidig und flexibel, andere nannten sie eine Opportunistin und Trittbrettfahrerin.

Sie hatte die Sendung natürlich gesehen und wurde sofort depressiv. Sie sah ihre schlimmsten Befürchtungen bestätigt. Melancholisch wippte sie in ihrem schwarzen Ledersessel und blickte auf das Panorama des nächtlichen Berlin, als wäre es das letzte Mal. Sie bat mich, Peter Alexanders „Ich zähle täglich meine Sorgen" abzuspielen, sie selbst kam mit der Technik des CD-Spielers nicht zurecht. Es war ein Lied, das ihrer trüben Stimmung angemessen war.

Ihre Minister, die im Lauf der Jahre ein feines Gespür für die Stimmungsschwankungen der Kanzlerin entwickelt hatten, ja, sie fast schon vorausahnten und dementsprechend handelten, versammelten sich im Kleinen Kabinettssaal nebenan. Als die Gesundheitsministerin und die Büroleiterin der Kanzlerin dazustoßen wollten, schlossen sie kurzerhand die Tür.

Da ich die kleine Gruppe weiterhin mit alkoholischen Getränken versorgen musste, besaß ich als einziger Zutritt und bekam daher mit, was sie unter sich besprachen. In meine Fliege war nicht nur eine Kamera, sondern auch ein Mikrofon eingebaut, so dass ich hinterher, von kurzen technischen Aussetzern abgesehen, alles auf Band hatte. Womöglich konnte ich diese konspirativen Gespräche später einmal gewinnbringend vermarkten, mit den Fotos hatte es ja auch sehr gut geklappt.

„Sie wird sentimental", sagte der Finanzminister. „Das ist gefährlich. Immer diese Gefühlsmenschen. Es geht um Geld."

„Unser Geld", präzisierte der Justizminister.

„Unsichere Kantonisten sollte man ersetzen, im Interesse der Sache", brachte der Innenminister auf den Punkt, was alle dachten.

„Und wie stellen wir das an?", fragte der Vizekanzler.

Er sah sich selbst schon an der Stelle der Kanzlerin, wusste aber, dass es so einfach nicht werden würde. Auch die anderen drei Minister in der Runde besaßen schließlich Ambitionen auf das höchste Amt. Wenn er Pech hatte, würde es ein brutales Hauen und Stechen um den Job geben. Und in diesem Fall hatte er nicht die allerbesten Karten.

Er war nicht wegen herausragender Qualifikationen Vizekanzler geworden, sondern nur, weil er Vorsitzender einer ehemals bedeutenden, traditionsreichen Partei war, die nur noch als Mehrheitsbeschafferin gebraucht wurde. Ihr Programm war obsolet, niemand außer ein paar vorgestrigen

Klampfespielern interessierte sich mehr dafür. Selbst die Gewerkschaften zogen ihr eigenes Ding durch.

„Ein Putsch kann es nicht sein", sagte der Justizminister und wiegte bedenklich den Kopf. „Das wäre illegal."

Als Volljurist kannte er sich aus in der Materie. Es durfte auf keinen Fall der fatale, wenn auch zutreffende Eindruck entstehen, Deutschland sei eine Bananenrepublik. Ein Putsch verbat sich also. Für die Öffentlichkeit musste die Wachablösung geschmeidig und wie selbstverständlich vonstatten gehen. Man brauchte einen plausiblen Grund für den unvermeidlichen Rücktritt der Kanzlerin. Dies war von entscheidender Wichtigkeit für die Legitimität der künftigen Regierung.

„Es besteht ja wohl Einigkeit unter uns, dass eine starke und entschlossene, vor allem aber männliche Führungspersönlichkeit an der Spitze stehen sollte", sagte der Innenminister.

Die Vier schauten sich gegenseitig an und nickten unisono. Jeder versuchte, möglichst stählern zu blicken. Allen war klar: Der Nachfolger der Kanzlerin würde aus ihrem Kreis bestimmt werden. Sie stießen mit MM-Sekt darauf an, allein schon, um sich von der Rotkäppchen-Vorliebe der Kanzlerin abzugrenzen. Von draußen, durch die geschlossene Tür, ertönte das Lieblingslied der Kanzlerin, „Schallala Schallali" von Jürgen Walter, ein alter DDR-Hit. Sie war längst in eine andere Welt abgedriftet.

### 8.11., 23:02 h, Felix J., 24, BWL-Student

Im Vergleich zum properen Äußeren der Villa war der Keller eine Rumpelkammer. Der Lichtstrahl meiner Centurion-Taschenlampe wanderte von großformatigen Gemälden, die heroische Kriegsszenen aus dem Zweiten Weltkrieg zeigten, über kaputte Möbel und umgestürzte Holzregale, einen zerbrochenen Kronleuchter, blinde Spiegel und Dutzende von leeren Weinflaschen, die kreuz und quer auf dem Boden lagen, hin zu zerschlissenen schwarz-roten Nazi-Fahnen, einem ausgeweideten Volksempfänger, zwei verrosteten Fahrrädern, Massen von zerfledderten Büchern und kitschigen Skulpturen nackter Grazien. Schief an der Wand hing ein großes gerahmtes Hitlerbild, auf das offenbar jemand Schießübungen veranstaltet hatte. Alles war von dickem Staub bedeckt und mit Spinnweben überzogen. Seit Jahrzehnten war kein Mensch mehr hier gewesen.

Eine steinerne Treppe am anderen Ende des Raums führte nach oben zu einer eisenbeschlagenen Holztür. Vorsichtig drückte ich die Klinke, die Tür war nicht verschlossen. Ich stemmte mich mit aller Kraft dagegen und spähte durch den Spalt.

Niemand war zu sehen. Ich drückte mich hindurch und schlich einen düsteren Flur mit mehreren Türen entlang. Dann eine Treppe hoch. Ein Chinese kam mir entgegen. Ich geriet in Panik. Gerade noch rechtzeitig fiel mir ein, dass ich ja dank der Maske ebenfalls wie ein Chinese aussah und daher nichts zu befürchten hatte. Ich grüßte auf Mandarin mit der Floskel, die mir Chen beigebracht hatte, der andere grüßte zurück und nahm nicht weiter Notiz von mir. Er bog um eine Ecke und war verschwunden.

Im ersten Stock schlich ich von Tür zu Tür und horchte daran, vernahm aber keinen Laut. Dann machte der Gang einen Knick nach links, und der Raum weitete sich. Ich befand mich auf einer Galerie, die mir einen guten Blick in die zentrale Halle gewährte, ohne dass ich selbst gesehen werden konnte, sofern ich vorsichtig war. Ich legte mich bäuchlings auf den Boden, robbte geräuschlos ein wenig nach vorn und schaute, was sich unten tat.

An der Wand standen einige Chinesen, die ich schon auf der Bürgerversammlung gesehen hatte, und der Albino. Auf einem Stuhl saß ein sehr alter Mann mit strähnigem Haar und einer Augenklappe. Mir war er schon im "Café Tulpeneck" aufgefallen, als ich dort einmal einige Kaffeestückchen holte.

In der Mitte des Raums war eine Kiste aufgebaut, in der sich, umgeben von Holzwolle, eine archaische, fast schwarze

Steinfigur befand, die eine Art König auf einem Thron darstellte. Davor saß ein kleinwüchsiger, uralter Chinese in einem Rollstuhl, der sie fasziniert anstarrte. Der Chinese, der die Rede auf der Bürgerversammlung gehalten hatte, nahm die Figur aus der Kiste und hielt sie dem Greis vor die Nase, was diesen in eine Art von Ekstase versetzte. Eine Krankenschwester hielt ihm eine Lupe vor das rechte Auge, so dass er die Figur genau, Zentimeter für Zentimeter, betrachten konnte.

Plötzlich wandelte sich sein Gesichtsausdruck. Aus Faszination wurde ungläubiges Staunen, dann Misstrauen. Mit seinem zittrigen Zeigefinger deutete er auf eine bestimmte Stelle des Gesichts der Steinfigur und bellte etwas auf Mandarin, das ich nicht verstand. Aber es war nicht zu verkennen, dass er wütend war. Sehr wütend. Der andere Chinese antwortete mit einem Ausdruck untertäniger Beflissenheit, auch seine Worte verstand ich nicht.

Der Greis befahl etwas mit barscher Stimme und machte eine auffordernde Kopfbewegung, worauf sein Adlatus ein Schnappmesser aus der Tasche zog und nach kurzem Zögern an der Figur herumzukratzen begann. Der alte Mann mit der Augenklappe sprang empört auf, doch der Albino drückte ihn gewaltsam in seinen Stuhl zurück.

Nach kurzer Zeit wurde an der Stelle, wo sich der Chinese mit dem Messer zu schaffen machte, etwas Weißes sichtbar, das umso größer wurde, je mehr der Chinese kratzte. Ich habe gute Augen und konnte alles genau erkennen.

Schließlich gebot ihm der alte Mann im Rollstuhl Einhalt. Er sagte etwas in erstaunlich ruhigem Ton, der jedoch nichts Gutes verhieß. Der andere Chinese wendete sich an den Mann mit der Augenklappe, der Albino übersetzte.

„Der ehrwürdige Li Changji sagt, die Figur ist eine Fälschung", sagte er. „Sie haben uns betrogen."

### 9.11., 00:09 h, Walter Ü., 54, Bauunternehmer

Ich erzählte den anderen nichts davon, dass wir aufgrund meines defekten Kompasses in die falsche Richtung gruben, es hätte sie zu sehr demotiviert. Außerdem hat Konfuzius, der Vater der klassischen chinesischen Philosophie, einmal gesagt, dass der Weg das Ziel sei. Ein Paradox, doch wenn man es genau betrachtet, ist es die perfekte Anleitung für ein glückliches Leben. Wir sollten unser Leben schätzen im Hier und Jetzt, darin besteht der tiefere Sinn dieses Ausspruchs, und uns dennoch an Höherem orientieren – auch wenn wir es womöglich nie erreichen.

So gesehen tat ich meinen Mitstreitern also geradezu einen Gefallen, indem ich sie buddeln ließ, auch wenn wir dadurch unserem Ziel nicht näher kamen, ja, uns sogar von ihm entfernten. Der Sinn des Grabens war in sich selbst beschlossen.

Bereits nach kurzer Zeit hatte sich eine gewisse Routine entwickelt, die wir gewiss nicht durchgehalten hätten, wenn Pilse-Ilse uns nicht zuverlässig mit flüssigem Nachschub versorgt hätte. Allerdings besitzt Bier in solchen Mengen den Nachteil, dass es den Körper müde macht. Sehr müde. Auch wir blieben davon nicht verschont. Bald mussten wir Feldbetten im Keller aufstellen, um unseren Rausch auszuschlafen, der kein Ende nehmen wollte, und um unsere Rückenschmerzen zu kurieren.

Meine Freundin Gabi wurde langsam misstrauisch, ebenso die Frauen meiner Mitstreiter. Wir hatten verabredet, dass wir niemandem von unserer riskanten Unternehmung erzählten. Zu leicht konnten wir entdeckt werden, wenn das Regime davon Wind bekam. Immer häufiger fragte Gabi, was eigentlich los sei, ich ließ mich ja kaum noch bei ihr blicken, und ins Bett gingen wir auch nicht mehr miteinander. Ich war einfach zu erschöpft. Ich schaffte es auch nicht, mit ihrem Sohn Benny Fußball zu spielen, was ich sonst zweimal in der Woche tat.

Trotz unserer Erschöpfung arbeiteten wir unverdrossen weiter. Pro Nachtschicht kamen wir etwa zweieinhalb

Meter voran. Doch das war beileibe nicht die ganze Arbeit. Wir mussten den Stollen abstützen sowie den Abraum in Einkaufstüten nach oben schaffen, wo wir ihn heimlich im Sandkasten des Kinderspielplatzes verteilten, so lange es noch dunkel war.

Wir sahen aus wie die Säue und rochen auch so. Keiner hatte sich auch nur annähernd vorstellen können, welch körperliche Anstrengung unser Vorhaben tatsächlich erforderte. Trotzdem redete keiner von Aufgeben. Wir zogen unser Vorhaben durch. Wenn wir in dem Tempo weiterarbeiteten, rechnete ich aus, würden wir noch acht Jahre, sieben Monate und dreizehn Tage buddeln, bis wir, irgendwo im Grunewald, unter der Mauer durch waren.

Ich war der einzige, der diese niederschmetternden Fakten kannte. Und ich hütete mich, auch nur ein Wort verlauten zu lassen.

## 9.11., 00:24 h, Heinrich H., 98, Sturmbannführer

Nachdem Hui Dai Phen so lange an der altmesopotamischen Figur des Sitzenden Königs herumgekratzt hatte, bis sie völlig verunstaltet war, warf er sie auf Geheiß von Li Changji, dem Greis im Rollstuhl, verächtlich in die Holzkiste zurück.

„Eine miese Fälschung", sagte er noch einmal in meine Richtung und spuckte angeekelt aus. „Einfach nur Dreck!"

Wiederum übersetzte der Albino. Ich vermutete, dass er die Unflätigkeiten stark abmilderte, die Hui Dai Phen in einem scheinbar endlosen Sermon mit heller, überschnappender Stimme von sich gab. Aber auch so waren die Beschimpfungen schon schlimm genug. Li Changji würdigte mich keines Blickes und ließ sich von der Krankenschwester aus dem Raum fahren. Er wirkte nun noch eingefallener als vorher. Ich vermutete, dass es nun nichts würde mit der dreiviertel Million Euro Provision, die sie mir versprochen hatten.

Tatsächlich sagte mir der Albino in barschem Ton, dass es Zeit für mich sei zu gehen, solange ich noch könnte.

„Und wer fährt mich nach Hause?", fragte ich.

„Niemand, alter Mann", erwiderte der Albino. „Sie haben doch zwei Beine, oder nicht?"

So stand ich denn mitten in der Nacht auf einer regennassen Straße irgendwo in Dahlem, meinen Gehstock in der Hand. Kein Mensch war zu sehen, noch nicht einmal ein Straßenschild. Nur ein räudiger Hund hinkte vorbei, ohne mich zu beachten. Ich würde Stunden brauchen, um nach Hause zu kommen, wenn sich nicht eine mitleidige Autofahrerseele meiner erbarmte. Aber seit Tagen fuhr in Dahlem fast kein Auto mehr.

Ich war wütend über Li Changjis Treuebruch. Wir hatten, das wurde mir im Nachhinein erst richtig klar, schon triftige Gründe besessen, warum wir uns damals, in den dreißiger Jahren, die Japaner und nicht die Chinesen als asiatische Verbündete ausgesucht hatten.

## 9.11., 01:33 h, Felix J., 24, BWL-Student

Noch während die Krankenschwester den Greis im Rollstuhl aus dem Raum schob, wies der Albino dem alten Mann mit der Augenklappe barsch die Tür. Auch die anderen Chinesen verschwanden wortlos. Nur der Albino blieb zurück. Er ging zu der Holzkiste, die immer noch auf dem Lacktischchen stand, nahm die zerstörte Figur heraus und betrachtete sie kopfschüttelnd. Dann warf er sie wütend mit einer einzigen kräftigen Bewegung gegen die Wand, worauf sie in viele kleine Stücke zerbrach.

„Verdammter Nazi-Depp", schrie er.

Er ließ sich in einem der Sessel nieder, zog ein kleines Silberdöschen aus der Jackentasche und warf zwei Tabletten ein. Dann lehnte er sich schweratmend zurück und starrte mit seinen ausdruckslosen roten Augen gegen die Decke.

Ich zog mich vorsichtig von meinem Aussichtspunkt zurück und richtete mich erst auf, als ich von unten garantiert nicht mehr gesehen werden konnte. Ich drehte mich um, und da stand sie vor mir, diese sehr große, sehr blonde Schwedin, die mir bereits auf der Bürgerversammlung aufgefallen war, wo sie simultan aus dem Chinesischen übersetzt hatte. Ein richtiger Vamp. Sie trug nichts weiter als einen dünnen seidenen Morgenmantel, der ihre Reize kaum verbarg, und machte nicht den Eindruck, als sei sie überrascht, mich zu sehen.

„Was suchen wir denn hier, junger Mann?", fragte sie und lächelte geheimnisvoll. „Sie sollten mal Ihr Makeup richten."

Einen Moment lang verschlug es mir den Atem. Ich stand wie erstarrt. Dann wurde mir klar, dass ich nichts von ihr zu befürchten hatte. Und dass irgendetwas mit meiner Chinesenmaske nicht stimmte.

„Kommen Sie", sagte die Blonde und nahm mich bei der Hand, „ehe die anderen Sie finden."

Sie zog mich rasch in ein Zimmer, schloss die Tür und stellte mich vor einen Spiegel. Meine sorgfältig aufgetragene Maske war völlig verschmiert. Es musste passiert sein, als ich auf der Empore den Boden entlanggekrochen war. Ich sah aus wie ein Clown.

„Übrigens, ich bin Annika Larsson", sagte der Vamp.

Irgendwie musste ich eine Sekunde zu lange auf ihre Brüste gestarrt haben. Sie bemerkte es und lächelte.

„Ja, ich finde meine Brüste auch toll", sagte sie.

Jetzt hatte sie mich wirklich in Verlegenheit gebracht. Ich muss wohl puterrot angelaufen sein. Sie reichte mir ein blütenweißes Taschentuch.

„Hier, zum Saubermachen. Also?"

„Was?"

„Ihr Name, was sonst?"

„Felix", stammelte ich, „einfach nur Felix."

„Okay, Felix ohne Nachnamen", sagte sie. „Was suchen Sie hier?"

Ich versuchte, Zeit zu gewinnen, indem ich mir das Gesicht sauber wischte, doch ich verschmierte es damit nur noch mehr.

„Ich würde es nass machen", sagte Annika Larsson und deutete auf ein Waschbecken an der Wand. „Also, bekomme ich eine Antwort?"

Ich feuchtete das Tuch an und entfernte mir die Schminke vollständig aus dem Gesicht. Jetzt sah ich wieder halbwegs manierlich aus.

Irgendwann musste ich ja mit der Sprache rausrücken.

„Ich suche meine Freundin", sagte ich. „Clara."

„Oh", erwiderte sie.

Nur dieses eine kleine Wort. Schwang da eine gewisse Enttäuschung mit?

„Sie muss hier irgendwo sein", fuhr ich fort.

„Ja, natürlich", sagte Annika Larsson und seufzte. „Und dafür der ganze Aufwand?"

Ihr Mund verzog sich zu einem ebenso spöttischen wie melancholischen Lächeln.

„Wären Sie bereit, für sie zu sterben?", fragte sie.

**9.11., 09:10 h, François V., 33, Botschaftssekretär**

Am Montag, knapp eine Woche nach dem Mauerbau, kampierten bereits mehr als fünfhundert Flüchtlinge in unserem Botschaftsgarten. Es war kein schöner Anblick. Doch auch den neuen Machthabern von Dahlem war inzwischen aufgegangen, dass diese Entwicklung ihr Image nachhaltig beschädigen musste. In den führenden Zeitungen der Welt waren bereits etliche kritische Artikel erschienen, die von unhaltbaren hygienischen Zuständen sowie einer humanitären Katastrophe sprachen und die Schuld bei CPI verorteten.

Wir hingegen wurden gelobt für unsere einzigartige Willkommenskultur, die nur der beispiellosen deutschen Aufnahmebereitschaft im Herbst 2015 vergleichbar sei, als die Bundeskanzlerin generös die Grenzen hatte öffnen lassen, so dass Hunderttausende von Migranten ungehindert und ohne jede Kontrolle ins Land strömen konnten. Sämtliche

Botschaften und Konsulate anderer Länder, die ebenfalls in Dahlem angesiedelt waren, hielten, schrieben die Zeitungen weiter, ihre Tore strikt geschlossen und wiesen alle Schutzsuchenden mitleidlos zurück. Einige hätten ihre Absperrungen sogar mit NATO-Draht verstärkt.

Die Chinesen schickten daher eine kleine Abordnung, um die Sache friedlich zu bereinigen. Als erstes boten sie uns Geld, wenn wir die Asylanten nach Westafrika überführten. Leider mussten wir dieses freundliche Angebot ablehnen, da ein solches Unterfangen unsere Kapazitäten bei weitem überstiegen hätte.

Wir sind ein kleines Land mit einer suboptimalen Infrastruktur und etlichen sozialen Problemen. Zu viele Fremde mit ihrer ganz andersartigen Kultur hätten zweifellos Unruhen in der einheimischen Bevölkerung hervorgerufen und zu unkontrollierbaren Konflikten mit den Neuankömmlingen geführt. Dieses Risiko wollten wir keinesfalls eingehen. Außerdem wäre doch sehr die Frage gewesen, ob sich die Flüchtlinge so einfach und widerstandslos ins schwüle, malariaverseuchte Westafrika hätten deportieren lassen. Es war ganz bestimmt nicht die Region ihrer Wahl.

Also redeten die Chinesen direkt mit dem Flüchtlingskomitee und machten den großzügigen Vorschlag, dass alle Menschen, die derzeit im Garten unserer Botschaft Schutz suchten, in einen der Themenparks, die CPI weltweit betrieb, ausreisen durften. Allerdings mussten sie sich im Gegenzug dazu verpflichten, dort für mindestens fünf Jahre als Piraten, Zottelbären oder Aliens aufzutreten. Dieses Ansinnen lehnte das Komitee voller Empörung als unwürdig und unverschämt ab, was den Chinesen indes nur ein höhnisches Grinsen entlockte.

Es gab keine Alternative, das wussten sie. Bei einer freiwilligen Rückkehr nach Dahlem wären die Flüchtlinge sofort in Gewahrsam genommen und von einem Standgericht abgeurteilt worden. Ewig jedoch konnten sie in unserer Botschaft aber auch nicht bleiben. Schließlich stand der Winter vor der Tür. Irgendeine Lösung musste gefunden werden.

### 9.11., 10:13 h, Felix J., 24, BWL-Student

Es dauerte eine Weile, bis der männermordende schwedische Vamp begriff, dass ich für sexuelle Dienstleistungen nicht zur Verfügung stand. Doch nachdem sie diese Zurückweisung erst einmal akzeptiert und zur Entspannung eine Prise Koks geschnupft hatte, erwies sich die blonde Braut als richtig reizend. Sie bot mir sogar ein Glas Wein an.

„Clara, ja?", fragte sie und lächelte.

Ich nickte.

„Wo ist sie?", wollte ich wissen.

„In einem der anderen Zimmer", erwiderte Annika. „Das Problem ist, wie bringen wir sie hier raus. Sie ist Li Changjis Plan B, für den Fall, dass es mit der mesopotamischen Statue nichts wird. Die hat sich ja leider als Fälschung herausgestellt. War nix mit dem ewigen Leben."

Sie zuckte bedauernd die Schultern.

„Was heißt Plan B?", fragte ich. „Was haben sie mit ihr vor?"

„Li Changji glaubt an Jungfrauenopfer", sagte Annika. „Er ist davon überzeugt, dass ihr Blut sein Leben verlängert. Bescheuert, aber so ist er nun mal."

Ich muss wohl ziemlich konsterniert geschaut haben.

„Clara ist garantiert keine Jungfrau mehr", sagte ich mit Nachdruck. „Wir schlafen seit Monaten zusammen. Und ich war keineswegs der erste."

„Ja, es schwer, heutzutage noch an Jungfrauen zu kommen", seufzte Annika. „Daher nimmt Li Changji alles, was er kriegen kann. Hauptsache, die Mädchen sind jung und attraktiv. In Guangxi, am Mondberg, hat er eine geheime Höhle, in der er sechs bildhübsche Mädchen, eines von jedem bewohnten Kontinent, nach einem alten Ritus opfern und in ihrem Blut baden will. Fünf hat er schon, Clara ist die sechste."

„Warum nimmt er nicht Sie?", fragte ich.

Annika lachte.

„Soll das ein Witz sein? Ich bin zu alt dafür, ich sprach von jungen Mädchen. Und Jungfrau bin ich schon gar nicht."

„Also, wo ist sie?"

„Wir können zu ihr gehen", antwortete Annika. „Aber erschrick nicht, sie ist in keinem guten Zustand."

Ich war alarmiert.

„Was haben sie mit ihr gemacht?"

„Komm, du wirst schon sehen", sagte Annika und nahm mich bei der Hand. „Ich gehe vor und geb' dir Zeichen."

Sie öffnete die Tür einen Spaltbreit und lugte hinaus.

„Die Luft ist rein, komm'", flüsterte sie. „Aber keinen Laut!"

Ich folgte ihr. Gemeinsam schlichen wir eine Treppe hoch, dann einen Flur entlang. Schließlich öffnete sie eine Tür, und wir schlüpften ins Zimmer.

Zunächst sah ich gar nichts. Lediglich das blauweiße Licht des Mondes schien durchs Fenster. Dann erkannte ich Clara. Sie lag teilnahmslos auf einem Bett, vollständig bekleidet, und starrte mit weit geöffneten Augen auf den Mond, der tief am Himmel hing. Ich flüsterte leise ihren Namen und berührte ihre Schulter, doch sie reagierte nicht.

„Sie steht unter Drogen", sagte Annika. „Sie kann dich nicht hören."

„Und was machen wir jetzt?", fragte ich, einigermaßen verzweifelt.

„Du bleibst bei ihr, ich schau mich mal um", antwortete Annika.

Es dauerte eine ganze Weile, bis sie wieder auftauchte. Sie war ziemlich aufgeregt. Es waren aber auch sensationelle Neuigkeiten, die sie mitbrachte.

„Er ist tot", sagte sie. „Li Changji ist vor zwei Stunden gestorben."

„Na ja, er war ja auch schon ziemlich alt", entgegnete ich.

„Hundertvier", sagte Annika.

„Da kann er sich nicht wirklich beschweren", antwortete ich.

Vielleicht ließ ich das notwendige Maß an Mitgefühl vermissen, doch das war mir egal. Immerhin war er für Claras Entführung verantwortlich und hatte beabsichtigt, sie zu töten. Dies zeugte auch nicht gerade von Empathie. Wichtig war mir nur, was Li Changjis Tod für uns bedeutete.

„Ich habe eine Idee, wie wir Clara hier rausbringen", sagte Annika.

Ihr Plan, den sie mir auseinandersetzte, klang abenteuerlich, erschien aber durchführbar. Er erforderte allerdings eine gehörige Portion Mut. Wenn er schief ging, konnten wir alle unser Testament machen.

**9.11., 11:06 h, Ludmilla P., 37, Reinigungskraft**

Ich musste mal wieder den Dreck wegmachen im Kanzleramt, und en passant bekam ich mit, dass sich einiges verändert hatte seit meiner letzten Putzaktion. Die Minister des Inneren, der Justiz und der Finanzen sowie der Vizekanzler hockten verschwörerisch im Kleinen Kabinettssaal beieinander und heckten offenkundig etwas aus. Ich arbeitete mich mit meinem Wischmopp unauffällig an die vier heran. Sie waren so beschäftigt, dass sie mich gar nicht wahrnahmen. Wie Museumswärter, Prospektverteiler oder Kartenabreißer gehören auch Putzfrauen zu jenen Menschen, über die man gedankenlos hinwegsieht. Doch sie bekommen mehr mit, als man denkt. Besonders, wenn sie es darauf anlegen.

Außer uns war niemand im Raum, die Tür war verschlossen. Die Minister sahen überhaupt keine Notwendigkeit, ihre Stimmen zu dämpfen, so sicher fühlten sie sich. Es ging darum, dass sich jeder von ihnen den Posten des Kanzlers zutraute, und keiner bereit war, darauf zu verzichten. Es war eine handfeste Verschwörung im Gange. Die Kanzlerin sollte abgelöst werden.

„Wir sollten einen einstimmigen Beschluss fassen, statt uns auf diese Weise zu bekriegen", sagte der Innenminister. „So schwächen wir uns nur selbst."

„Sie wird sich wehren", gab der Vizekanzler zu bedenken. „Bisher hat sie noch jeden weggebissen, der ihr hätte gefährlich werden können."

„Dass es einfach wird, hat niemand behauptet", entgegnete

der Finanzminister. „Aber wir sind zu viert, der Kern des Kabinetts. Gegen uns kommt sie nicht an. Sofern wir uns einig sind und an einem Strang ziehen."

„Außerdem haben wir das Momentum der Geschichte auf unserer Seite", fügte der Vizekanzler mit jenem hohlen Pathos hinzu, das man von ihm gewohnt war. „Sie wird sich beugen müssen."

„Also wie machen wir es?", fragte der Justizminister.

„Was?"

„Wir müssen einen von uns auskungeln, der bereit ist die Verantwortung zu übernehmen", erklärte der Justizminister und ließ seinen Blick von einem zum anderen wandern.

„Da wir ja offensichtlich alle dazu bereit und auch qualifiziert sind", sagte der Finanzminister, „wird uns nichts anderes übrigbleiben als das Los entscheiden zu lassen."

Er blickte in die Runde.

„Einverstanden, meine Herren?"

Alle nickten.

### 9.11., 12:08 h, Horst K., 72, Buchhändler

Seit Jahren schon hatte ich an keiner Demonstration mehr teilgenommen. Irgendwann ist man müde, für seine Ideale zu kämpfen, wenn der Effekt ohnehin gleich Null ist. 1967, 68 war ich noch ein junger Mann, ich studierte Soziologie und Germanistik an der Berliner FU und war in der APO engagiert. Rudi Dutschke beindruckte und beeinflusste mich sehr, mit seinen Reden trug er wesentlich dazu bei, dass ich ein politisches Bewusstsein entwickelte.

Als es gegen den Schah von Persien ging, war ich an vorderster Front mit dabei, untergehakt liefen wir im Laufschritt die Bismarckstraße hinunter und riefen unseren Schlachtruf wie aus einer Kehle, vor uns die Bullenkette, die auf uns wartete. Dann ging es los. Ich erinnere mich noch gut an die Wasserwerfer, die Tränengasgranaten und die prügelnden

Polizisten, gegen die wir uns so gut wehrten wie wir konnten. Gewalt beantworteten wir mit Gegengewalt, das war legitim nach unserem Verständnis, auch wenn die bürgerliche Hetzpresse dies ganz anders sah. Hinterher saßen wir in unserer Eckkneipe beim Bier zusammen und leckten unsere Wunden, waren aber auch stolz darauf, aktiven Widerstand gegen das Schweinesystem geleistet zu haben.

Anfang der siebziger Jahre ging das alles den Bach hinunter, viele von uns begannen den Langen Marsch durch die Institutionen. Sie wurden Lehrer, Richter oder Verwaltungsbeamte, fast alle ergriffen einen soliden bürgerlichen Beruf. Es galt, ins Innere der Gesellschaft vorzustoßen, sie auf nachhaltige Weise zu durchdringen, um so auf lange Sicht Veränderungen herbeizuführen. Andere gingen in die Politik und leisteten jahrzehntelange Kärrnerarbeit. Wieder andere radikalisierten sich in der RAF, nahmen den direkten Kampf auf und scheiterten.

Ich zog mich, wie so viele andere Enttäuschte, in meinen Elfenbeinturm zurück und widmete mein Leben der Literatur. Ich wurde Buchhändler. Vielleicht hatte es auch nie zu mehr gereicht bei mir, und wenn es so war, dann war es eben so. Ich war nie der Typ eines Anführers, der die Menschen begeisterte und mitriss.

Politisch engagierte ich mich seitdem kaum noch. Ich sah, dass sich letztlich nicht wirklich etwas änderte in der Gesellschaft, und dass all unseren Idealen die Spitze abgebrochen wurde. Natürlich kann es auch sein, dass wir selbst uns änderten.

Hatten wir gewonnen, als unser Steine werfender Ex-Genosse aus Frankfurt das Amt des Außenministers übernahm? Er bestimmt. Ich erinnere mich an die Fotos, als er 1999 nach der siegreich verlaufenen Bundestagswahl im vornehmen grauen Dreiteiler, ein Glas Champagner in der Hand, lachend für die Presse posierte. Spätestens von da an war er mir sehr fremd mit seinem bourgeoisen Gehabe. Die Turnschuhe, die er 1985 bei seiner Vereidigung zum hessischen Umweltminister trug, sind heute im Offenbacher Ledermuseum ausgestellt. Er selbst macht Werbung für die

Autoindustrie. Damals hätte dies niemand aus unserer Clique für möglich gehalten.

Die prominenten Kämpfer von damals (kaum keiner kennt mehr ihre Namen) haben heute irgendwelche Professuren inne, sind in ominösen Stiftungen tätig oder betreiben vegane Restaurants. Die meisten sind längst in Rente. Sie bewohnen großzügige Altbauwohnungen im gentrifizierten Berliner Prenzelberg und spielen mit ihren Enkeln auf privaten Kinderspielplätzen, zu denen nur Zugang hat, wer eine Berechtigung nachweisen kann, für die er viel Geld bezahlt hat. Schmuddelkinder sind dort nicht erwünscht. Manche besitzen auch ein Ferienhaus im Süden, in der Toskana vorzugsweise. Sie alle haben, auf die eine oder andere Weise, ihre Schäfchen ins Trockene gebracht.

Und wir, das Volk, haben die „Koalition der Nationalen Einheit" mit nicht weniger als sechs Parteien übers ganze politische Spektrum hinweg und einer ewigen Kanzlerin. Es ist im Grunde völlig egal, wen man wählt (außer den Rechten natürlich), es ändert sich ja doch nichts. Ein billiger Basar allfälliger Beliebigkeit, das ist aus unserer hochfahrenden Utopie geworden.

Dass die Stimmung langsam kippte, was die Mauer betraf, hatte ich natürlich mitbekommen. Die Leute reden, ich höre zu. Nach der ersten Begeisterung, die der warme Geldregen ausgelöst hatten, war Ernüchterung eingetreten. Denn wenn man 100 Milliarden Euro auf die gesamte Bevölkerung umlegte, war die Riesensumme plötzlich gar nicht mehr so groß.

Und es kam nichts nach. Zwar wurde spekuliert, dass die Regierung noch mehr hochkarätige Objekte verkaufen wollte, doch machte sich zugleich Misstrauen breit, da man möglicherweise selbst davon betroffen war. Ausschließen konnte man es nicht. Auch dass Chinesen in Dahlem nun das Sagen hatten, stieß auf allgemeines Missfallen. Wäre es ein deutscher Konzern gewesen, hätte vermutlich niemand etwas gesagt.

Die Demonstration, die für heute um die Mittagszeit an der Mauer angekündigt war, wollte ich mir jedenfalls nicht entgehen lassen. Als Zuschauer, versteht sich. Ich bin zu alt, um mitzutun. Außerdem wusste ich nicht, ob ich nun für oder gegen die Mauer war. Im Grunde war sie mir egal. Aber die Demonstration, die wollte ich mir schon ansehen. Aus reiner Nostalgie heraus.

Ich rief einen Genossen an, Martin, den ich noch von damals her kannte. Er arbeitet in einer Maßnahme des Jobcenters, wo er benachteiligten Jugendlichen hilft, alte Fahrräder zu reparieren. Er hat, ebenso wie ich, graue Haare und trägt einen Pferdeschwanz, seine ohnehin recht helle Stimme ist im Lauf der Jahrzehnte dünn und brüchig geworden. Vom Äußeren her könnten wir gut als Zwillingsbrüder durchgehen, auch unsere Biographien unterscheiden sich nicht sehr voneinander. Ab und zu gehen wir ein Bier trinken und reden über die alten Zeiten. Nicht häufig, vielleicht alle halbe Jahre einmal. Es ist ja alles gesagt, und sentimental sind wir beide nicht. Aber was damals geschah, gehört zu unserer persönlichen Geschichte. Wir fuhren also mit unseren Fahrrädern an die Mauer und schauten, was los war.

Wir hätten nicht gedacht, dass das Geschehen uns dermaßen aufwühlen würde. Eine kleine Gruppe von Demonstranten, die keineswegs, wie wir seinerzeit, alle jung waren, hielten Schilder mit Parolen hoch und skandierten Sprüche wie „Weg mit der Mauer" oder „Dahlem den Deutschen". Sie waren nicht mehr als hundertfünfzig, auf keinen Fall mehr als zweihundert Mann, ein winziges Häuflein im Vergleich zu damals.

Auch wenn wir mit ihren Forderungen inhaltlich wenig anfangen konnten, so beeindruckte uns doch ihr Glühen, ihre Entschlossenheit und Leidenschaft. Zwei Dutzend Polizisten in Kampfmontur standen um sie herum, griffen jedoch nicht ein. Sie schienen vielmehr zum Schutz der Demonstranten da zu sein, was wir nun ganz und gar nicht verstanden.

Verkehrte Welt!

Früher wären die Polizisten auf uns losgegangen, wir hätten uns gewehrt, und es hätte Verletzte auf beiden Seiten gegeben.

Unwillkürlich stimmten Martin und ich den alten Schlachtruf an.

„Ho, Ho, Ho Chi Minh", riefen wir, zuerst nur zögernd, doch dann immer lauter, mit immer festeren Stimmen.

Die Tränen standen uns in den Augen. Wir ballten die Fäuste in den Taschen unserer olivgrünen Parkas.

„Wat rufen die Opas da?", lachten ein paar Halbwüchsige neben uns, die wie aus dem Nichts aufgetaucht waren. „Hamm'se nich mehr alle, wa?"

Da wurde uns klar: Die Geschichte war über uns hinweggegangen.

## 9.11., 12:31 h, Ludmilla P., 37, Reinigungskraft

Die vier Minister hatten sich auf Streichhölzer geeinigt. Sie waren unterschiedlich lang, wer das längste zog, hatte gewonnen und würde Bundeskanzler werden. Da jeweils einer der vier Minister die Streichhölzer halten musste (mich konnten sie ja schlecht darum bitten), waren mehrere Wahlgänge notwendig.

Doch schon der erste führte zum Streit. Nachdem der Justizminister ein kurzes Hölzchen gezogen hatte, bezichtigte er den Vizekanzler, der die Streichhölzer gehalten hatte, lautstark der Manipulation.

„Sie betrügen, Herr Vizekanzler", empörte er sich.

Als auch der Innenminister ein kurzes Streichholz zog, stimmte er in die Vorwürfe mit ein und weigerte sich, das Ergebnis zu akzeptieren.

„So kommen wir nicht weiter, meine Herren", versuchte der Finanzminister die eskalierende Situation zu entschärfen. „Wir sollten es mit Würfeln versuchen, die sind nicht manipulierbar."

„Na, ich weiß nicht", zweifelte der Vizekanzler. „Es gibt schließlich auch gezinkte Würfel. In Las Vegas."

„Wir sind hier nicht in Las Vegas, sondern im Kanzleramt", stellte der Innenminister klar. „Da gibt es keine gezinkten Würfel."

„Dafür betrügen wir anders, haha", amüsierte sich der Justizminister.

„Haben wir denn überhaupt Würfel?", fragte der Finanzminister.

„In der Spieleschublade liegt ein Mensch ärgere dich nicht", sagte der Vizekanzler. „Auch Halma, Mühle und Dame, alles da. Und Monopoly."

„Mensch ärgere dich nicht ist gut", sagte der Finanzminister. Dann wandte er sich zu meiner Überraschung an mich.

„Würden Sie es bitte holen?", fragte er. „Es ist die dritte Schublade von oben."

Es störte sie nicht im geringsten, dass ich alles mitgehört hatte. Sie mussten sich wirklich sehr sicher fühlen. Ich holte das Spiel aus der Schublade und stellte es vor sie auf den Tisch. Dann beschäftigte ich mich wieder mit meinem Wischmopp, hielt aber Augen und Ohren offen.

Die vier Minister setzten sich so, dass jeder den anderen drei gut auf die Finger schauen konnte. Offenbar misstrauten sie einander zutiefst. Dann fingen sie an, darum zu würfeln, wer als nächster das Amt des deutschen Bundeskanzlers bekleiden durfte.

Draußen ließ die Kanzlerin das passende Lied zu ihrer Stimmung spielen, „Es wird Dir leid tun" von Andreas Holm aus dem Jahr 1965.

**9.11., 13:04 h, Felix J., 24, BWL-Student**

In der Villa war es totenstill. Die Chinesen niederen Ranges schliefen ohnehin im Gartenhaus, Hui Dai Phen und der Albino waren laut schnarchend auf der Couch im Wohnzimmer eingeschlafen. Zu einer Totenwache für Li Changji sah keiner einen Anlass, offenbar war er nicht sehr beliebt bei seinen Leuten gewesen. Alle Türen waren verriegelt und die Alarmanlage scharfgestellt, so dass wir keine Chance hatten, das Haus unbemerkt zu verlassen. Aber Annika hatte sich etwas anderes ausgedacht.

Die Chinesen hatten den Toten bereits in einen Leichensack gepackt, bereit für den Abtransport nach Guangzhou, der am nächsten Tag erfolgen sollte. Es war keine Schwierigkeit, das Zimmer zu betreten, in dem Li Changji seine vorläufige Ruhe gefunden hatte, es war eher eine Abstellkammer. Sie war unverschlossen.

Annika und ich warteten bis zum frühen Morgen, bis wir den Austausch vornahmen. Clara war inzwischen halbwegs zu sich gekommen, und wir schärften ihr ein, keinen Laut von sich zu geben, egal was passierte. Dann steckten wir sie in den Leichensack, schnitten ein paar Luftlöcher hinein und ließen sie in der Abstellkammer zurück. Den toten Li Changji deponierten wir in der Badewanne eines der leerstehenden Zimmer und schlossen es ab.

Dann konnten wir nur noch warten.

„Ein bisschen Vertrauen gehört schon dazu", sagte Annika tröstend. „Ich werde schon dafür sorgen, dass alles glatt läuft."

Mir blieb tatsächlich nichts anderes übrig, als darauf zu hoffen, dass ihr Plan funktionierte.

### 9.11., 13:32 h, Ludger W., 33, Privatchauffeur

Die Chinesen riefen früher an als gedacht. Wir hatten vereinbart, dass ich 48 Stunden in Bereitschaft bleiben sollte, um den winzigen uralten Mann im Rollstuhl zu seinem Privatjet nach Tegel zu fahren, doch schon nach gut einem Tag war es soweit. Ich wurde zu der pompösen Villa in Dahlem bestellt, wo ich die Truppe zuvor auch abgeliefert hatte. Am Checkpoint an der Mauer wussten sie Bescheid und winkten mich durch.

Als sie mir den zusammengeklappten Rollstuhl hinten reinstellten und die Krankenschwester ziemlich aufgedreht die Treppe runterkam, machte ich mir noch keine Gedanken. Was los war, realisierte ich erst, als sie den Leichensack im

Kofferraum verstauten. Ich runzelte die Stirn.

„Der ehrwürdige Li Changji ist für immer von uns gegangen", sagte Hui Dai Phen etwas schwülstig.

Er machte nicht den Eindruck, dass er übermäßig trauerte. Aber bei Chinesen kann man sich ja schwer vertun.

„Fahren Sie bitte vorsichtig auf dem Weg zum Flughafen", fügte er hinzu. „Sein Astralleib könnte aus dem Gleichgewicht geraten."

Das meinte er tatsächlich ernst. Ich muss wohl ziemlich dumm aus der Wäsche geschaut haben, verkniff mir aber jeden Kommentar. Immerhin bezahlten sie mich gut für den Job. Die letzte Rate, so war es vereinbart, würde ich am Flughafen bekommen, bar auf die Hand und ohne Quittung.

Dass ich mit meiner Pullman S-Klasse Leichenwagen spielen sollte, war eine Premiere für mich, über die ich alles andere als glücklich war. Ich nahm mir vor, den Kofferraum und die Polster hinterher gründlich zu reinigen. Tote im Auto sollen Unglück bringen.

Als Begleitung stieg neben Hui Dai Phen noch die blonde Schwedin zu. Von dem Albino war nichts zu sehen, was ich keineswegs bedauerte. So machten wir uns auf den Weg zum Flughafen.

## 9.11., 13:56 h, Walter Ü., 54, Bauunternehmer

Inzwischen waren wir dazu übergegangen, auch tagsüber zu graben, damit wir schneller vorankamen. Wir lösten uns nach einem genauen Stundenplan ab, alle legten eine bemerkenswerte Disziplin an den Tag. Pilse-Ilse sorgte zuverlässig für den notwendigen Nachschub an Bier.

Doch dann trafen wir auf ein Hindernis. Es war ein armdickes Glasfaserkabel, das genau auf unserer Route lag. Es bedurfte keiner großen Phantasie zu erkennen, wozu es diente. Alle Telefonleitungen und Internetverbindungen liefen durch das Kabel hindurch.

Es dauerte einige Zeit, bis uns die Bedeutung dieser Entdeckung klar wurde. Wir konnten alle nicht mehr klar denken vor Müdigkeit und exzessivem Alkoholkonsum.

„Das ist ihre Achillesferse", sagte ich.

Die anderen begriffen es noch nicht und starrten mich fragend an.

„Wenn wir das Kabel anzapfen, haben wir Verbindung nach draußen", erläuterte ich. „Dann können wir wieder agieren. Und Dinge anstellen, die den Chinesen garantiert nicht gefallen."

„Und wer soll das tun?", fragte Bodo. „Ich hab' keine Ahnung von Technik. Ich bin Schauspieler."

„Ich weiß schon, wen ich frage", erwiderte ich. „Gerade mal vierzehn Jahre alt, aber ein absolutes Genie auf diesem Gebiet. Benny, der Sohn meiner Freundin. Er wird den Schlitzaugen die Hölle heiß machen."

## 9.11., 14:15 h, Bernd S., 29, Kellner

Die Ereignisse eskalierten, bevor die vier Minister ihren Putsch durchführen konnten. Die Kanzlerin zögerte noch immer, auf die verführerischen Angebote zu antworten, die für die lukrativsten Objekte in Deutschland auf dem Tisch lagen. Folglich stand auch kein frisches Geld in Aussicht, und Unmut machte sich im Lande breit. Irgendwer aus dem innersten Kreis hatte geplaudert, und dreimal dürfen Sie raten, wer es war (ja genau, ich war es!). Sogar die öffentlich-rechtlichen Regierungsmedien muckten auf und stellten die berechtigte Frage, wie die gewaltigen Herausforderungen der Zukunft ohne neue Geldquellen gemeistert werden konnten.

Aus dem Kanzleramt kam zunächst keine Reaktion, was sich als keine gute Strategie erwies. Als den Leuten erst einmal klar war, dass ganz Deutschland scheibchenweise an irgendwelche ausländischen Konzerne und Potentaten verscherbelt werden könnte, während bei ihnen selbst nur

Peanuts ankamen, entwickelte sich, angefacht durch die rechtsgerichtete Partei im Bundestag, die das Potenzial sofort erkannte, rasch eine ernstzunehmende Gegenbewegung.

Für Montagmittag, eine Woche nach dem Mauerbau, war eine Großdemonstration vor dem Kanzleramt angekündigt, deren Bekanntmachung auf Facebook sofort mehrere Millionen Likes nach sich zog, worauf Facebooks Server wegen Überlastung zusammenbrachen. Als die Regierung das mitbekam, war höchste Alarmstufe angesagt.

„Wenn wir sie jetzt ablösen, übernehmen wir auch die Verantwortung", flüsterte der Vizekanzler. „Wir sollten besser warten."

Da ich ihm gerade einen Riesling-Wermut auf Eis servierte, bekam ich alles haarklein mit.

„Ich habe keine Lust, die Sache auszubaden", pflichtete ihm der Innenminister bei. „Der Volkszorn ist unkalkulierbar. Am Ende hängen sie uns alle noch an Laternen auf, so wie damals in Paris die Adeligen."

„1789", fügte der Vizekanzler besserwisserisch hinzu, als hätten seine Mitverschwörer noch nie davon gehört. „Französische Revolution."

Er hielt sich viel auf seine Geschichtskenntnisse zugute, schließlich war er Berufsschullehrer von Beruf.

„Wir könnten das Militär einsetzen", schlug der Justizminister vor. „Zwar muss das Parlament zustimmen, doch es wird gewiss auf unserer Seite sein. Die haben auch nur Angst um ihre Pfründe."

Ich hielt ihm einen Rotwein hin, den er dankend annahm.

„Vorsicht, das könnte bös' ins Auge gehen", meinte der Finanzminister und hob mahnend den Zeigefinger. „Wir sollten lieber auf der Welle reiten. Verantwortlich ist die Kanzlerin. Sie hat das Ganze schließlich angezettelt, oder?"

„Klar hat sie das", sagte der Justizminister. „Wir sind alle Zeugen."

Wie immer war ihm wichtig, dass alles juristisch korrekt ablief.

„Ein klassischer Fall von Bauernopfer", grinste der Innenminister. „Die Leute sollen erst mal ihre Wut an ihr ablassen,

hinterher können wir den Laden ja immer noch übernehmen."
„Guter Plan", meinte der Vizekanzler, nahm noch einen kräftigen Schluck Riesling-Wermut und hielt mir das halbleere Glas zum Nachfüllen hin.
Während die vier Minister überlegten, wie die Krise so zu meistern sei, dass sie selbst dabei fein rauskamen, verschwand die Kanzlerin mit ihrer Büroleiterin und der Gesundheitsministerin auf der Damentoilette. Offenbar sammelte auch sie ihre Truppen. Ihr hochentwickelter siebter Sinn für Gefahr hatte sie bisher noch nie im Stich gelassen, nur deshalb hatte sie sich so unfassbar lange als Kanzlerin halten können.
Irgendwer hatte „Jeder Weg hat mal ein Ende" von Marianne Rosenberg aufgelegt, einen alten Schlager aus dem Jahr 1972. Doch keiner hörte zu.

## 9.11., 14:29 h, Ludger W., 33, Privatchauffeur

Es dauerte elend lange, bis wir den Flughafen erreichten. Die Stadt war voll wegen der Demonstration vor dem Kanzleramt, aus ganz Deutschland waren die Menschen mit Sonderzügen und Bussen angereist. Überdies mussten wir zwischendurch an einer Tankstelle anhalten, weil die blonde Walküre dringend auf die Toilette musste. Der wahre Grund für den Stopp erschloss sich mir erst später.
Zunächst lief alles glatt. Wir passierten den Zugang zum abgesperrten Teil von Berlin Tegel ohne Schwierigkeit, die Schranke ging hoch, als wir uns näherten. Auch der Privatjet stand schon auf Position, bereit zum Start.
Wer allerdings ebenfalls auf uns wartete, waren ungefähr zwei Dutzend finster blickende Polizisten, in Kampfmontur und mit schussbereiten Maschinenpistolen. Sondereinsatzkommando. Sie umringten uns sofort. Zwar befahl Hui Dai Phen, ich solle Gas geben, doch ich hütete mich, die Anweisung auszuführen. Ich hatte keine Lust, dass mein schöner Wagen und ich selbst von Kugeln durchsiebt wurden.

Ich hielt an, öffnete die Tür und stieg mit erhobenen Händen aus. Die anderen ebenfalls. Die Schwedin lief sofort zum Einsatzleiter. Sie deutete auf den Kofferraum meiner Pullman-Limousine. Offenbar hatte sie die Seiten gewechselt.

Natürlich öffnete ich den Kofferraum, als sie es mir befahlen. Zu dritt holten sie den Leichensack heraus und zogen den Reißverschluss auf. Sie können sich denken, wie verblüfft ich war, als sich darin keineswegs der tote Chinese befand, sondern eine höchst lebendige junge Frau mit langem schwarzen Haar und grünen Mandelaugen, eine wahre Schönheit.

„Sie sind alle verhaftet, meine Herren", sagte der Einsatzleiter.

Dies galt auch für mich. Als sich die Handschellen um meine Gelenke schlossen, wusste ich, dass ich diesen Job wohl besser nicht hätte annehmen sollen.

**9.11., 15:01 h, Walter Ü., 54, Bauunternehmer**

Benny brachte seinen Laptop mit, mehr brauchte er nicht, um das Glasfaserkabel zu manipulieren. Wir sägten ein viereckiges Loch in die Ummantelung aus blauem Plastik und stellten mit einem einfachen Draht eine Verbindung zu Bennys Laptop her. Dann machte er sich an die Arbeit. Wir versorgten ihn gut mit Schokoriegeln und Gummibärchen, damit er auch nicht die Lust verlor. Doch diese Gefahr bestand nicht, er war mit Eifer bei der Sache. Was er genau tat, verstand keiner von uns, wir sind alle keine Technikfreaks. Doch sein regelmäßiges Kieksen und meckerndes Lachen verriet uns, dass er nicht unzufrieden war.

„Hast du einen Plan, Benny?", fragte ich ihn.

„Und ob", erwiderte er. „Ich werde die Chinamänner dort treffen, wo es ihnen wehtut."

„Und das ist?"

„Geld."

Nach einer halben Stunde hatte er sich in das interne Netz

einer Singapurer Großbank gehackt und herausbekommen, wer ihre führenden Investmentbanker waren, die über genügend Spielgeld verfügten, um auf globaler Ebene etwas bewegen zu können. Zehn Minuten darauf hatte er ihre Passwörter geknackt, so dass er sich in ihrem virtuellen Universum frei bewegen und allen möglichen Unsinn anstellen konnte. Und glauben Sie mir, es war eine Menge Unsinn.

Wir standen um seinen Laptop herum, tranken Bier und verfolgten staunend, wie er sich allein mit den flinken Bewegungen seiner Fingerchen unter dem Schutz fremder Identitäten erstaunlich sicher auf dem Börsenparkett von Tokio, Singapur, Frankfurt, London und New York bewegte.

Doch das war erst der Anfang. Um das ganz große Rad zu drehen, lernte ich, brauchen Sie mehrere Big Player, deren Kräfte Sie bündeln, ohne dass jemand merkt, dass Sie dahinterstecken. Zumindest nicht, bis Sie ihr Ziel erreicht haben. Ihre Spur sollten Sie sorgsam verwischen, denn Leute, denen man ihr Geld nimmt, sind nachtragend und rachsüchtig und halten sich selten an die Gesetze.

Also sorgte Benny dafür, dass man seine Aktivitäten nicht zu seiner IP-Adresse zurückverfolgen konnte, und spielte das ganze Spiel noch einmal. Und noch einmal. So lange, bis er einen Trend geschaffen hatte, der unaufhaltsam Fahrt aufnahm.

„Warum hast du denn so was nicht schon früher gemacht?", fragte ich Benny fassungslos. „Du könntest steinreich sein."

„Meine Mutter hat's verboten", erwiderte er. „Sie sagt, es ist ein Geheimnis, und ich darf niemandem sagen, dass ich's kann."

Ich nahm mir vor, ernsthaft mit Gabi zu reden. Warum arbeiteten wir uns eigentlich alle halbtot, jeder auf seine Weise, wenn das Geld doch nur ein paar Mausklicks entfernt herumlag wie Sand am Meer?

## 9.11., 15:44 h, Andreas C., 31, Investmentbanker

Die vergangenen Tage war alles hervorragend gelaufen. Der Aktienkurs von CPI war noch weiter gestiegen, und der virtuelle Gewinn, den ich für die Bank eingefahren hatte, belief sich inzwischen auf sage und schreibe 1,47 Milliarden Dollar, wovon man mir am Ende des Geschäftsjahres zweifellos etliche Millionen als Bonus gutschreiben würde. Wenn ich Glück hatte, würde es dreistellig werden.

Mein Abteilungsleiter hatte bereits vage angedeutet, dass man mich für eine bedeutende Aufgabe in Manhattan in Betracht ziehe, worauf ich mir das Angebot an Eigentumswohnungen dort genauer ansah. Die Preise waren zwar exorbitant, fast so hoch wie die in London, doch für einen Blick auf den Central Park aus einem der oberen Stockwerke eines der neu gebauten Apartmenttürme an der Upper West Side müssen Sie eben etwas hinlegen. In zwei Jahren ist so eine Wohnung ohnehin das Doppelte wert. New York ist der beste Platz für Monopoly in echt.

Ich bin zwar jeden Tag mindestens 16 Stunden im Büro, aber eben keine 24. Dass sich etwas zusammenbraute, bekam ich deshalb nicht gleich mit. Es begann in Singapur, genau wie der Hype einige Tage zuvor, und setzte sich zunächst unauffällig, dann aber unübersehbar an allen wichtigen Börsenplätzen fort. Einige Banken und Großanleger verkauften CPI-Aktien. Das ist an sich nichts Besonderes, fast jeder schichtet sein Depot in mehr oder weniger regelmäßigen Abständen um.

Merkwürdig waren nur die Gleichzeitigkeit, in der dies geschah, der kurze Zeitraum (alles geschah innerhalb weniger Stunden) sowie der immense Umfang. Die Verkäufe hatten zur Folge, dass der Aktienkurs von CPI zunächst ein wenig, aber dann immer mehr und schließlich mit atemberaubender Geschwindigkeit sank. Nach knapp drei Stunden befand er sich im freien Fall, und nichts war in Sicht, was ihn hätte aufhalten können.

In der Bank haben wir für solche Fälle ein Frühwarnsystem. Da sich CPI in meinem Portfolio befand, war ich auch persönlich verantwortlich dafür, und nur ich konnte entscheiden, ob wir ebenfalls verkauften oder, im Gegenteil, auf einen baldigen Wiederaufstieg wetteten und Aktien hinzukauften, um dann richtig Kasse zu machen. Es ist ein Casino, wie man es in vielen deutschen Groß- und Kleinstädten findet, nur mit finanziellen Einsätzen, die sich jeder menschlichen Vorstellungskraft entziehen. Und dass wir, die Spieler, nicht mit unserem eigenen Geld für Fehler geradestehen müssen. Oder nur in ganz seltenen Ausnahmefällen, wenn ein Schuldiger gebraucht wird. Wir wissen, dass die Banken im Zweifelsfall mit Steuergeldern gerettet werden, dies ist schließlich alternativlos, wie die Kanzlerin zu betonen nicht müde wird.

Nun war es jedoch so, dass der Praktikant, der für mich in meiner Abwesenheit die Stellung hielt und mich über ungewöhnliche Entwicklungen informieren sollte, an diesem Tag krank war und kein Ersatz zur Verfügung stand. Niemand hielt es für notwendig, mich über die Vakanz zu informieren, weswegen ich von der Entwicklung kalt erwischt wurde. Als ich, viel zu spät, ins Büro kam, war die Messe schon gelesen. Der Aktienkurs von CPI war nur noch auf zwei Dritteln des Niveaus vom Vortag, und er fiel unaufhaltsam weiter.

Verzweifelt rief ich meine Kontaktleute in Fernost, London und New York an, doch keiner konnte mir sagen, was los war. Eigentlich gab es keinen Grund dafür, warum die Aktie hätte fallen müssen, auch hatte keiner es vorhergesehen. Meine Kollegen waren ebenso überrascht worden wie ich, nur, dass sie schneller, viel schneller reagiert hatten. Bei diesem Geschäft geht es mitunter um Nanosekunden. Sie hatten ihre gesamten Bestände bereits abgestoßen, nur ich saß noch auf einem Riesenpaket, das ich mit allerlei Hebelmechanismen und Termingeschäften auf ein Vielfaches der tatsächlichen Investitionssumme aufgebläht hatte.

Statt einenhalb Milliarden Dollar Gewinn hatte ich vier Milliarden Verlust gemacht. Und es bestand keine Aussicht, dass sich die Aktie in absehbarer Zeit wieder erholen würde. Einen solchen Aderlass verkraftet kein Konzern, noch nicht einmal ein so großer wie CPI. Und auch keine Bank.

Das war nicht nur bitter, es war der absolute GAU. Es gibt

schon einen Grund dafür, warum man die Fenster in unseren Büros, die sich meist in den oberen Stockwerken der Frankfurter Bankentürme befinden, nicht öffnen kann.

Dass der Absturz der Aktie nicht vorhersehbar gewesen war, würde meine Vorgesetzten ganz gewiss nicht interessieren. Sie würden vielmehr fragen, warum ich, ohne jemanden einzuweihen oder mich abzusichern, so bedenkenlos alles auf ein einziges Pferd gesetzt hatte, das dann auf der Zielgerade mit einem Herzinfarkt zusammengebrochen war, um es mal bildlich auszudrücken.

Und ich würde keine Antwort wissen.

**9.11., 16:12 h, Marco B., 38, Personenschützer**

Die Demonstration vor dem Kanzleramt hatte gegen Mittag begonnen, doch auch am Nachmittag machten die Menschen keinerlei Anstalten abzuziehen. Offenbar war die Kanzlerin aufs Höchste beunruhigt, denn sie ließ mich extra nach oben holen, um sich zu erkundigen, ob die Panoramascheiben auch jedem Angriff standhalten würden. Ich konnte sie beruhigen.

„Da können Sie mit 'ner Granate draufhalten, Frau Bundeskanzlerin", sagte ich, „die Scheiben halten das aus. Das Gebäude ist eine Festung, fast so gut gesichert wie das Weiße Haus."

„Ja, eine feste Burg ist unser Gott", antwortete die Kanzlerin salbungsvoll.

Gerade in Krisensituationen konnte sie nicht verbergen, dass sie eine Pfarrerstochter war. Sie hatte immer die passenden Zitate zur Hand, ob von Luther oder aus der Bibel. Es war ihre Methode, mit der sie sich, neben intensivem Nägelkauen, selbst beruhigte.

„Außerdem", fügte ich hinzu, „sind wir Sicherheitsleute alle ausgebildete Scharfschützen. Falls der Mob versuchen sollte, das Gebäude zu stürmen, können wir immer noch in die Menge schießen, besonders auf die Rädelsführer. Das hilft in den meisten Fällen. Wurde oft genug erprobt in der Geschichte."

Offenbar beruhigte diese Versicherung die Kanzlerin etwas. Mit einer knappen Handbewegung bedeutete sie mir, dass ich entlassen war. Da meine Blase mächtig drückte, erlaubte ich mir, auf dieser für mich eigentlich verbotenen Etage heimlich die Toilette aufzusuchen. Ich schloss mich in einer Kabine ein. Das mache ich immer, denn wenn jemand neben mir steht, kann ich nicht pinkeln.

Die Stimmen der vier Männer, die nach mir den Raum betraten, erkannte ich sofort.

„Da hat sie sich ja ganz schön was eingebrockt", sagte der Innenminister.

Gemeint war offensichtlich die Kanzlerin.

„Ja", bestätigte der Vizekanzler, „sie hätte auf uns hören und weitere Objekte zum Verkauf freigeben sollen. Das hätte die Leute ruhiggestellt. Für eine gewisse Zeit zumindest."

Ich vernahm das Plätschern mehrerer kräftiger Rinnsale, als die vier Politiker synchron in die Urinale trallerten.

„Sie hat eben immer noch nicht begriffen, worauf unsere westliche Gesellschaftsordnung in Wahrheit beruht. Menschen, die in der Ostzone sozialisiert wurden, lernen das nie. Ich hab' ja schon immer vor der Frau gewarnt."

Das war die Stimme des Finanzministers.

„Money makes the world go round", sang der Justizminister mit gräßlich falscher Intonation und lachte kräftig.

Er war schon ein lustiger Vogel.

„Und wenn der Kanzlerin ihr Volk nicht passt...", sagte der Vizekanzler.

„...dann soll sie sich halt ein anderes Volk wählen", ergänzte der Innenminister.

Alle vier amüsierten sich wie Bolle. Sie betätigten die Spülung, wuschen sich die Hände und verließen den Raum. Ich wartete ein paar Sekunden, dann ging auch ich. Draußen drückte ich mich unauffällig an der Wand entlang, damit mich keiner sah, und ging rasch zum Aufzug.

## 9.11., 16:33 h, Horst K., 72, Buchhändler

Da wir ohnehin nichts Besseres zu tun hatten, blieben Martin und ich den ganzen Tag vor dem Kanzleramt und schauten uns die Demonstration an. Es war nicht uninteressant. Einige mittelmäßig begabte Redner vom linken und vom rechten Rand versuchten vergeblich, die Menschen für ihre politischen Ansichten zu begeistern. Sie merkten nicht, dass es um etwas ganz anderes, etwas viel Größeres ging. Der Protest gegen die Mauer war das Ventil, eine tiefsitzende Unzufriedenheit mit dem verrottetem politischen System zum Ausdruck zu bringen, von dem sich das Volk schon lange nicht mehr vertreten fühlte.

Als altgediente Veteranen der 68er-Bewegung besitzen wir für so was eine feine Antenne. Damals, vor über 50 Jahren, war eine ebensolche Umbruchzeit, deren zeitgeschichtliche Bedeutung und nachhaltige gesellschaftliche Wirkung erst sehr viel später klar wurden. Auch jetzt lag einfach zu viel im Argen, als dass die Menschen bereit gewesen wären, diese offenkundige Missachtung, ja Verhöhnung ihrer Interessen weiter hinzunehmen.

Da aus dem schwer gesicherten und weiträumig abgesperrten Kanzleramt keine Reaktion kam, wurde es den Demonstranten bald langweilig. Nach einigen Stunden zogen sie in Richtung Mauer. Irgendwer hatte das Gerücht in die Welt gesetzt, dass sich dort bald etwas Bedeutsames ereignen würde.

Die Menschenmenge war inzwischen auf mehrere Zehntausend angewachsen, und sie vergrößerte sich ständig. Es lag eine unbestimmte, schwer greifbare Spannung in der Luft, die sich langsam aber sicher verstärkte, ohne dass jemand einen Grund dafür hätte nennen können. Martin und ich kannten dieses Phänomen von den großen Demos Ende der sechziger Jahre, als sich alle in einen regelrechten Rausch hineinsteigerten, der schließlich in den großen Schlachten mit den hochgerüsteten Hundertschaften der Polizei kulminierte, von denen wir heute unseren Enkeln erzählen.

Gegenüber dem Checkpoint sammelten sich die Massen. Die ausländischen Fernsehsender waren da, ihre Korrespondenten standen mit Mikrofonen in der Hand vor ihren Ü-Wagen und berichteten live. Ein Clown jonglierte mit Bällen, doch allen war klar, dass dies nicht die Zeit für Späße war. Selbst die Würstchenverkäufer machten schlechte Geschäfte. Es schien, als ob die Menge auf etwas wartete, von dem sie selbst nicht wusste, was es denn sein könnte.

**9.11., 16:59 h, Bodo F., 47, Wirtschaftsjournalist**

Auf den Online-Nachrichtendienst, für den ich arbeite, hat nicht jeder Zugriff. Nur ausgewählte Zielpersonen aus der Finanzbranche erhalten überhaupt das Angebot, ihn für einen hohen, einen sehr hohen Betrag zu abonnieren. Dafür bekommen sie aber auch Exklusiv-Informationen zeitnah und aus erster Hand, die der Allgemeinheit erst Stunden oder gar Tage später zugänglich werden. Dieser zeitliche Vorsprung macht den feinen Unterschied, gerade in der Finanzbranche ist Zeit schließlich bares Geld. Wer als erster agiert, kann oft riesige Gewinne einfahren.

Wir erhalten unsere Informationen über ein Netz aus Kontaktpersonen, die in allen großen Konzernen sowie Institutionen wie der Bundesbank, dem Internationalen Währungsfonds und den Finanzministerien aller wichtigen Industrieländer für uns tätig sind. Niemand außer unserem Vorstand kennt diese Informanten, die mit Decknamen geschützt sind. Wir bezahlen sie hoch für ihre illegalen Aktivitäten. Es ist auch eine Art Risikoprämie, denn wenn sie auffliegen, werden sie mit Sicherheit entlassen, vielleicht kommen sie sogar vor Gericht. Aber das kam bisher noch niemals vor.

Als unser Gewährsmann bei Chinese Power Investment uns die knappe Mitteilung zukommen ließ, dass Li Changji, der geheimnisvolle Firmeninhaber, über den selbst wir kaum etwas wussten, wenige Stunden zuvor verstorben war, schlug die Nachricht ein wie eine Bombe. Es war uns klar, dass dieses Ereignis Verwerfungen allergrößten Ausmaßes auf den Märkten zur Folge haben würde, schon am Nachmittag war die Aktie ja aus unerfindlichen Gründen in den Keller gerauscht. Jetzt wussten wir warum. Offenbar hatte ein Insider bereits klammheimlich seine Geschäfte gemacht.

Die Weiterungen waren unabsehbar. CPI war schließlich auf vielfältige Weise mit anderen Global Playern verknüpft, welche von den Geschehnissen zweifellos selbst in Mitleidenschaft gezogen würden. Viel mehr, als die meisten Leute ahnen, ist die internationale Wirtschaft von einzelnen Persönlichkeiten abhängig, die keineswegs immer im Licht der Öffentlichkeit stehen. Nein, sie scheuen es geradezu. Viel öfter agieren sie daher unbemerkt im Hintergrund und ziehen dort jene Fäden, mit denen im schlimmsten Fall ganze Volkswirtschaften stranguliert werden. Aber das ist nicht unser Problem. Wir handeln lediglich mit Informationen.

Auf jeden Fall steckte CPI in ernsten Schwierigkeiten. Ein untrügliches Zeichen dafür war, dass der Konzern binnen Stunden damit begann, seine Sahnestücke auf dem Markt anzubieten. Verkauft waren sie damit zwar noch lange nicht, es ist eine komplizierte Angelegenheit, einen ganzen Freizeitpark zu veräußern. Doch allein die Tatsache, dass die Objekte plötzlich zum Verkauf standen, führte dazu, dass die Preise deutlich fielen, fast synchron zum Aktienkurs.

Dabei war das mit Abstand bedeutendste Angebot noch gar nicht erwähnt, wir waren die ersten, die dank unseres Informanten davon erfuhren.

Es handelte sich um die Berliner Enklave Dahlem.

**9.11., 17:20 h, Ludmilla P., 37, Reinigungskraft**

Obwohl ich nur den Dreck wegmache, bekomme ich dennoch die Schwingungen mit, welche die Atmosphäre in einem Raum bestimmen. Am frühen Montagabend herrschte im Kanzleramt dicke Luft, wie man so sagt. Den halben Nachmittag über hatte sich eine ständig wachsende Menschenmenge vor dem Kanzleramt aufgehalten, die einen höchst ungehaltenen Eindruck machte. Es ging um Dahlem, worum sonst. In immer kürzeren Abständen waren Sprechchöre zu vernehmen, die den Abriss der Mauer forderten.

Hinzu kam, dass eine Boulevardzeitung die Behauptung aufgestellt hatte, einige wichtige Regierungsmitglieder hätten Geld für die Verpachtung von Dahlem bekommen. Damit stand der Vorwurf der Korruption im Raum. Aus der Menge heraus wurde der sofortige Rücktritt der Regierung gefordert. Auf einer ungelenken Zeichnung hing die Kanzlerin an einem Galgen, die Minister wurden als Schießbudenfiguren dargestellt. In den vergangenen Jahren war das Klima der politischen Auseinandersetzung sehr viel rauer geworden, auch dank der Partei vom rechten Rand.

Dass diese persönlichen Attacken die Kanzlerin und ihr Küchenkabinett in höchstem Maße beunruhigten, war nachvollziehbar. Die Kanzlerin fragte ihren Chef-Personenschützer, ob sie denn auch wirklich sicher in dem Gebäude sei, was er bejahte, doch einen rundweg überzeugten Eindruck machte sie nicht. Der Mauerfall von 1989 hatte sie traumatisiert, auch wenn dieses einschneidende Ereignis bereits über 30 Jahre her war.

Sie konnte von Glück sagen, dass sie damals den Absprung nach Westen geschafft und dort Karriere gemacht hatte. Ihre geistige Heimat indes war nach wie vor östlich der Elbe verortet. Und dort beginnt, wie schon Konrad Adenauer richtig bemerkte, die asiatische Steppe. Ich kann das bestätigen, schließlich komme ich von dort.

Ich bekam die Panik hautnah mit. Offiziell beschäftigte ich mich mit meinem Wischmopp, doch da keiner auf mich achtete, hielt ich Augen und Ohren offen und versuchte, mir so viel wie möglich davon einzuprägen, was im Büro der Kanzlerin geredet wurde. Vielleicht würde es mir später einmal nützlich sein. Womöglich war es sogar von zeitgeschichtlichem Interesse.

„Vielleicht sollten Sie doch in Erwägung ziehen, die Verantwortung für die jüngsten Ereignisse zu übernehmen", sagte der Finanzminister mit ernster Miene zur Kanzlerin.

Doch diese dachte gar nicht daran, der Aufforderung zu folgen. Ich kniete dicht neben ihr auf dem Fußboden und versuchte, mit einer Spachtel die angetrockneten Reste von Erbrochenem vom Untergrund zu lösen.

„Ich denke, dass wir die Entscheidungen der jüngsten Tage gemeinsam zu verantworten haben", erwiderte die Kanzlerin mit Nachdruck. „Mitgefangen, mitgehangen. Entweder wir treten alle zurück und setzen Neuwahlen an, oder wir stehen das durch. Ich bin für letzteres. Wir sind als Personen schließlich alternativlos."

Sie schaute verdrießlich auf ihre Hände. Es gab keine Fingernägel mehr, die sie hätte abkauen könnte.

„Und wenn wir einfach das ganze Land verkaufen?", fragte sie.

Es war die letzte Karte, die sie ziehen konnte. Der aus schierer Verzweiflung geborene Joker.

„Haben wir das nicht bereits getan?", fragte der Finanzminister zurück.

In diesem Moment kam die Nachricht, die alles änderte.

CPI bot per E-mail an, Dahlem an Deutschland zurück zu verkaufen. Sofort. Für ein Fünftel des Kaufpreises.

„Da steckt bestimmt ein fauler Trick dahinter", sagte der Finanzminister.

Er war von Natur aus misstrauisch. Aber die Neuigkeit war ja auch kaum glaubhaft. Was sollte sich in so kurzer Zeit geändert haben? Vor einer Woche noch hatten die Chinesen hundert Milliarden Euro für Dahlem auf den Tisch gelegt, die Bestechungsgelder nicht mit eingerechnet. Doch im Kanzleramt ist man nicht immer auf dem aktuellen Stand, schon gar nicht, was die Börsenkurse betrifft.

„Ist doch egal", sagte der Vizekanzler. „Es ist genau das, was das Pack da draußen fordert. Gucken Sie doch nur mal aus dem Fenster. So eine gewaltige Demo hatten wir lange nicht mehr. Und die geht gegen uns!"

Er schaute melancholisch in die Nacht hinaus. Früher, in den glorreichen Zeiten sozialer Kämpfe, war es seine

Partei gewesen, die solche Demonstrationen im Namen von Fortschritt und Gerechtigkeit organisiert hatte. Jetzt gehörte sie zu der Regierung, gegen die sich der Zorn des Volkes richtete.

„Rein juristisch waren wir im Recht", gab der Justizminister seinen Senf dazu. „Es war schließlich nur eine Verpachtung, kein Verkauf."

„Darauf kommt es jetzt doch gar nicht mehr an", meinte der Innenminister. „Für die Leute war es ein Verkauf, die können da nicht unterscheiden. Der Anschein zählt. Wir müssen sehen, wie wir aus dem Schlamassel wieder rauskommen. Und zwar schnell. Sonst sind wir unsere schönen Posten los."

„Wenn wir Dahlem zurückkaufen, haben wir in einer Woche schlappe achtzig Milliarden Euro Gewinn gemacht", rechnete der Finanzminister vor.

„Die zwanzig Milliarden für den Rückkauf müssen wir aber erst mal haben", sagte der Vizekanzler. „Das ganze Geld ist doch schon ausgegeben. Hundert Milliarden, einfach so. Pffft!"

Er schnippte mit den Fingern.

„Wir könnten uns das Geld leihen und andere Objekte als Sicherheit dafür geben", schlug die Gesundheitsministerin vor. „Die Berliner Charité zum Beispiel. Ist ein international renommiertes Krankenhaus und technisch auf dem neuesten Stand."

„Und dann?", fragte der Innenminister. „Ein paar Tage später stehen wir wieder vor dem gleichen Problem, das ist doch absehbar. Außerdem reicht die Charité bei weitem nicht."

Alle überlegten krampfhaft, keiner sagte ein Wort.

Auf dem Tisch lag immer noch die Boulevardzeitung, welche die Regierung der Korruption beschuldigt hatte. Der Finanzminister las die Schlagzeile empört zum wiederholten Mal.

„Eine Unverschämtheit, uns mit geheimen Geldzahlungen in Verbindung zu bringen!", polterte er. „Auch wenn's stimmt."

„Wenn wir hier nicht gegensteuern, haben wir bald die Staatsanwaltschaft im Haus", meinte der Vizekanzler.

„Als Regierungsmitglieder genießen wir doch Immunität", vermutete die Büroleiterin der Kanzlerin.

„Nein, tun wir nicht", entgegnete der Justizminister. „Es sei denn, wir sind zugleich auch Abgeordnete. Was ja zum Glück bei allen hier der Fall ist."

Er schaute zur Büroleiterin und grinste.

„Außer bei Ihnen natürlich. Pech! Sie gehören weder der Regierung noch dem Parlament an. Im Zweifelsfall müssten Sie wohl in den Knast. Sie haben doch ebenfalls die Hand aufgehalten."

Die Büroleiterin begann zu hyperventilieren, sie lief zuerst rot an im Gesicht und dann blau. Sie sackte zusammen und fiel mit dem Kopf auf den Fußboden, was von dem weichen Teppich jedoch abgemildert wurde. Sie gab kein Lebenszeichen mehr von sich.

Die Kanzlerin rannte herbei, beugte sich zu ihr hinunter und fühlte den Puls. Sie blickte äußerst besorgt. Eine Tote im Büro, das war das Letzte, was sie gebrauchen konnte.

„Ist ein Arzt im Haus?", fragte sie in die Runde.

Niemand antwortete.

„Was ist mit Ihnen?", wandte sie sich an die Gesundheitsministerin. „Sie sind doch vom Fach, oder?"

Die Gesundheitsministerin schüttelte heftig den Kopf und trat vorsichtshalber einen Schritt zurück.

„Von Medizin habe ich keine Ahnung", sagte sie. „Ich bin doch nur Ministerin."

„Ja, eine äußerst kompetente Besetzung, scheint mir", erwiderte die Kanzlerin.

„Was ist mit Herzmassage und Mund-zu-Mund-Beatmung? Sie waren doch mal in einem Erste-Hilfe-Kurs, oder?", fragte der Vizekanzler und lächelte den Innenminister mit falscher Freundlichkeit an.

Der wich entsetzt zurück.

„Bei der da?", fragte er angeekelt. „Warum machen Sie es denn nicht selbst?"

Wenn man die Büroleiterin allein unter dem Gesichtspunkt landläufiger Attraktivität betrachtete, konnte man den Innenminister schon verstehen. Schließlich stand sie im

Aussehen ihrer Chefin nicht viel nach.

„Danke, es geht schon wieder", stieß sie schwer atmend hervor. „Aber das war gar nicht nett, was Sie gesagt haben, das mit dem Knast."

Damit war der Justizminister gemeint. Doch der zuckte nur mit den Schultern.

„So ist nun mal das Gesetz", sagte er.


**9.11., 17:45 h, Felix J., 24, BWL-Student**

Nachdem Annika mit dem Wagen, der Clara im Leichensack anstelle des toten Li Changji zum Flughafen beförderte, die Villa verlassen hatte, war ich auf mich allein gestellt. Irgendwie musste es mir gelingen zu entkommen. Spätestens wenn die Chinesen Li Changjis Leiche in der Badewanne entdeckten, würden sie das ganze Haus auf den Kopf stellen und mich finden. Ich mochte mir lieber nicht ausdenken, was sie dann mit mir machen würden.

Am Ende war es einfacher als gedacht. Ich schlich mich wieder durch den Keller und lugte durch das kaputte Fenster. Es war niemand zu sehen. Vermutlich durchkämmten sie bereits alle Zimmer. Aus unerfindlichen Gründen war das Gittertor einen Spalt weit offen geblieben, nachdem die Pullman-Limousine es passiert hatte. Jetzt, da ihr Chef tot war, wurden die Chinesen offenbar nachlässig. Ich nahm also mein Herz in beide Hände und rannte los, als wäre der Leibhaftige hinter mir her.

Ich rannte und rannte, auch, als ich längst außer Sichtweite der Villa war. Das Erlebte steckte mir in den Knochen, ich wollte kein Risiko eingehen. Nach einem Lauf von Marathonlänge, wie mir schien, wurde ich schwer atmend langsamer, und ich bekam wieder einen Blick für meine Umgebung.

Es hatte sich etwas verändert. Im Gegensatz zu den

vergangenen Tagen waren viele Menschen auf der Straße, und sie hatten ein gemeinsames Ziel, dem sie zustrebten wie auf ein geheimes Zeichen hin.

Dieses Ziel war die Mauer. Die Posten an den Checkpoints und auf den Wachttürmen waren verstärkt worden, man konnte ihre Nervosität daran erkennen, dass sie, die Gewehre in der Hand, ständig hin und her liefen, mit ihren Ferngläsern und Funkgeräten hantierten und aufgeregt miteinander redeten. Aus der Menge heraus waren Parolen zu hören, welche die Öffnung der Mauer forderten, viele Menschen schwangen kleine Deutschlandfähnchen, andere hielten Pappschilder hoch, auf denen der sofortige Abzug der Chinesen aus Dahlem verlangt wurde.

„Wir sind das Volk", skandierte die Menge, lauter und immer lauter.

Einige besonders Wagemutige stimmten die Nationalhymne an, rasch pflanzte der Gesang sich fort, und fast alle Anwesenden fielen in ihn ein. Es war ein erhebender, ja feierlicher Moment, viele hatten Tränen in den Augen.

Die Wachtposten konterten, indem sie den „Marsch der Freiwilligen", die offizielle chinesische Hymne, über die zahlreich installierten Lautsprecher abspielten, was jedoch ziemlich dünn und blechern klang und gegen den machtvollen Gesang aus vielen tausend Kehlen nicht ankam. Viele der Anwesenden entzündeten ihre Feuerzeuge und schwenkten sie über den Köpfen, so dass fast der Eindruck eines nostalgischen Popkonzerts entstand.

Aber es ging um Politik, nicht um Unterhaltung. Die Menschen hatten ein konkretes Ziel, von dem sie sich nicht so leicht abbringen ließen. Wie ein Lauffeuer machte alsbald die Nachricht die Runde, dass sich auch auf der anderen Seite der Mauer eine große Menschenmenge versammelt habe, welche ebenfalls lautstark forderte, dass die Mauer niedergerissen werde, was der frohgemuten, optimistischen Stimmung starken Auftrieb verlieh.

Die Menschen merkten, dass auf einmal vieles möglich war, was in den vergangenen Tagen außerhalb jeder Wahrscheinlichkeit gelegen hatte, ohne dass jemand einen

Grund dafür hätte angeben können. Geschichte ereignet sich nur selten nach Plan, viele Unwägbarkeiten spielen eine Rolle, die einem scheinbar strikt vorgezeichneten, unabänderlichen Verlauf plötzlich eine völlig neue, ungeahnte Richtung geben können.

So war es auch hier. Ich stand inmitten der Menge und war alsbald von der hochgestimmten Erwartung angesteckt, die fast körperlich zu spüren war. Hätte ich den Text gekannt, wäre sogar ich vielleicht der Versuchung erlegen, mit in die Nationalhymne einzustimmen. Es war ein Sog, dem sich keiner entziehen konnte, noch nicht einmal ein so wenig patriotischer, weltläufiger Mensch wie ich.

### 9.11., 18:08 h, Bill P., 55, CIA-Agent

Natürlich konnten wir es nicht hinnehmen, dass sich die Chinesen mitten in Berlin, in unserem ureigenen Einflussbereich, so unverfroren einnisteten. Von der spontanen Entscheidung der deutschen Bundesregierung, Dahlem zu verpachten, waren wir kalt erwischt worden, obwohl die NSA doch alle Telefongespräche und E-mails im Kanzleramt und den Ministerien rund um die Uhr abhört. Allerdings hatte hier wohl das Weiße Haus seine Finger im Spiel. Präsident Trump wollte, wie wir im Nachhinein erfuhren, erst die Mauer bauen lassen, bevor wir eingriffen. Den schönen Gewinn, den ihr Bau versprach, wollte er noch mitnehmen.

Dieser Zeitpunkt war nun gekommen. Wir wandten die erprobte Methode an, durch unsere verdeckten Agitatoren eine Stimmung im Volk zu erzeugen, die uns nützlich war, so dass wir selbst gar nicht in Erscheinung traten. Diese Zurückhaltung ist seit einigen Jahren offizielle Politik unseres leider oft übel beleumdeten Dienstes.

Wir haben uns während der vergangenen Jahrzehnte oft genug in die Nesseln gesetzt, indem wir unsere Interessen zu offensiv vertreten haben, und können die negative Publicity, die damit einhergeht, nicht mehr gebrauchen. Überall in der Welt stoßen wir auf Gegenwind, was ich persönlich nicht verstehen kann, da wir doch die hehre Fackel von Freiheit und Demokratie in jene Länder tragen, die unseren fortgeschrittenen Entwicklungsstand erst noch zu erlangen hoffen. Der Wille zum Wandel sollte daher unbedingt allein durch die einheimische Bevölkerung zum Ausdruck kommen.

Ich muss sagen, es klappte hervorragend, viel besser als, zum Beispiel, in arabischen oder südamerikanischen Ländern, wo die Menschen allzu oft noch ihren eigenen Kopf haben und die kapitalistischen Segnungen, die wir ihnen aufdrücken wollen, brüsk zurückweisen. In Dahlem genügten ein paar Flugblätter und Tatarenmeldungen, eine empörte Grundstimmung zu erzeugen, die fast schon umstürzlerisch zu nennen war, was in Deutschland, das ja keine große revolutionäre Tradition besitzt, eine bemerkenswerte Leistung darstellt.

So setzten wir etwa Gerüchte in die Welt, dass sämtliche Haustiere, insbesondere Hunde, Hamster und Katzen, bei neu einzurichtenden Sammelstellen abzugeben seien, wo sie einer kulinarischen Verwendung zugeführt würden, und dass alle Kinder zwischen vier und vierzehn Jahren demnächst in Konzentrationslagern im Inneren der Wüste Gobi mit dem wahren kommunistischen Gedankengut vertraut gemacht würden.

Zudem streuten wir, dass bald, womöglich innerhalb von Stunden, die Mauer fallen werde, worauf sich eine unübersehbare Menschenmenge zu den Checkpoints aufmachte, wo sie die deutsche Nationalhymne anstimmte, was die Chinesen spürbar verunsicherte. Zugleich hatten wir mit der Hilfe von Facebook dafür gesorgt, dass auch auf der anderen, der freien Seite der Mauer zeitgleich eine Großdemonstration stattfand, welche dasselbe Ziel verfolgte, also die sofortige Öffnung der Mauer.

Einer unserer Interessenvertreter, ein Schauspieler, den wir seit Jahren mit einem fünfstelligen monatlichen Betrag alimentierten, zitierte unseren ehemaligen Präsidenten Ronald Reagan, als er sich vor der Mauer auf eine hölzerne Aussichtsplattform stellte und pathetisch rief: „Mr. Li Changji, reißen Sie diese Mauer nieder!" Er erntete Beifallsstürme und Jubel, alle internationalen Fernsehsender übertrugen es live.

Möglicherweise war dieser klassische Satz, der in allen Geschichtsbüchern steht, der entscheidende Anstoß für die dramatischen Ereignisse, die dann folgten. Es sind immer Worte, die zu Taten werden.

## 9.11., 18:26 h, Bernd S., 29, Kellner

Während draußen die Stimmung immer mehr hochkochte, saßen die Kanzlerin und die Mitglieder des Küchenkabinetts dumpf brütend in ihren Polstersesseln und hielten sich an den Gläsern fest, die ich immer wieder mit den unterschiedlichsten Alkoholika nachschenkte. Jeder der Anwesenden hatte seine Vorlieben, ich kannte und bediente sie alle. Mein Vorratsschrank war gut gefüllt. Alle überlegten krampfhaft, wie sie wohl die zwanzig Milliarden Euro zusammenbekommen könnten, welche die Chinesen für den Rückkauf von Dahlem verlangten.

„Wir könnten Ratenzahlung vereinbaren", sagte der Innenminister schließlich.

„Das ist doch oberpeinlich", entgegnete der Finanzminister. „Wir sind eines der reichsten Länder der Welt. Lumpige zwanzig Milliarden! Müssten doch eigentlich Peanuts für uns sein. Portokasse."

„Die aber leer ist", meinte der Justizminister. „Bis wir wieder mal die Steuern erhöht haben und frisches Geld reinkommt, ist der Markt verlaufen."

„Wir könnten versuchen, die Chinesen runterzuhandeln", schlug der Vizekanzler vor. „Vielleicht sind sie ja mit fünfzehn Milliarden einverstanden."

„Die haben wir genauso wenig", stellte der Finanzminister lakonisch fest. „Wir pfeifen aus dem letzten Loch, schon vergessen, Herr Kollege? Weiß zwar keiner, ist aber so."

Die Kanzlerin sagte wie immer nichts. Auch die

Gesundheitsministerin und die Büroleiterin hüllten sich in Schweigen. Alle drei pressten ihre Lippen zusammen, als wären sie mit Sekundenkleber versiegelt.

Es war der Justizminister, dem der rettende Einfall kam.

„Wir bescheißen sie", sagte er und schaute triumphierend in die Runde.

„Und wie soll das gehen?", fragte der Innenminister skeptisch.

„Wie es ausschaut, kommen sie nicht darum herum, noch heute Abend die Mauer zu öffnen. Tun sie's nicht, könnte es ein Blutbad geben. Schauen Sie nur mal nach draußen, da tanzt der Bär."

„Ja, aber wie kommen wir drum herum, die zwanzig Milliarden zu zahlen?", fragte der Vizekanzler.

Der Justizminister lächelte schlau. Genüsslich ließ er die anderen zappeln. Er genoss es, im Mittelpunkt zu stehen.

„Nun", sagte er nach einer lang gedehnten Gedankenpause, „wir erklären uns mit dem Vorschlag von CPI einverstanden. Doch wenn die Chinamänner kommen und das Geschäft abschließen wollen, ist die Sache längst vorbei. Wir sagen einfach, dass wir es uns anders überlegt hätten und den Deal doch nicht abschließen möchten."

„Und wenn sie sich auf die Hinterbeine stellen?", fragte der Innenminister.

„Dann drohen wir mit dem Europäischen Gerichtshof."

„Das ist doch nur ein Bluff", meinte der Finanzminister.

„Sicher", sagte der Justizminister, „aber das Blatt sticht. Die haben garantiert so viel Dreck am Stecken, dass sie schon den Schwanz einziehen werden, glauben Sie mir. Und die Mauer kriegen sie garantiert nicht mehr zu. Ist wie bei einem Dammbruch. Wenn das Wasser erst mal läuft, dann läuft es."

„Und wir sind die Helden."

Zum ersten Mal sagte auch die Kanzlerin etwas. Sie besaß ein feines Gespür dafür, wenn sich ein Ausweg eröffnete, aus dem sie ihren persönlichen Vorteil ziehen konnte.

„Wir könnten die Sache natürlich beschleunigen und die Chinesen zusätzlich unter Druck setzen, indem wir offiziell verkünden, dass die Bewohner von Dahlem ab sofort ausreisen können", meinte der Innenminister.

„Aber das liegt doch gar nicht in unserem Ermessen", wandte der Finanzminister ein. „Der Vertrag ist in diesem Punkt absolut eindeutig."

„Ist doch völlig egal", erwiderte der Vizekanzler mit Stentorstimme. „Manchmal braucht der Lauf der Geschichte eben einen kräftigen Tritt in den Arsch."

Alle amüsierten sich, selbst die Kanzlerin, die sonst zum Lachen in den Keller ging, ließ ein leises Kieksen hören. Die Runde war sich einig und bestellte zwei Flaschen Winzersekt, um die famose Idee des Justizministers zu feiern. Als Musik wurde „Schuld war nur der Bossanova" von Manuela aufgelegt. Sogar die Kanzlerin wippte leicht mit dem Fuß.

### 9.11., 19:03 h, Katrin R., 44, Regierungssprecherin

Ich bin, sozusagen, die Stimme der Kanzlerin, jedenfalls nach außen hin. Nur zu besonderen Gelegenheiten, wenn es gar nicht anders geht, tritt sie selbst vor die Mikrofone der Bundespressekonferenz, was zum einen ihrer starken Schüchternheit geschuldet ist, zum anderen ihrer Sorge, etwas Falsches zu sagen und hinterher dafür haftbar gemacht zu werden.

Sie ist ja ein gebranntes Kind. Es gibt zumindest drei Aussagen von ihr, die zu geflügelten Worten wurden und ihr bis heute nachhängen. Die Rettung der Banken sei „alternativlos", das Internet sei „Neuland", und der auf die Integration der vielen Flüchtlinge gemünzte Satz „Wir schaffen das", diese drei Bonmots werden wohl für immer mit ihrer Kanzlerschaft verbunden bleiben.

Aber das habe nicht ich zu beurteilen, dafür sind die Historiker da. Ich bin nur die getreue Stimme meiner Herrin. Ihr Sprachrohr. Ich bin ihr zu großem Dank verpflichtet, da sie mich von meiner öffentlich-rechtlichen Redakteursstelle in der Innenpolitik, wo ich lange und loyal für sie getrommelt habe, als Regierungssprecherin ins Bundespresseamt geholt hat. Für mich war es ein echter Karrieresprung, seitdem stehe ich im Licht der Öffentlichkeit.

Das hat Vor- und Nachteile. Einerseits bin ich wichtig und gehöre quasi zur Exekutive, was mir insbesondere dann eine tiefe innere Befriedigung verschafft, wenn ich meinen ehemaligen Kollegen gegenüber sitze, die jetzt an meinen Lippen hängen. Doch wenn ich mich verplappere, kann die Kanzlerin hinterher dementieren und die Schuld auf mich schieben. Ich bin ihr Sicherheitsnetz. Im Gegensatz zu ihr kann ich jederzeit gefeuert werden. Sie kann zwar zurücktreten, doch keiner kann sie dazu zwingen.

Es steckt also wohl Absicht dahinter, wenn ich mitunter nur vage informiert werde und es an mir liegt, gegenüber der Öffentlichkeit so diplomatische Formulierungen zu finden, dass diese einen gewissen Interpretationsspielraum lassen. Es ist ein Spiel mit hohem Einsatz, bei dem im Zweifelsfalle ich das Opfer bin.

So war es auch am frühen Abend des historischen 9. November 2020. Den ganzen Nachmittag lang war es schon zu Demonstrationen auf beiden Seiten der Mauer gekommen, ich hätte nicht darauf wetten wollen, dass die Sache friedlich ausgig. Die Kanzlerin musste also reagieren, wenn sie nicht ganz das Heft aus der Hand geben wollte. Wie es ihre Art war, blieb sie aber dennoch sehr im Ungefähren, sie wollte sich nicht zu früh festlegen, sondern lieber auf den fahrenden Zug aufspringen. Wobei im Moment noch unklar war, in welche Richtung dieser fuhr. Ich wusste daher nicht mit Gewissheit, ob die Mauer nun geöffnet würde oder nicht. Dies war mir nur als Möglichkeit mitgeteilt worden.

Wie so oft fühlte ich mich der versammelten Pressemeute zum Fraß vorgeworfen. Nachdem ich eine Weile herumgeeiert und mit Plattitüden Zeit geschunden hatte, reichte man mir einen handgeschriebenen Zettel, dass die Maueröffnung unmittelbar bevorstand. Es war 18 Uhr 57, die genaue Uhrzeit habe ich mir gemerkt. Ich nahm all meinen Mut zusammen.

„Deshalb hat sich die Bundesregierung gemeinsam mit Chinese Power Investment dazu entschlossen, heute eine Regelung zu finden, die es jedem Bürger von Dahlem möglich macht, über die offiziellen Grenzübergangspunkte von Dahlem nach Berlin auszureisen", verkündete ich. „Die Genehmigungen hierzu werden kurzfristig erteilt. Diese Regelung tritt nach meiner Kenntnis unverzüglich in Kraft."

Ein Raunen ging durch das versammelte internationale Pressecorps, dann riefen alle durcheinander. Fotoapparate klickten, Fragen prasselten auf mich ein, Journalisten verschickten die Neuigkeit hektisch über ihre Tablets und Smartphones. Ich beeilte mich, das Podium zu verlassen, jedes weitere Wort von mir wäre zu viel gewesen. Außerdem wollte ich wissen, ob es überhaupt stimmte, was ich da gerade von mir gegeben hatte.

### 9.11., 19:41 h, Henning L., 31, Wachmann

Wie der gesamte Bereich entlang der Mauer war auch der Abschnitt, für dessen Sicherheit ich zuständig war, von Lichtmasten und Suchscheinwerfern hell erleuchtet. Beiderseits des Bollwerks hatte sich eine unübersehbare Menschenmenge versammelt, die beständig anwuchs. Ich wurde langsam nervös, denn mir war klar, dass wir mit unseren beschränkten Mitteln diese vielen Tausende nicht in Schach halten konnten. Ich zählte meine Munition, gerade einmal 300 Schuss waren bei weitem nicht genug. Sie würden uns überrennen, auch wenn wir Dutzende von ihnen erledigten.

Das sahen offenbar auch meine Vorgesetzten so. Kurz vor sieben Uhr erhielt ich über mein Smartphone die Anweisung, dass vom Gebrauch der Schusswaffe abzusehen sei. Von nun an war ich nur noch Zuschauer. Ich machte es mir auf meinem Wachtturm gemütlich, öffnete eine Flasche Berliner Kindl und betrachtete das Schauspiel durch mein Fernglas.

Zunächst hörte man nur Sprechchöre, einige Menschen schwenkten Fahnen, andere hielten Pappschilder mit Parolen in die Höhe. Weiter hinten, auf der Dahlemer Seite, befand sich eine lange Schlange von Fahrzeugen der Luxusklasse, die ein ohrenbetäubendes Hupkonzert veranstalteten. In der Ferne stiegen Feuerwerkskörper hoch in den nächtlichen Himmel und streuten ihre bunte Pracht.

Irgendwie hatte das Ganze etwas von Feierstimmung, auch wenn ich, als altgedienter Militär und Sicherheitsmann, nur Anarchie und Chaos darin sehen konnte. Ich vermutete, dass keine der beiden Demonstrationen links und rechts der Mauer vorschriftsgemäß angemeldet war. So etwas läuft meinem Sinn für Recht und Ordnung einfach zuwider, da kann der Mob noch so laut „Wir sind das Volk" rufen.

Nichts gegen bürgerliche Freiheiten, aber es muss doch alles im Rahmen bleiben. Der Mauerfall von 1989 – der Zufall wollte es, dass das historische Datum auf den Tag genau 31 Jahre her war – ist doch wohl ein warnendes Beispiel. Und wenn wir nochmal zweihundert Jahre zurückgehen, was war da? Die Französische Revolution. Na bitte!

Sogar auf meine Kollegen, die Wachleute an den Checkpoints, war kein Verlass. Fassungslos sah ich mit an, wie sich, es war inzwischen kurz nach halb acht, die Schlagbäume hoben und die Menschen von Dahlem johlend auf die andere Seite drängten. Die Grenzwächter machten keinerlei Anstalten, sie zurückzuhalten, sie brachten sich vielmehr eilends in Sicherheit, anstatt ihre Pflicht zu tun. Die Waffen dafür hätten sie ja gehabt.

Ich begann, mir ernsthaft Gedanken um meine Zukunft zu machen. Deutschland war offensichtlich nicht mehr der Ort, wo ein hoch motivierter Sicherheitsmann von meiner Qualifikation künftig gebraucht würde.

### 9.11., 20:02 h, Horst K., 72, Buchhändler

Mein Freund und Genosse Martin und ich, wir befanden uns mitten in der Menge, als der Checkpoint plötzlich freigegeben wurde. Es gab keine Vorankündigung, und obwohl alle Menschen, die sich hier auf engstem Raum drängten, seit vielen Stunden immer wieder lautstark gefordert hatten, die Mauer zu öffnen, waren sie letztlich doch überrascht, als es dann tatsächlich passierte. Unvermutet hob sich der Schlagbaum, von der anderen Seite strömten die Menschen dicht an dicht und unaufhaltsam auf unsere, die freie Seite.

Vielstimmiger Jubel erhob sich, wildfremde Menschen lagen sich lachend und weinend, auf jeden Fall aber überglücklich in den Armen. Väter hoben ihre kleinen Kinder hoch, damit diese besser sehen und später ihren Nachkommen von diesem historischen Ereignis erzählen konnten. Fast jeder hatte ein Smartphone in der Hand, mit dem er das Geschehen für die Nachwelt festhielt.

Ein paar besonders Dekadente öffneten Champagnerflaschen, die sie vorher kräftig geschüttelt hatten, und spritzten die Neuankömmlinge mit dem Schaumwein voll, so wie sie es im Fernsehen bei der Siegerehrung der Formel 1 gesehen hatten. Einige Vorwitzige begannen mit Hammer und Meißel Stücke aus der Mauer zu klopfen und in Plastiksäcke zu füllen, wohl weil sie dachten, dass mit derlei Reliquien dereinst viel Geld zu machen sei (womit sie vermutlich nicht ganz falsch lagen).

Es dauerte nicht lange, bis die ersten Aktivisten die Mauer erklettert hatten und sich auf der Krone verlustierten. Etliche Demonstranten auf der anderen Seite der Mauer taten es ihnen nach, es kam Verbrüderungsszenen, die mit viel Bier, Wodka und anderen Alkoholika begossen wurden. Jeder trank aus der Flasche des anderen zum Zeichen, wie sehr man einander verbunden war. Die Wachmänner waren bereits Sekunden nach der Öffnung des Checkpoints unauffällig abgetaucht, keiner von ihnen war mehr zu sehen.

Hinter den Menschen drängten Autos durch das Loch in der Mauer. Es waren ausschließlich Luxuskarossen von hunderttausend Euro an aufwärts, darunter viele Cabrios und auch einige Oldtimer in Museumsqualität, sie fuhren im Schritt und hupten unentwegt. In ihnen saßen soignierte ältere Herren mit Hüten, Halstüchern und Sonnenbrillen, neben sich ihre kettchenbehängten, sonnenbankgegerbten, botoxkonservierten Frauen. Sie winkten huldvoll in die Menge. Alle paar Meter wurde ihnen ein Glas Champagner gereicht, das sie generös annahmen, als Gegenleistung bedachten sie die Menschen, die ihnen zujubelten, mit Bonbons, Gummibärchen und kleinen Blumensträußchen. Es war wie die Kappenfahrt beim Mainzer Karneval. Zwei mollige ältere Frauen hielten, glückselig lächelnd, Schilder hoch mit der Aufschrift „Refugees welcome", doch es war offensichtlich, dass sie auf der falschen Veranstaltung waren und fünf Jahre zu spät.

Irgendein findiger Mensch aus der Musikbranche war auf die Idee gekommen, dass ein solch epochales Ereignis nach der passenden musikalischen Untermalung verlangte. Seit dem frühen Nachmittag hatte er eine improvisierte Bühne und das nötige Equipment aufbauen lassen, jetzt war der Moment für den Auftritt eines Doppelgängers des Sängers Marius Müller-Westernhagen gekommen. Er gastierte derzeit im Berliner Estrel-Hotel, das auf Auftritte prominenter Lookalikes von Elvis bis zu Michael Jackson spezialisiert ist, und war daher sofort verfügbar. Als er Müller-Westernhagens alten Hit „Freiheit" anstimmte, fünfmal hintereinander, sangen alle mit und schwangen ihre Feuerzeuge. Es war eine der Würde und Bedeutung des Augenblicks angemessene Darbietung.

Für die Fernsehsender aus aller Welt war das Ereignis ein gefundenes Fressen. In den USA gab es Breaking News, im öffentlich-rechtlichen „Ersten" lief ein permanenter „Brennpunkt". Jeder in der Menge war plötzlich ein wichtiger Zeitzeuge, den es zu interviewen galt, auch wenn er nichts zu sagen hatte.

Die einzige, die sich noch nicht zu der neuen Entwicklung geäußert hatte, war die Kanzlerin.

## 9.11., 20:44 h, Bernd S., 29, Kellner

Die Kanzlerin und ihr Küchenkabinett verfolgten das Spektakel auf dem fast mannshohen Fernseher, der im großen Sitzungssaal stand und normalerweise nur zum Schauen der „Lindenstraße" und des „Tatorts" genutzt wurde. Zu diesen Gelegenheiten versammelte sich gewöhnlich das gesamte Kabinett, die Kanzlerin hatte die gemeinsamen Fernsehabende zu Pflichtveranstaltungen erklärt. Doch jetzt stand keinem der Sinn nach Mutter Beimer. Allen war klar, dass die Situation außer Kontrolle geraten war und dringend eine offizielle Reaktion erforderte, doch keiner wusste, wie diese aussehen sollte.

„Wir könnten den Einwohnern von Dahlem zur neugewonnenen Freiheit gratulieren", schlug der Innenminister vor.

„Ein paar warme Worte sind immer gut, doch das reicht nicht", brummte der Vizekanzler.

Wieder versank die Gesellschaft in dumpfes Schweigen. Noch nicht einmal auf die üblichen Schlager hatte jemand Lust.

Als der Sicherheitsmann, der am Eingang Wache hielt, telefonisch „ein paar Männer" ankündigte, dachten natürlich alle, dass es sich um die Chinesen von CPI handelte, die den Rückkauf von Dahlem in Tüten packen wollten. Doch es waren ein halbes Dutzend Beamte der Bundesstaatsanwaltschaft. Sie hatten einen richterlichen Durchsuchungsbefehl für den Großen und den Kleinen Kabinettssaal und das Büro der Kanzlerin und machten sich sofort an die Arbeit. Alle Proteste der Minister nützten nichts, die Kanzlerin hielt klugerweise ihren Mund und orderte noch einen Rotkäppchen-Sekt.

Der einzige, den das Auftauchen der Bundesstaatsanwaltschaft nicht überraschte, war ich. Schließlich hatte ich ihnen anonym den Tipp gegeben, dass bei der Verpachtung von Dahlem an die Chinesen nicht alles mit rechten Dingen zugegangen war. Als Beweis hatte ich einen Scan der Glückskeksnummer angehängt, die der Vizekanzler unvorsichtigerweise auf dem Tisch liegengelassen hatte, als er sich wieder einmal einen Drink genehmigte, außerdem den Namen der Bank auf den Cayman Islands, wo sich die geheimen Konten der Regierungsmitglieder befanden.

Doch die Beamten der Bundesstaatsanwaltschaft fanden nichts. Die Chinesen waren mit professioneller Raffinesse vorgegangen und hatten allen Kontoinhabern Decknamen zugeteilt, die ihre wahre Identität sogar der Bank gegenüber verschleierten. Die Kanzlerin etwa wurde als „Erika" geführt. Wenn sie an ihr Geld wollten, mussten sie überdies eine sechzehnstellige Geheimzahl nennen. Allerdings hatten die Chinesen mit gezinkten Karten gespielt. Die Geheimzahlen waren falsch. Keiner konnte auch nur einen Cent von seinem Konto abheben, wahrscheinlich war auch überhaupt nichts drauf.

Heraus kam das alles erst zwei Jahre später, als es schon niemanden mehr interessierte. Der Justizminister erzählte seiner Geliebten in zugedröhntem Zustand davon, worauf diese nichts Besseres zu tun hatte, als eine Busenfreundin unter dem Siegel der Verschwiegenheit in das Geheimnis einzuweihen. Damit wusste es die ganze Welt.

Am Abend des 9. November jedoch war es noch lange nicht soweit. Die Kanzlerin und ihr Küchenkabinett kamen mit einem blauen Auge davon, die Beamten der Bundesstaatsanwaltschaft zogen unverrichteter Dinge wieder ab.

„Das war knapp", sagte der Finanzminister und stieß die Luft mit einem scharfen Pfiff aus.

Damit war die Party eröffnet. Jemand legte Helene Fischers „Atemlos" auf und drehte die Lautstärke hoch, alle Mitglieder des Küchenkabinetts sangen mit und orderten neue Getränke. Ich kam kaum noch nach mit der Lieferung. Die Büroleiterin, die sich schon im Knast gesehen hatte, trank drei große Gläser Cognac nacheinander und schlief sofort in einem Sessel ein, aus dem sie den ganzen Abend nicht mehr aufstand. Sicherheitshalber stellte ich einen leeren Eimer neben sie, um den Kolleginnen von der Reinigungstruppe unnötige Arbeit zu ersparen, wenn sie kotzte.

„So, Leute", sagte der Innenminister und hob mahnend die Hände, „Wir sollten jetzt überlegen, wie wir das Problem mit Dahlem lösen. Der Wind hat sich ja deutlich gegen uns gedreht."

„Zunächst sollten wir unten an der Pforte Bescheid sagen, dass sie die Chinesen nicht reinlassen", schlug der Vizekanzler vor. „Noch so eine Überraschung verkrafte ich nicht."

„Wenn sie überhaupt noch kommen", erwiderte der Justizminister. „Die Mauer ist doch längst gefallen. Die haben ihr Blatt überreizt, das dürfte den Schlitzaugen klar sein."

„Wir müssen uns an die Spitze der Bewegung setzen", sagte der Vizekanzler. „Flucht nach vorn, sag ich nur. Bei dem besoffenen Vereinigungstaumel, der da draußen herrscht, interessiert es keinen mehr, dass wir es waren, die das Chaos angezettelt haben."

„Haben wir?", fragte die Kanzlerin.

Manchmal blendete sie bestimmte Dinge einfach aus. Es steckte gar keine böse Absicht dahinter, sie vergaß es einfach.

„Ja, Frau Kanzlerin, wir haben", sagte der Finanzminister. „Wir müssen jetzt sehen, wie wir aus der Nummer wieder rauskommen."

„Wir könnten jedem Neuankömmling aus Dahlem hundert Euro Begrüßungsgeld in die Hand drücken", überlegte die Kanzlerin laut. „Hat auch damals beim ersten Mauerfall gut funktioniert. Ich jedenfalls war dankbar für das Geld."

„Ich glaube nicht, dass die Bewohner von Dahlem auf lumpige hundert Euro angewiesen sind", meinte der Vizekanzler. „Sind doch alles reiche Säcke."

„Warum benennen wir nicht einfach die Wiese vor dem Reichstag nach den Helden des Mauerfalls?", machte die Kanzlerin einen neuen Anlauf. „Es wäre eine Geste der Versöhnung."

„Versöhnung mit wem?", fragte der Innenminister irritiert.

„Na, mit uns natürlich", antwortete die Kanzlerin und kicherte.

Sie hatte offensichtlich einen Schwips.

### 9.11., 22:48 h, Bill P., 55, CIA-Agent

Die Bundesregierung trat am Montag, dem 9. November 2020, um 22 Uhr 26 zurück. Die Nachricht schlug weltweit ein wie eine Bombe.

Nachdem wir das Problem mit der Mauer dank unserer verdeckten Aktivitäten gelöst hatten, besaß die deutsche Regierung für uns keinen Nutzen mehr. Sie war nicht wirklich berechenbar, die Kanzlerin irrlichterte noch mehr herum als ihre Minister, und es war schwer abzuschätzen, welchen Unsinn sich diese Gurkentruppe als nächstes einfallen ließ. Wir brauchen verlässliche, loyale Verbündete, keine Geisterfahrer, die das sorgsam ausbalancierte System der internationalen Beziehungen in Gefahr bringen. Donald Trump macht uns da schon genug zu schaffen.

Als die Kanzlerin vor fünf Jahren im Alleingang die deutschen Grenzen für über eine Million Flüchtlinge unklarer Herkunft öffnete, hätte uns das eine Warnung sein müssen, doch unser damaliger Präsident sah keine Veranlassung einzugreifen. Ein schwerer Fehler in meinen Augen!

Natürlich war uns dank der NSA bekannt, dass der engere Kreis der deutschen Regierungsmitglieder Geld von den Chinesen kassiert hatte, doch das war nicht der Punkt. Wir sind ja selbst korrupt bis auf die Knochen, und Geld hat bei unseren Aktivitäten noch nie eine Rolle gespielt. Hätten wir die Sache öffentlich gemacht, wäre es zu unschönen Szenen und langwierigen offiziellen Untersuchungen gekommen, womöglich wäre Deutschland sogar instabil geworden. Dies lag nicht in unserem Interesse. Wir mussten einen anderen Weg finden.

Das war nicht allzu schwer. Wir besitzen Dossiers über sämtliche Menschen auf der Welt, die in irgendeiner Weise von Wichtigkeit sind oder künftig sein könnten, ob es sich nun um Politiker, Wissenschaftler, Wirtschaftsführer, Künstler, Sportler oder Intellektuelle handelt. Besonders letztere beobachten wir mit Argusaugen, sie sind uns per se verdächtig.

Unsere Zielpersonen teilen wir in ein Punktesystem ein, das ihre Relevanz bezeichnet. Es reicht von 1 (relativ unbedeutend, doch vielleicht mit Potenzial) bis 10 (absoluter High Performer, allerhöchste Priorität). Die Bundeskanzlerin, zum Beispiel, war mit 10 Punkten bewertet, ihre Büroleiterin nur mit einem. Der Vizekanzler kam gerade einmal auf zwei Punkte, die Gesundheitsministerin war überhaupt nicht gelistet. Ich denke, wir können die tatsächliche Bedeutung von Menschen ziemlich gut einschätzen, unabhängig von ihren Titeln und den Ämtern, die sie bekleiden.

In unseren Unterlagen ist natürlich auch verzeichnet, wer welche Leichen im Keller liegen hat. Das ist essentiell. Normalerweise lassen wir diese Leichen ruhen, andernfalls hätten wir ein permanentes Chaos auf der Welt. Doch bei Bedarf greifen wir sehr wohl auf unser Wissen zurück, besonders dann, wenn wir in den Lauf der Geschichte eingreifen.

Ich weiß, das klingt pathetisch, doch Sie sollten unsere Möglichkeiten nicht unterschätzen. Was im Lauf der vergangenen Jahrzehnte von unseren Aktivitäten bekannt geworden ist, bezeichnet nur die Spitze des Eisbergs. Wir gehen mit unseren Erfolgen nicht hausieren, genauso wenig wie mit unseren Niederlagen (ja, auch die gibt es).

Nun war es an der Zeit, dass wir die Spitzen der deutschen Regierung damit konfrontierten, was wir über sie wussten. Ich werde Ihnen die pikanten Details nicht verraten, sie sind schließlich streng geheim, und ich will meinen Beruf noch eine Weile ausüben. Ich bin kein Edward Snowden und stehe treu zu meinem Land, auch wenn die Arbeit, mit der ich ihm diene, manchmal schmutzig ist.

Wir schickten der Kanzlerin also eine kurze Nachricht auf ihr Smartphone, der sie entnehmen konnte, was auf sie und ihre Minister zukam. Es war dann überhaupt nicht schwierig, noch am selben Abend einen persönlichen Termin in der Chefetage des Kanzleramts zu bekommen. Zwei Männer ohne Namen (einer davon war ich) besuchten die dort versammelten Spitzen der Regierung, vor dem anschließenden vertraulichen Gespräch wurden die Putzfrau und der Kellner vor die Tür geschickt. Es gab also keine unliebsamen Zeugen, die wir hinterher umbringen mussten (ich hasse das!).

Dann redeten wir Tacheles. Vor versammelter Mannschaft.

Es war wichtig, dass jeder in der Runde die dunklen Geheimnisse des anderen erfuhr, damit später keiner aus der Reihe tanzte. Gemeinsame Leichen im Keller schweißen zusammen und jeder hat ein Auge auf den anderen. Denn natürlich wollte niemand, auch die Kanzlerin nicht, dass etwas von dem, was wir hier in kleiner Runde aufdeckten, an die Öffentlichkeit kam.

„Was also wollen Sie?", fragte der Finanzminister und schaute uns giftig an.

„Dass Sie zurücktreten, die ganze Regierung", erwiderte ich mit einem angedeuteten Lächeln. „Sie haben eine Stunde."

„Aber das ist doch...", brauste der Vizekanzler auf.

„Ich denke, wir haben keine Wahl", unterbrach ihn die Kanzlerin schroff und deutete auf die Unterlagen, die wir mitgebracht hatten. „Auch wenn wir in postfaktischen Zeiten leben, sind wir erledigt, wenn das die Welt erfährt. Dann können wir unser Bild in den Geschichtsbüchern vergessen."

In kritischen Momenten wie diesem schien durch, dass sie von Haus aus Naturwissenschaftlerin war und rationalen Argumenten durchaus zugänglich. Sie wusste, wann sie verloren hatte und klein beigeben musste, um noch größeren Schaden zu verhindern. Ihr Langzeitexperiment, das sie seit 15 Jahren mit Deutschland angestellt hatte, war gescheitert.

„Sehr vernünftig, Frau Bundeskanzlerin", sagte ich. „Denken Sie sich irgendetwas aus als Begründung. Eine angegriffene Gesundheit wird immer gern als Vorwand genommen."

„Aber doch nicht bei einer ganzen Regierung", entrüstete sich der Justizminister. „Das glaubt doch keiner."

„Sie könnten ja alle am Stock, mit Gipsbein, Augenklappe und Rollator vor die versammelte Presse treten", feixte ich. „Zumindest einer sollte im Rollstuhl sitzen. Vielleicht Sie, Frau Kanzlerin? Wird bestimmt ein tolles Bild. Unsere Kostümabteilung ist Ihnen gern behilflich."

Doch das fand keiner lustig. Ich blickte nur in versteinerte Gesichter.

„Es ist besser, Sie gehen jetzt", sagte die Kanzlerin mit eisiger Stimme.

Wo sie recht hatte, hatte sie recht.

## 9.11., 23:59 h, Dr. Frank D., 56, Politikredakteur

Der Rücktritt der Regierung wurde in denkbar knapper Form mitgeteilt. Die Kanzlerin trat vor die Presse, las die Entscheidung stockend vom Teleprompter ab und verschwand rasch wieder in den Kulissen. Fragen wurden nicht zugelassen, die Journalisten auf den morgigen Tag und die Homepage des Kanzleramts vertröstet. Wir fühlten uns alle ziemlich vor den Kopf gestoßen, so ein Affront war noch nie dagewesen. Wir rätselten herum, was zu dieser unglaublichen und völlig überraschenden Entwicklung geführt haben könnte, doch keiner der Kollegen hatte auch nur die geringste Ahnung.

Zum Glück besaß ich meine eigenen Verbindungen, die ich über viele Jahre hin gepflegt und aus unserem Reptilienfonds geschmiert hatte. Anders kann man als Journalist nicht erfolgreich sein, wenn man es mit staatlichen Autoritäten zu tun hat. Die haben immer etwas zu verbergen und wollen uns für dumm verkaufen in der Hoffnung, dass wir es so an unsere Leser weitergeben. Das ist überall in der Welt so, keineswegs nur in Deutschland.

Doch da spiele ich nicht mit. Ich fühle mich immer noch der Wahrheit verpflichtet, auch wenn sie sich manchmal nicht so darstellt, wie wir sie gerne hätten. Die Watergate-Enthüller Bob Woodward und Carl Bernstein sind bis heute meine Helden, sie haben mich überhaupt erst zum Journalismus gebracht.

Ich war entschlossen herauszufinden, was tatsächlich passiert war. Damit, dass das Ergebnis der vertraulichen Gespräche, die ich in den nächsten Stunden führte, meine schlimmsten Albträume übertreffen würden, hatte ich freilich nicht gerechnet.

Ich setzte mich mit meinem Informanten im Kanzleramt in Verbindung, dem persönlichen Kellner der Kanzlerin, von dem ich annahm, dass er vielleicht etwas mitbekommen hatte. Er hatte gerade Dienstschluss und war zu einem sofortigen Treffen am Ufer des Landwehrkanals bereit, nachdem ich ihm eine adäquate Aufwandsentschädigung versprochen hatte.

Außer ein paar putzigen Anekdoten, die ich bestenfalls zur Ausschmückung des Hintergrunds verwenden konnte, hatte er aber nichts substantiell Neues mitzuteilen. Dass einige der Minister Alkoholiker waren, der eine oder andere auch ein Junkie, war mir längst bekannt. Von dem Gerücht, dass einige Regierungsmitglieder, darunter auch die Kanzlerin, Bestechungsgelder in Zusammenhang mit der Dahlem-Affäre angenommen hätten, hatte ich bereits in der Zeitung gelesen. Auch dass die Bundesstaatsanwaltschaft eine Hausdurchsuchung im Kanzleramt durchgeführt hatte, war schon durchgesickert. Ebenso jedoch, dass keinerlei Beweise für ein Fehlverhalten gefunden worden waren. Diese Spur versandete im Nichts.

„Diese Informationen sind keine tausend Euro wert, mein Freund, ganz bestimmt nicht", sagte ich zu meinem Gewährsmann und steckte mein Geld wieder ein.

Er war empört, um des lieben Friedens willen drückte ich ihm schließlich 200 Euro in die Hand. Ich wollte ihn ja nicht vergrätzen, vielleicht brauchte ich ihn noch.

Seit meinem Auslandssemester in New York pflegte ich eine lose, aber beständige Verbindung zu einem amerikanischen Studienkollegen, der nach seinem Abschluss an der Columbia University in den „Dienst des Vaterlandes" eingetreten war, wie er sich etwas nebulös ausdrückte. Weitere Nachfragen blockte er ab, und ich dachte mir meinen Teil.

Auf jeden Fall ließ er mir über die Jahre hinweg immer mal wieder vertrauliche Informationen zukommen, die ich unauffällig in meine Artikel einfließen ließ, was seinen Interessen ebenso förderlich war wie meinem beruflichen Renommee. Eine Hand wäscht die andere. Seit zwei Jahren war er in Berlin stationiert, wo er in der Botschaft als Kulturattaché geführt wurde, obwohl Kultur so ziemlich das Letzte war, was ihn interessierte.

Ich traf Bill in einer Hotelbar in Mitte, für mich immer noch einer der unauffälligsten und sichersten Orte für ein konspiratives Treffen. Da achtet keiner auf den anderen, und es ist so viel los, dass sich noch nicht einmal der Barkeeper an Ihr

Gesicht erinnern kann, wenn er später danach gefragt wird.

Wir bestellten zwei Royal Bermuda Yacht Club und verzogen uns in die hinterste Ecke, wo man einigermaßen reden konnte. Ich fiel gleich mit der Tür ins Haus und erzählte Bill von meinem Verdacht, wer wirklich für den Rücktritt der Regierung verantwortlich war.

Nichts in seinem Gesicht verriet, ob ich richtig oder falsch lag. Er starrte mich ausdruckslos an.

„Du weißt, dass du dich hier auf sehr dünnes Eis begibst", sagte er.

Er wählte seine Worte mit Bedacht und vermied es, auch nur die geringste Emotion zu zeigen.

„Auch wenn wir dahintersteckten, ich könnte es dir niemals bestätigen. Und schon gar nicht, wie wir es angestellt haben."

„Aber dementieren willst du es auch nicht", entgegnete ich.

„Egal, was ich sage, Frank, und egal, was du rausfindest, deine Zeitung wird es nicht bringen. Das solltest du eigentlich wissen. Dein Herausgeber hat doch schon deine letzte Story über Dahlem gekippt, oder nicht?"

Mir blieb der Mund fast offen stehen.

„Woher weißt du das?"

Er zuckte mit den Schultern, als ginge ihn das alles nichts an. In Situationen wie dieser spielte er gern die Unschuld vom Lande.

„Ich möchte dich gern als Freund behalten, Frank", sagte er. „Wir haben die vergangenen dreißig Jahre gut zusammengearbeitet, wir hatten beide was davon. Es wäre schade, wenn sich etwas änderte. Die Sache ist es nicht wert. Diese Regierung ist jetzt schon Geschichte. In ein paar Wochen wird eine neue Sau durchs Dorf getrieben, dann kräht kein Hahn mehr nach ihr."

Ich nahm einen großen Schluck und starrte in mein Glas. Es war fast leer. Ich musste die Überraschung erst einmal verdauen.

„Wahrscheinlich hast du recht", sagte ich schließlich.

„Ja", sagte Bill. „Was ist schon passiert? Nichts! Wir sorgen schon dafür, dass es auch tatsächlich alle kapieren, glaub' mir. Die Aufregung wird schnell vorbei sein. Es wird keine Spuren geben, niemand wird sich je daran erinnern. Also, vergiss es einfach. Es ist der gute Rat eines Freundes."

Er lächelte mir aufmunternd zu. Ich nickte und sog mit dem Trinkhalm den letzten Rest des Alkohols aus meinem Glas. Ich wusste, es war an der Zeit, loszulassen.

**Nachtrag: Was aus ihnen wurde**

Die Mitglieder des Küchenkabinetts fielen alle weich. Der Finanzminister wurde zum Vorstand der Deutschen Klassenlotterie Berlin, der Vizekanzler zum Aufsichtsratsvorsitzenden eines großen Stromversorgers bestellt. Der Innenminister übernahm die Leitung einer parteinahen Stiftung. Der Justizminister wurde auf einen hohen Posten beim Roten Kreuz in Genf abgeschoben, selbst die Gesundheitsministerin kam im mittleren Management einer gesetzlichen Krankenkasse unter.

Ihre üppigen Pensionsansprüche behielten sie alle. Nur die Büroleiterin musste sich arbeitslos melden, nach einem Dreivierteljahr hatte sie immer noch keine Aussicht auf einen Job. Die Arbeitsagentur hat ihr vorgeschlagen, eine Umschulung zur Verkäuferin zu machen.

Von den Chinesen um Hui Dai Phen hat man nie wieder etwas gehört. Sie flüchteten noch am Tag des Mauerfalls ins Reich der Mitte, in seinen unendlichen Weiten verlor sich ihre Spur. Annika Larsson soll, so heißt es, in Shanghai gesehen worden sein, als Geliebte eines hochrangigen Triadenbosses.

Bosko, der Albino mit den schulterlangen Haaren, verdingte sich mit mäßigem Erfolg als Komparse in Hollywood, wo er dank seines exotischen Aussehens gelegentlich Gangster aus der zweiten Reihe spielt. Li Changji, der ehemals reichste Mann der Welt, wurde auf dem Waldfriedhof Dahlem in einem Armengrab verscharrt, da sich niemand für ihn zuständig fühlte. Die Dahlemer Villa wurde meistbietend an einen russischen Oligarchen versteigert.

Bernd S., der Kellner im Kanzleramt, bekam seine fünfzehn Minuten Berühmtheit, als er in eine Talkshow eingeladen wurde, wo er sich jedoch so um Kopf und Kragen redete, dass er sofort wieder in der Versenkung verschwand. Soweit bekannt, lebt er auf Antigua in der Karibik, wo er viel Geld unbekannter Herkunft verjubelt. Der Personenschützer Marco B. ist in die Dienste eines schwerreichen Industriellen getreten, der von einer Firma namens „Moskau Inkasso" bedroht wird, und hat fünf Leute unter sich, alles ausgebildete Nahkampfexperten. Sie trainieren jeden Tag und nennen sich die „Expendables".

Ludger W., der Privatchauffeur, hat seine geliebte Pullman S-Klasse auf Raten gekauft und arbeitet nun als selbständiger Fuhrunternehmer. Er vermarktet den Wagen geschickt als Monument der Zeitgeschichte, fährt betuchte Touristen zwischen Prenzlauer Berg und Regierungsviertel spazieren und erzählt ihnen, wenn sie danach fragen, wie es der Chinese und Annika im Fond der Limousine miteinander getrieben haben. Von Mal zu Mal schmückt er die Geschichte mit weiteren schlüpfrigen Details aus.

Felix J. und Clara von S., das Studentenpärchen, fanden noch am Tag des Mauerfalls wieder zusammen und leben nach wie vor in Dahlem. Dem Vernehmen nach ist Clara schwanger.

Werner J., der mit dem Berliner Untergrund so vertraute Telefontechniker, arbeitet mittlerweile für den Militärischen Abschirmdienst. Man machte ihm ein Angebot, das er nicht ablehnen konnte und übertrug ihm die verantwortungsvolle Aufgabe, das verwinkelte Tunnelsystem in all seinen Verzweigungen präzise zu kartographieren.

Die BVG-Angestellte Hannelore M. hingegen wurde von einem Tag auf den anderen und ohne Begründung aus der Zentrale in ein Depot weit außerhalb von Berlin versetzt, wo sie eine Handvoll Minijobber dabei beaufsichtigt, wie sie Graffiti von den Zügen entfernen. Das Blatt im Dienstbuch, auf dem die Ereignisse der Nacht des Mauerbaus vermerkt waren, wurde von Unbekannten herausgerissen und blieb bis heute verschwunden, auch die entsprechende Computerdatei ist nicht mehr auffindbar.

Walter Ü., der trinkfeste Bauunternehmer, erhielt dank seiner guten Beziehungen zum Berliner Senat den Auftrag, die Mauer abzureißen, was ihm deutlich mehr Geld einbrachte, als wenn er sie gebaut hätte. Der für die Auftragserteilung zuständige Senatsmitarbeiter trat nach einer knapp bemessenen Schamfrist als Geschäftsführer in Walters Firma ein und sorgt seitdem zuverlässig für weitere lukrative Aufträge von der Staatlichen Bauverwaltung.

Die "Dahlem-Klause" ist mittlerweile Kult, Pilse-Ilse verkauft so viel Bier wie nie. Gegen eine Gebühr dürfen Besucher den angefangenen Stollen besichtigen. Manchmal sind die Mitglieder der legendären Thekenrunde – Walter, Bodo, Rolf, Hanno und Moritz – anwesend und erzählen lustige Geschichten aus den heroischen Tagen, als ihre Widerstandsgruppe gegen die chinesischen Besatzer aufbegehrte.

Pjotr K., der polnische Bauarbeiter, wurde, nachdem er geholfen hatte, die Mauer zu bauen, auch für ihren Abriss engagiert. Damit verdiente er so viel Geld, dass er in seinem Heimatdorf bei Kattowice eine eigene kleine Baufirma gründen konnte. Er arbeitet als Subunternehmer für Donald Trump.

Benny, das vierzehnjährige Computergenie, ist der mit Abstand jüngste Mitarbeiter von Google. Er wurde für ein Millionengehalt und Aktienoptionen angestellt, lebt zusammen mit seiner Mutter Gabi S. abgeschirmt im Silicon Valley und wird von Privatlehrern unterrichtet. Worüber er bei Google forscht, ist streng geheim. Alle Versuche von Apple und Facebook, ihn abzuwerben, blieben erfolglos.

Der Ex-Häftling Johnny K. wurde rückfällig und wegen eines dilettantisch durchgeführten Überfalls auf ein chinesisches Restaurant zu vier Jahren Haft verurteilt. Allerdings geriet er dort an die Falschen, da zwei Kellner sich als Kung-Fu-Meister entpuppten und ihn binnen einer halben Minute krankenhausreif schlugen. Im Gefängnis arbeitet er an einem neuen Fluchtplan, den er nächsten Sommer in die Tat umzusetzen hofft.

Der nicht schwindelfreie TV-Reporter Elias F. hat den Privatsender, für den arbeitete, verlassen und bei einem neu gegründeten Web-Magazin angeheuert. Er interviewt lokale

Berühmtheiten auf einem knallroten Sofa, das er überall im Stadtgebiet aufstellen lässt, was ihn selbst zu einem C-Promi gemacht hat. In seinen Vertrag hat er explizit hineinschreiben lassen, dass er nie wieder einen Baukran besteigen muss.

Andreas C., der risikofreudige Investmentbanker, wurde fristlos entlassen und wegen Kompetenzüberschreitung von seinem früheren Arbeitgeber auf vier Milliarden Dollar Schadenersatz verklagt. Er hat die Eidesstattliche Versicherung abgegeben und lebt von Hartz IV. Der katholische Pfarrer Alois P. sitzt wegen Missbrauchs von Schutzbefohlenen in Untersuchungshaft, nachdem ihn die Eltern seines zwölfjährigen Lieblingsmessdieners angezeigt haben. Sein Bischof macht ihm schwere Vorwürfe, dass er Gemeindegeld in beträchtlicher Höhe, wenn auch in guter Absicht, an eine kriminelle Fluchthelferorganisation weitergeleitet hat.

Der Privatier Ferdinand R. und seine Frau wohnen wieder allein in ihrer luxuriösen Villa. Die chinesische Großfamilie hat vor ihrem Auszug den von ihr bewohnten Bereich des Hauses gründlich demoliert. Die Briefe mit der Forderung nach Schadenersatz, die Ferdinand R. seitdem immer wieder nach China schickt, bleiben unbeantwortet.

Dieter B., der Schlagersänger mit Faible für Tom & Jerry, wurde aus der Psychiatrie als nicht therapiefähig, aber harmlos entlassen und kampiert in seiner halbzerstörten Villa zusammen mit dem Obdachlosen Gerd N. Beide werden von dem Hartz IV-Empfänger Edgar F. mit Essen versorgt, das er von der „Tafel", der Lebensmittel-Ausgabestelle für Bedürftige, besorgt. An guten Tagen betrinken sich alle drei mit Wermut, und Dieter singt ein paar Lieder aus seinem reichen Repertoire, worauf die Nachbarn regelmäßig die Polizei rufen. Seine Ex-Freundin Nudel wird als heiße Kandidatin für die neue Staffel des „Dschungelcamps" gehandelt. Dieter wird sich, beteuert er, die Sendung auf keinen Fall anschauen.

Trude von T., die fluchtwillige Rentnerin, lebt wieder in ihrer Dahlemer Sechs-Zimmer-Altbauwohnung und kümmert sich um ihre Katze, das Meißner Porzellanservice sowie die Käthe-Kruse-Puppensammlung. Ab und zu bekommt sie Besuch von ihrem Enkel Wolf R., der nach wie vor für den

ADAC Hubschrauberflüge durchführt. Auch ihr Großneffe Sven O., der schwule Informatik-Student, schaut manchmal vorbei und trinkt einen Tee mit ihr.

Der Küchenchef Sebastian K. hat die neue Speisekarte beibehalten und feiert große Erfolge mit seinen extravaganten Armuts-Menüs, die ihm eine Alleinstellung in der internationalen Restaurantszene bescheren. Er hofft auf den zweiten Michelin-Stern.

Für seine große Reportage über „Die Dahlem-Affäre" wurde Wilson S., der amerikanische Berlin-Korrespondent, mit dem Pulitzer-Preis ausgezeichnet, worauf er ein lukratives Angebot von der „Washington Post" erhielt. Er hat gute Aussichten, in absehbarer Zeit zum Chefreporter aufzusteigen. Tom W., der Tourist aus Alabama, hat es geschafft, einen Hollywood-Konzern für seine Idee eines historischen Südstaaten-Themenparks zu interessieren. Seine Brüder vom Ku-Klux-Klan schossen bei einem unautorisierten Probelauf jedoch deutlich übers Ziel hinaus, als sie versuchten, einen schwarzen Bürgerrechtler zu lynchen, worauf sie vom FBI verhaftet wurden. Sie warten auf ihren Prozess. Wilson S. wird darüber berichten.

Heinrich H., der rüstige Sturmbannführer, versucht unbeirrt, einen Verlag für seine Memoiren zu finden, die er zu schreiben plant, erhält aber, wenn überhaupt, nur standardisierte Absagebriefe als Antwort. Er glaubt, dass er Opfer einer großangelegten Verschwörung ist und eine geheimnisvolle, wahrscheinlich außerirdische Macht ihn töten will, indem ihre Abgesandten, die in der Lage sind, sich unsichtbar zu machen, giftige Gase durch das Schlüsselloch der Eingangstür in seine Wohnung blasen.

Auch die Nackttänzerin Angelina de C. hat wenig Erfolg bei ihren Versuchen, Kapital aus ihrem Auftritt in der Villa der Chinesen zu schlagen. Zuletzt hat sie sich aufs Neue einer Brustoperation unterzogen, die von einem Privatsender finanziert und live übertragen wurde. Die Zuschauerquoten waren jedoch so schlecht, dass der Sender die Show nach erfolgter Vergrößerung der rechten Brust abbrach. Da Angelina de C. kein Geld hatte, sich auch die linke Brust operieren zu lassen, muss sie nun vorläufig mit dem halbfertigen Ergebnis leben. Angeblich wird sie demnächst in einer Tabledance-Bar am Stuttgarter Platz im Berliner Westen auftreten.

Helmut Z. und sein Freund Bertold, die beiden Rentner und vormaligen Grenzsoldaten der DDR, waren empört darüber, dass die Mauer wieder abgerissen wurde. Sie schrieben einen geharnischten Protestbrief an die neue Regierung, worauf sie Besuch von zwei Mitarbeitern des Verfassungsschutzes bekamen, die ihnen dringend nahelegten, von solchen Aktivitäten künftig Abstand zu nehmen, andernfalls mit „unerfreulichen Reaktionen" zu rechnen sei. Da die beiden von der DDR her nur zu genau wussten, was damit gemeint war, hielten sie sich an die Empfehlung. Immerhin haben sie die Fotos gerettet, die Helmut mit seiner Praktika-Kamera an der Mauer aufgenommen hat. Ungefähr alle zwei Wochen ziehen sie die Vorhänge zu und legen „Das Lied von der Partei" auf, die alte Hymne der SED, sowie die „Internationale". Bei ein paar Flaschen Bitterfelder Edel-Pils betrachten sie die Fotos und schwelgen in Erinnerungen an bessere Zeiten.

Henning L., der schießbegeisterte Wachmann, landete, nachdem er erfolglos über hundert Bewerbungen an Sicherheitsfirmen verschickt hatte, als hauptamtlicher Übungsleiter bei einem Schützenverein in einer kleinen Stadt nahe der polnischen Grenze. Bewaffnet mit einem Luftgewehr, geht er nachts mit einer selbsternannten Bürgerwehr auf Streife und macht Jagd auf illegale Eindringlinge.

Alexander W., der Studienrat, und Joachim E., der Finanzbeamte, nahmen ihre Tätigkeit im Staatsdienst wieder auf, als sei nie etwas geschehen. Beide haben sich vorgenommen, künftig strenger mit den Personen zu verfahren, für die sie von Amts wegen zuständig sind.

Der westafrikanische Botschaftssekretär François V. wurde für sein umsichtiges, von humanem Impetus getragenes Verhalten mit einem Orden ausgezeichnet und zum Botschafter seines Landes in Berlin ernannt. Er steht vor einer großen diplomatischen Karriere. Auch die UNO hat bereits Interesse an ihm signalisiert, was nicht zuletzt auf die intensive Fürsprache von Dr. Meinolf Z., dem Abteilungsleiter im Auswärtigen Amt, zurückzuführen ist.

Dem Asylantrag des Flüchtlings Abdullah al H. wurde stattgegeben, er hat sich einer salafistischen Gemeinde im Ruhrgebiet angeschlossen und bereitet sich auf seine Bestimmung als Märtyrer vor. Er lernt mit nie nachlassendem Eifer den Koran auswendig. Zur Zeit ist er bei Sure 71.

Der Buchhändler Horst K. und sein Freund Martin, die Alt-68er, haben wieder begonnen, gemeinsam Marx und Engels zu lesen. Sie sind nach der Erfahrung des Mauerfalls davon überzeugt, dass die revolutionäre Arbeiterklasse den globalen Raubtierkapitalismus bald endgültig hinwegfegen wird. Lukas G., der Autonome Aktivist und Straßenkämpfer, plant mit seinen Genossen die Besetzung eines leerstehenden Hauses im Berliner Stadtteil Friedrichshain, um es als Widerstandsnest gegen die faschistische Staatsgewalt zu nutzen.

Magnus A., der Meinungsforscher, frisiert seine Umfragen so, dass sie auch der neuen Regierung ins Konzept passen. Er hat einen hoch dotierten Zwölfjahresvertrag erhalten, der ihm einen auskömmlichen Lebensstil sichert, musste dafür allerdings auch eine erkleckliche Summe an Bestechungsgeld zahlen.

Für die Regierungssprecherin Katrin R. hatte die neue Regierung keine Verwendung mehr. Sie erhielt jedoch problemlos ihren komfortablen Redakteursposten bei dem öffentlich-rechtlichen Sender zurück, der sie für ihren Regierungsjob beurlaubt hatte. Sie engagiert sich sehr in der Gewerkschaft. Ihr erklärtes Ziel ist es, als Betriebsrätin bei vollen Bezügen dauerhaft von der Arbeit freigestellt zu werden, die ihr nach dem glamourösen Ausflug in die Regierungsspitze als wenig reizvoll erscheint.

Die studierte Putzfrau Ludmilla P. hat den Wischmopp an den Nagel gehängt und schreibt an ihrer Dissertation mit dem Titel „Zur immanenten Korrelation von Schmutz und Politik". Dr. Frank D., der Politikredakteur, wurde von Gott, seinem Herausgeber, zum Ressortleiter Außenpolitik befördert und fährt nun einen voll ausgestatteten, metallicglänzenden 7er BMW als Dienstwagen. Sein Freund Bill P. ist inzwischen CIA-Resident in Madrid und für den gesamten südeuropäischen Raum sowie Nordafrika zuständig. Die beiden tauschen sich nach wie vor in enger und vertrauensvoller Zusammenarbeit zu beiderseitigem Nutzen aus.

Und die Kanzlerin? Die neue Regierung spendierte ihr einen Freiflug ohne Rückfahrkarte im Regierungs-Airbus nach Santiago de Chile. Dort lebt sie in der ehemaligen Wohnung von Margot Honecker. Jeden Sonntag isst sie Würzfleisch, Tote Oma und Soljanka, zweimal die Woche geht sie einen Kaffee trinken in einem deutschen Café um die Ecke und löffelt dazu einen Schwedeneisbecher, was sich bereits deutlich auf ihre Figur auswirkt. An der Klingel ihrer Wohnung steht der Name Erika K.

**Schlussbemerkung**

Selbstverständlich sind alle geschilderten Vorkommnisse und Charaktere rein fiktiver Natur. Eventuelle Ähnlichkeiten mit tatsächlichen Geschehnissen oder lebenden Personen sind allein dem Zufall geschuldet.